ミカドの淑女《おんな》

林 真理子

角川文庫
23215

目次

明治四十年二月二十三日

夜明け少し前に、帝《みかど》はお目覚めになった。

このところ、深くお眠りになることは少ない。側近の者は誰でも言うことだが、二年前の日露戦争のご苦労は、帝のからだに深く刻まれていた。あれほどお好きだった乗馬もあまりなさらず、静かに蓄音機を聞かれることが多い。なさることに、大儀なご様子が多く見られるのだ。

火の気の無い御寝所の空気は暗く冷たく、帝ははっきりと目を覚まされた。十五畳ほどの日本間である。大きな寝台の他はこれといったものもない。内裏はあらゆるところ、闇《やみ》と寒さが野放図に横たわっている。帝がお寝《やす》みになるところも例外ではなかった。

これからご起床になるまでの長さを思うと、帝は大層憂鬱《ゆううつ》になられる。けれどもどうすることもできない。内裏の朝というのは、帝がお目覚めになる六時と決められているのだ。すべての女官の歯車が、その時から動き出す。お髪をとかす女、洗面のお湯を運ぶ女、そしてその女に仕える大勢の婢《はしため》たちが、一分《ぶ》も狂いのないよう心を砕いている。

そしてそういう仕組みをつくったのは、厳格な御気性で知られる帝御自身なのだ。女たちのために帝はゆっくりと目を閉じられる。耐えがたいほどの寒さを、夢の中に塗り込めるためもあった。

その時だ。帝は女のしわぶきを聞いた。あたりをはばかるようなひそやかな音だったが、帝の耳ははっきりとそれをとらえた。園祥子《そのさちこ》権典侍《ごんのすけ》だった。皇太子をおあげになった柳原愛子《やなぎはらなるこ》典侍は別格として、帝には現在権典侍という名の三人の愛妾がいらっしゃる。けれども御寝台の近くに侍《はべ》って宿直《とのい》するのは、最近では小倉文子か園祥子に限られていた。

今夜の当番である祥子は、こらえきれぬようにもう一度咳《せき》をする。

この女も年とったものだと、帝は祥子の顔をゆっくりと思いうかべられた。たっぷりとした黒髪と、やや皮肉そうな唇《くちびる》を持ったこの女官を、若い頃《ころ》は大層可愛《かわい》がられたものだ。今のようにただ傍《かたわら》で休むのではなく、祥子は毎夜のように御寝台の上にあがった。御寵愛《ごちょうあい》が深かった証《あかし》に、祥子は次々と八人の御子《みこ》を生んだほどである。

特に明治二十年の猷仁《みちひと》親王御誕生の時は、やっとお育ちになりそうだと宮廷中が喜んだものだ。けれども翌年には、あっけなくお亡《な》くなりになった。その後も御運は悪くて、明治十九年の静子内親王を含めると、四人の御子を失《な》くされたことになる。うまく育てば皇子《みこ》の御生母さまと呼ばれた祥子のことを、帝はふと憐《あわ》れにおぼしめした。

やがて若い日の祥子を思い描く瞼《まぶた》の裏側に、ほんのりと白味が漂ってきた。どうやら夜明けが近づいているらしい。宮中の奥深くにも朝の陽《ひ》は射《さ》してくる。

もう少し眠らねばならない、と帝はご自分に言いきかせる。そのために下々の者もするようなことをなさろうとした。記憶の中から、楽し気な、そして深く考えずにすむようなことを抽出されようとしたのだ。

幼ない頃すごした京都御所のありさまを、帝はお選びになる。お髪を稚児髷《ちごまげ》にし、縫いのお振袖《ふりそで》というまるで姫君と同じ格好をなさったものだ。あの頃はお側《そば》近くに中山局《つぼね》が必ず控え、あれこれと帝のお世話をやいた。手習いの相手も、御生母さまが自らなさったのだ。薄い闇の中で思いをこらすと、中山局の濃い白粉《おしろい》のにおいが香ってくるような気さえする。その横には、墨を一心にする女官の室町清子、御乳人の梨木持子がいた。

当時の宮廷は幕府によって、不如意《ふにょい》な生活を強《し》いられていたが、それだからこそ、少人数でぴったり寄り添って生きていくようなところがあった。儲君《ちょくん》と呼ばれた帝には、中山局以外に、たった四人しかお仕えする者がいなかったが、何の不自由もお感じにはならなかったものだ。

それが今ではどうだろう。内裏には数えきれないほどの女がひしめいている。もっとも帝のお目につくところにいる高等女官の数は限られているが、それでも大変な人数だ。帝は初めて御子を生んだ葉室光子の顔を思い出された。あれは明治六年のことだ。御誕生になった男の御子はその日にお亡くなりになった。二ヵ月後には橋本夏子が女の御子をおあげになったが、その方も同じで、内親王と称号がつかない間に薨去《こうきょ》された。

光子、夏子と青春時代を共におすごしになられた女性《にょしょう》の顔を懐《なつ》かしくおぼしめした時だ。帝の中に不意にうかびあがってきた女がいた。やわらかい頬《ほお》と、黒目がちの細い目を持ったひとりの女官だ。

これはどうしたことだろうと、帝はいぶかしくお思いになる。彼女は光子や夏子と違い、純粋な女官であった。一度も寵を賜わったことがない。出仕したのも、三十五年も前のことである。その女がどうして、帝の朝の思いの中に登場してくるのか。

瞼を深く閉じて、お気持ちを集中される。するとひとつの情景がゆっくりと帝の記憶の底から立ち上がり、やがてかたちを整えた。

ああ、そうであったと、帝は深呼吸なさる。あれは十日ほど前の紀元節宴会であった。伊藤博文《いとうひろぶみ》、田中光顕《たなかみつあき》など高位高官が居並ぶ中、正四位《しょうしい》の名士の彼女も臨席を許されていたのである。

赤紫色のびろうどの礼服に身をつつんで、いやがおうでも人々の視線を集めていた。そうでなくとも目立つ女なのだ。

退出なさる時、帝はほんの一瞬であったが、最敬礼してお見送りする彼女に目をとめられた。立衿《たちえり》のチュールレースがあまりにもたっぷりした量で、その年齢の女にはそぐわないような気がされたのである。

あれが近頃流行のかたちなのだろうか。帝はふと、傍にいた女官にお聞きになりたいような思いにとらわれたが、もちろんおやめになった。

老いてくると、ささいな疑問や気にとめられたことが、心のどこかに巣くってしまう。そして本人も気づかないうちに、意外な大きさとなり、何かの拍子にこぼれ落ちてくるものだ。彼女の顔がうかんだのは、そのために違いない。

やっと原因をつきとめられた帝は、もう一度深い呼吸をなさった。

そしてこの小さな安堵《あんど》が引き金となって、帝は再び眠りの中に入っていかれた。

「おひるでございます」

祥子の声に、帝は頷《うなず》かれる。絹羽二重の寝巻きの帝が半身を起こされると、それを合図に、祥子は「おひーる」、帝がお目覚めになられたと声をあげる。

高倉寿子《かずこ》女官長や柳原愛子といった典侍のところにそれは真先に告げられる。

「申しょー、おひるでおじゃーと、申させ給《たも》う」

ご膳《ぜん》掛りは今度は、もう少し位が下の女官の方へ進む。

「申しょー、おひるでおじゃーと」

身分の上下がすべてのお局の中では、ふれ言葉ひとつにも歴然とした違いがあった。

侍医の拝診が終わると、祥子らの手によって帝は朝のみづくろいをおすませになる。

内裏の冬の朝は大層暗い。帝のおぼしめしで電気を使われないからだ。何年か前に衆議院で漏電による火事があった。その際、もしも電燈《でんとう》をつけて、お側近くから火が出れば国民に申しわけがたたぬと帝はおっしゃり、人々は感涙にむせんだものだ。

西洋蠟燭《ろうそく》をつけたシャンデリアの下、帝は白羽二重のままおすすみになる。蠟燭をつけるのは夜と決められていたが、このような冬の早朝は、何かあかりがなければ朝食をとることもできない。

帝は毎朝牛乳入りの珈琲《コーヒー》、バターとジャムを塗ったパンをお召し上がりになる。おからだがご立派なわりには、そうたくさんはお口にいれないのが、女官たちには残念だった。

この時、愛犬の花と六が走ってきて、帝の膝《ひざ》に手をかける。時々はお飲みになる牛乳をねだって、くうんくうんと鳴いたりもする。帝にこのような不作法を働くのは、この者たちだけなのだが、帝は笑ってお許しになった。

この後、しばらく居間でくつろがれ、皇后の朝の挨拶《あいさつ》をお受けになった後、いよいよ表御座所にお出ましになる。この時間も十時半と決められていた。

帝の厳格な御気性はお年とともにますます強くなっていかれるようで、このあいだも御寝所の襖《ふすま》を開けにくる女官の時間が、何分か狂ったと叱《しか》られたばかりだ。

第二艦隊司令長官にして海軍中将伊集院五郎《いじゆういんごろう》は、御座所にて帝をお待ち申し上げていた。筑波《つくば》と千歳《ちとせ》の二艦が、アメリカ合衆国に招請され、バージニア州ハンプトン・ローズにおける万国陸海軍祝典に参列することになった。それを御報告するためである。

帝はこれをことのほか喜ばれ、伊集院に励ましのお言葉をかけたばかりでなく、二艦に対して酒肴料《しゆこうりよう》を賜わった。

感激した伊集院が退出した後、帝はしばらく新聞をご覧になる。報知や東京日日ばかりでなく、福岡日日など地方紙も入れて、それは三十種類にものぼった。新聞を拡《ひろ》げられると、インクの香りより、消毒のにおいの方が、まずつんとお鼻にくるが、帝はお気になさらない。帝がお手に触れそうなものはすべて念入りに消毒されているので、このにおいには慣れていらっしゃるのだ。

やがてお昼近くになった頃だ。帝は足ににぶい疲れをお感じになった。このところ御公務についておられる最中も、この足のだるさは何度もやってくる。幼ない頃から寒中でも、りんとして動かない躾《しつけ》を受けた帝であるから、こういうことは大層歯がゆくも、情けなくも思われる。

あわててお供申し上げようとする徳大寺《とくだいじ》実則《さねのり》侍従長を手で制して、帝は立ち上がられた。廊下をほんの五、六分軽く歩くだけでいいのだ。手を後ろに組み、窓から御所の庭を眺《なが》められたりする帝の後ろ姿には、あたりをはばかるようなご様子があって、お側の者たちもこの時は自然と遠ざかるようにご配慮申し上げた。

御座所を右に出て、内謁見所《えっけんじょ》に進もうとなさった帝は、ふと気が変わられてまっすぐにお歩きになった。廊下の片側は侍従の詰所や侍従の食堂が並んでいる。お若い頃は、ここにお気軽に姿を現わして、側近たちと酒を召し上がったこともある。

笑い声を突然お聞きになった。若々しいというより子どもじみたその声は実に遠慮がなく、宮中では最もはばかられるような類《たぐい》のものであった。ふつう帝がいらっしゃる時刻に、こんなふうに不作法なことはしないものである。

お咎《とが》めになるつもりはなかったが、帝はそこで足を止められた。

「下田歌子女史――」

とその声のひとつは言った。

「ご乱行で――」

続く言葉も、宮廷には全くふさわしくないものであった。また笑い声が起こる。

帝はドアをお開けになった。

「どうしたのだ。そんなに笑って」

予想どおり、岡崎泰光、坊城俊良らが中にはいた。侍従職出仕のまだ十五、六の少年たちである。公卿《くぎょう》の子弟である彼らは、ほんの子どもの時に出仕したので、多分にやんちゃなところが残っている。だが、突然帝がおでましになった驚きは彼らを完全にうちのめしたようで、すぐにお答えすることもできず、かすかに震えているだけだ。

帝は岡崎の持っているものに目をとめられた。新聞ということはすぐにわかったが、ふだんお読みになっているものとは、活字の感じが違っている。なにかひどく粗雑な紙質だった。そのままうち捨てておこうとも思われたのだが、少年たちの発した言葉には、聞きずてならないものがあった。

「下田歌子」「ご乱行」。少年たちは確かにそう言ったのだ。

「それを見せよ」

帝は言われた。手など出さなくともよい、帝がそうおっしゃったなら、それは絶対命令なのだ。

「これは……」

岡崎の声はかすれている。

「これは下品なもので、聖上《おかみ》がご覧になるようなものではございません」

「いいから、見せよ」

平民新聞とあった。帝はたいていの新聞はご覧になっていたが、社会主義などという危険思想を唱えるこの種類のものに触れられるのは初めてだった。

恐懼《きょうく》して頭を下げる少年たちをそのままに、帝は御座所にお戻りになった。消毒のにおいが全くしないその新聞は、ところどころに目新しい単語が並んでいる。

その中でもひときわ目をひいたのは、「妖婦《ようふ》下田歌子!!!」という文字であった。この名前を帝《みかど》は感慨深くご覧になる。今日の明け方、あまりにも唐突にこの女のことを思い出した。それも何かの因縁だったのだろうかと、目をおこらしになった。

妖婦下田歌子!!!

罪惡《ざいあく》の下必《もとかなら》ず女子《ぢよし》ありとや、罪《つみ》の子《こ》として冷酷《れいこく》なる人類《じんるゐ》に鞭《むちう》たるゝ者《もの》は嘗《かつ》ては之《こ》れ天使《てんし》の如《ごと》き者《もの》なりしよ、櫻花《あうか》の如《ごと》き美貌《びばう》と熱火《ねつか》の如《ごと》き感情《かんぜう》に過《あやま》られて虚榮《きよえい》の惡《あく》酒《しゆ》に醉《ゐ》ひ、權勢《けんせい》の果實《かじつ》に狂《けう》し、其《そ》の十五の年《とし》に於《おい》て初《はじ》めて歡喜《かんき》の生涯《せうがい》の幕《まく》を開《ひら》いて得意《とくい》と傲慢《がうまん》と悲哀《ひあい》と恨愁《こんしう》の歴史《れきし》を送《おく》つて、漸《やうや》く秋風橋頭白髪《しうふうけうとうはくはつ》を歎《たん》ずるの時來《ときき》たらんとする下田歌子《しもだうたこ》よ、彼女《かのぢよ》の一眄《ぺん》に惱殺《なうさつ》され、彼女《かのぢよ》の掌裡《せうり》に翻弄《ほんろう》せられたる者抑《ものそ》も幾人《いくにん》ぞ、彼女《かのぢょ》を傷《きずつ》けたる色魔《しきま》狂《けう》は曰《いは》く伊藤博文、井上馨、土方久元、山縣有朋、彼女《かのぢょ》が玩《もてあそ》びたる情夫《ぜうふ》は曰《いは》く黑田長成、秋山定輔、望月小太郎、田中光顯、林田龜太郎、三島通良、多情《たぜう》を經《けい》とし多恨《たこん》を緯《ゐ》とする者《もの》は彼女《かのぢょ》の歴史《れきし》也《なり》、生涯也《せうがいなり》、吾人《ごじん》は今日《こんにち》の女學生《ぢょがくせい》が理想《りさう》して措《を》かざる下田《しもだ》歌子《うたこ》を、一個《こ》の妖婦《えうふ》とし毒婦《どくふ》として爬羅《はら》剔抉《てきけつ》し、彼女《かのぢょ》の滿身《まんしん》をして完膚《かんぷ》なからしめんとす只憾《たゞうら》むらくは記者《きしゃ》は爛錦《らんきん》を裁《た》ち美花《びか》を摘《つ》むの伎倆《ぎれう》を有《いう》せず、然《しか》れども只正直《たゞせうぢき》に大膽《だいたん》に彼女《かのぢょ》の面影《めんえい》を描《ゑが》き出《いだ》して讀《どく》者《しゃ》をして戰慄《せんりつ》せしめんとを期《き》す

明廿四日の紙上より連載

帝のそれまでのご生涯において、これほど下品な文章は目にされたことがなかった。もの珍しさから、繰り返し読まれたほどだ。こんなものを宮廷の御座所近くに持ち込むのではないと、岡崎らを叱り、自らの手で破り捨てさせようとも思われた。けれども、心にお残りになることがいくつもある。

そこに列記された重臣たちの名前だ。

伊藤博文と山縣有朋《やまがたありとも》の名さえあるではないか。

帝の前にあがると、どれほどの高官、将軍も緊張のためにからだが震える。冬でも

びっしょりと汗をかく。けれども例外が四人だけいた。有栖川宮威仁親王《ありすがわのみやたけひと》と、この月の一日に学習院院長となった乃木希典《のぎまれすけ》、そして伊藤博文と山縣有朋であった。有栖川宮親王を別にすると、伊藤、山縣は椅子《いす》に座ることを許されたたった二人の臣下である。

謹厳実直な人物で知られる乃木は、すすめられてもきっと辞退したであろうが、とにかくこの二人は、互いに椅子に座ったまま帝と言葉をかわせる寵臣《ちょうしん》なのである。そんな彼らが、このようにけがらわしい新聞に下田歌子と情を通じたと書かれている。本当だろうか――。

お怒りよりも、純粋な好奇心が起こったことに帝はご自分でも驚かれる。誰と誰が通じているなどという下世話な話は、帝がいちばん忌《い》み嫌《きら》うものであったし、それより何よりお耳に入れる者もいない。だからこそ、一種新鮮なお気持ちがわく。もしかすると、自分が知らないところで、なにか大きな世界が繰りひろげられているのではないか。いちばん低い世情というのは、こういうものをいうのであろうか。

しばらく迷われた末、帝は他の新聞の間にこの平民新聞をはさんで、内裏にお持ちになったのである。

出御の時と同じように、入御の時間も十二時半ときっちり決められていた。軍服をフロックコートにお着替えになり、皇后さまとお昼食をお召し上がりになる。

「お天狗《てんぐ》さん」と帝があだ名をつけられた皇后は、細くて高い鼻をしておられた。透きとおるような肌《はだ》で、日本の貴族が持つ典型的な切れ長の目をもっておられる。典型的といっても、これほど完璧《かんぺき》に美しいかたちを他の女たちはしていないので、さすが皇后さまと人々は感嘆する。

よく皇后は、お雛《ひな》さまのようと形容されるが、雛は雛でも、男雛ではないかと帝はお思いになる。女にしては太い眉《まゆ》がきりっとされ、性格はご立派でお強い。もしかすると、他の面もおありになるのかもしれないが、帝は女としての皇后に接しておられない。つまり御寝所を共にされていないのだ。

皇后は非常にきゃしゃな方でいらっしゃる。手首など大人の親指をみっつ合わせたぐらいしかおありにならない。

一条忠香《いちじょうただか》公が、お気に入りの側室にお生ませになった皇后は、幼ない頃、滋賀の百姓のうちでお育ちになっていた。ご丈夫にお育て申し上げるためというのはていのいい言いわけで、あの頃の貴族はみんな貧しく、側室たちが生むたくさんの御子《みこ》に、それほど金や手間はかけられなかったのだ。

しかし当時、富貴姫と申し上げた皇后は、ご利発なことは人々が驚くばかりで、一条公は手元にお置きになった後は、大層可愛がられ、自ら教育をお授けになった。このようにお小さい時にいろいろご苦労をされているので、皇后は人の気持ちをよく重んじられる。非のうちどころがないほどご立派な女性なのであるが、帝は未《いま》だかつてこの皇后を女性として愛したことがない。

明治と年号が変わった年の暮れ、十九歳で入内した皇后を初めてお抱きになった時、帝はこれはいけないとお思いになった。まるで子どものような体つきの皇后は、男性を受け入れるようにはできていないのだ。それ以来、帝は皇后に触れてはいない。

御生母、中山局は帝におっしゃったことがある。

「他の女をお側《そば》にお召しになる時は、皇后さんのつらい気持ちも十分にお考えになるのですよ。それから相手の女性も、くれぐれも意向を重んじて、決して無理強《じ》いなさらないように」

帝は母君のこの教えを、最初のうちはかなり忠実にお守りになった。ところが、柳原愛子《なるこ》に対してはどうしてもと所望なさったのである。

明治の六年、御所が火事になったことがある。帝は、先の孝明天皇の皇后、英照皇太后がいらっしゃる大宮御所に一時お移りになった。そこで皇太后さまにお仕えしている愛子をお見染めになったのだ。すぐさま帝は皇太后にかけあって彼女をおもらいになった。美しいが、ややおっとりしすぎるきらいもある愛子が、その時どう答えたかは憶《おぼ》えてはいらっしゃらない。多分、何も聞かなかったのだろうと帝は思い出す。母君のおっしゃった「相手の意向」など、考えもしなかったというのが正直なところだ。

幕府がいわば軟禁状態のようにして決めた禁裏で、代々の帝がそうだったように、歌と蹴鞠《けまり》をあたえられて静かに生きのびていくのだと思われた時に、維新が始まったのだ。荒々しいときが終わり、気づいてみると万世を照らす大帝とも、神とも言われるようになった。怖いものなど何ひとつ無くなった時だ。その勢いで美しい女を何のためらいもなく手にお入れになった。意向などあったものではない。

愛子の父の光愛《みつなる》は、娘を奪われたと怒り狂った。

「だから、いまどきの若い者は仕方ないんだ」

と怒鳴り、まわりの人たちをあわてさせたというが、そんな言葉を堂々と吐いたのは、おそらく光愛が最後だったのではなかろうか。

いま、テーブルこそ違うが、皇后は同じ昼食を召し上がっている。薄茶サテン地の洋装をお召しになっているが、これは首のあたりまでの布の上に、さらにオーガンジーが張ってある。決して肌を見せないのが、皇后の御服の特徴であった。髪を両脇《わき》にふっくらと結い上げておられる皇后は、お子さまがいないせいか未だに若々しい。本当にお小さい手でお箸《はし》をお使いになるが、召し上がるのはほんのちょっぴりだ。

お二方が召し上がるものは、遠いところから運んだり、お毒味したりするので、すっかり冷めきっているとよく言われるが、そんなことはない。大膳職《だいぜんしょく》がおつくりしたものは、いったん運ばれた後、女官たちの手によって暖め直される。ご質素な日常とはいえ、昼食は一の膳、二の膳とついて、さまざまなものが運ばれてくる。

鯛《たい》や白子、鮒《ふな》、鮎《あゆ》などの川魚がよくご膳にあがった。これらは宮家からの献上品が多い。

「今日は寒うございますね」

清汁《すましじる》を召し上がった後で、皇后が言われた。

「後で雪が降るかもしれません。お庭ごしにご覧になれる用意をしておきましょうか」

「うむ」

帝は目の前の皇后に、あの平民新聞とやらを見せたいような欲求にふとかられた。昨年正四位を授けられ、世の中でえらい女の代名詞のようにあげられる下田歌子、その女が妖婦と呼ばれ、伊藤博文らと何かあったように書きたてられている。

そのことを告げたら、この怜悧《れいり》な皇后は、どのようなことを言うだろうか。帝が気に入っておられる濃い眉はどのようにくもるのだろうか。

帝がそれをおやめになったのは、女官もいる前で、はばかられるような言葉をおっしゃりたくなかったのと、この妻がどれほどあの女を愛していたかよくご存知だったからである。

帝はもちろん、皇后など高貴な人々は、あまり自分のお好みを言うことがない。ひとたびそれを口にすれば、人々が奔走するのが目に見えるからだ。

たくさんの女官を召しかかえる皇后は、そちらの方は特によくお考えになり、好悪《こうお》の情は決してあらわになさらない。内裏の奥深く住まわされて、病院や展覧会に行啓なさる他は、外にお出かけになることも少なかった。

この皇后が、たったふたつだけ執着というものをお見せになったことがある。そのひとつは能であった。

明治九年、岩倉具視《いわくらともみ》公の邸《やしき》にて、能をご覧になった皇后はそれからやみつきにおなりになった。維新以来、能楽はことごとくすたれていたのだが、皇后の援助によって、それから少しずつ息を吹き返す、これがきっかけだった。

皇后の能楽好きはますます昂《こう》じて明治十一年には青山御所に能舞台を建築されたほどだ。これは表向き、英照皇太后をお慰めするということになっていたが、皇后のおんためという方が正しかろう。この舞台開きで「小督《こごう》」をご覧になった時の皇后のお姿は、今でも時々語り草になる。炎天下、汗を額にお流しになりながら、皇后は恍惚《こうこつ》とした表情で舞台に見入っておられた。汗を拝見するのも初めてなら、皇后のあのようなお顔を拝見するのも初めてだと、女官たちは言い合ったものだ。

そして皇后の意外なほどのおぼしめしを受けたもうひとつが、下田歌子という女性であった。

彼女が出仕し始めた頃《ころ》を、帝はほとんど憶えてはおられない。なぜなら歌子は、宮《く》内《ない》省十五等出仕とよばれる、高等女官の中では最も下の地位だったからである。

ご維新の際に、その頃帝が信を寄せておられた西郷隆盛《さいごうたかもり》は宮廷の改革に着手した。それは、このたびの新政に力を貸した人々を、身分の上下を問わず召し抱えるということである。それによって幕末まで公卿の息女に限られていた高等女官の職も、いくらか士族の娘に開放するようになった。その一人が歌子だったのである。

なんでも美濃《みの》の尊王で知られた家の娘だということだが、由緒《ゆいしょ》ある家の娘たちに混じれば全く目立たない。帝が彼女に気づかれたのは、歌子が出仕して四ヵ月もたった頃だろうか。皇后のお側に、ふっくらした顔の若い娘が立っていると思われたのが最初だった。

皇后が御題をお出しになった時、素晴らしい歌をすらすらとつくり、それからすっかりお気に入りになったという。

「皇后さんは、あの者ばかりお可愛《かわい》がりになる」

という女官たちのささやきを聞く頃には、歌子はどこにでも御供するようになっていた。

伝統的な厚化粧をした女官たちの中にあって、歌子のあっさりした化粧はかえって目をひいた。きめこまかな肌をいかすような紅のさし方だ。なによりも声の出し方が違っている。御所言葉を喋《しゃべ》る女官は、喉《のど》の奥で低く言葉をふるわすのが特徴だ。歌子ははずむように、「はい、はい」と声を出した。

そんな彼女を皇后がどれほど好まれたかは、出仕して一年で「歌子」という名を賜わったことでもよくわかる。生涯歌の道に励めよというお言葉を聞いた時、歌子ははらはらと涙をおとしたという。だが彼女を他の女官たちが黙って見ているはずはなかった。呪術《じゅじゅつ》を使って皇后をたぶらかしただの、身分を省みず畏《おそ》れ多いだの、女官たちは口々に怒りの言葉を吐いた。

帝が驚かれたのは、皇后がこれらの言葉にいっさい耳をお貸しにならなかったことだ。

おぼしめしひとつで生きている彼女たちだからこそ、女官はすべて平等に扱わなければいけない。そうおっしゃり、帝の側室たちにもご配慮を忘れたことのない皇后が、歌子のことになるとむきになられた。かたくななまでに頻繁《ひんぱん》に歌子をお召しになり、お歌のお相手を命じたりなさる。御下賜品《ごかしひん》の衣裳《いしょう》も歌子がいちばん多かった。

そしてさらに人々の目を見張らせたのは、出仕二年めの歌子に、御書物掛をおおせつけたことだ。おそらく歌子の読書好きをお知りになっていたのだろう。聡明《そうめい》な若い女は、たちまちのうちに、宮内省図書寮《ずしょりょう》の本を読破したらしいと人々は噂《うわさ》し合ったものだ。

同時に皇后は、帝との御進講の席にも彼女をお連れになった。当代一の国学者、福羽美静、漢学の元田永孚らが声高らかに講義を進める最中、歌子は目を伏せたままじっと後ろに侍《はべ》っていた。

全く確かに利口な女だったと帝は記憶をたどる。よく余興に、歴史や伝説上の人物の名をあげ、それを御題として歌をつくらせると、内裏の女官たちなどもはや相手ではなかった。「ジャンヌ・ダーク幽囚」などと帝がおっしゃると、「濡衣《ぬれぎぬ》の下に朽ちけり姫小松ひとやに千代のみさをとどめて」と、即座に歌をつくりあげた。御進講の内容について、皇后がなにかおっしゃると、文字どおり間髪を入れずにお答えすることもできる。幼ない頃から御学問好きの皇后が、あれではなるほどお側に置きたがるわけだと、当時女官たちは口惜《くや》しさと嫉妬《しっと》の混じったもの言いをしたものだ。

日本女子教育界の重鎮といわれ、学習院のお役目をいただく自分が今日あるのは、皇后さまのおかげと歌子は常々言っている。それはそうに違いない。それにしてもあの当時の皇后のもの狂おしさは、いったい何だったのだろうかと帝はお思いになる。

葉室光子や橋本夏子に、次々と御子が生まれていた頃だ。歌子への異常なまでの御寵愛は、自分へのあてつけだったのだろうか。それとも淋《さび》しさをまぎらわすためだったのだろうか。

帝は皇后の高麗壺《こうらいつぼ》のようなお肌を、もう一度ご覧になった。この下に妬《ねた》みや恨みが籠《こ》められているとはどうしても思えない。触れずに思いをめぐらすだけだが、確かにそうだろう。

帝はふとある不安にかられた。そしてつい皇后にこんな質問をしてみたくなられた。

「美宮は、〝乱行〟という言葉を知っているか、〝妖婦《ようふ》〟はどうだ」

多分皇后は知らないとおっしゃるだろう。その時の表情を思いうかべると、帝はなぜか胸はずむようなお気持ちになられた。

明日も、あの子どもたちから新聞を取り上げてやろう。

皇后からあれほど愛された女が、明日は妖婦となって登場する。そのことを皇后は全くご存知ない。帝はかすかに歓《よろこ》びに似た感情をお持ちになった。

二月二十七日

膳の上には見事な鰹魚節《かつおぶし》が置かれている。なだらかにそって艶《つや》があるそれは、あまりにも大きいので木片のようにも見える。ちょうど今の季節の、芽吹くには早い木々の枝にも似ていた。

もちろんこれを齧《かじ》るわけではない。今日も息災で過ごせるようにとの、朝の縁起物である。そして鰹魚節をとり囲むように白磁の食器がいくつも並んでいる。三汁五菜といえば聞こえはいいが、焼塩、田作り、塩昆布《しおこんぶ》などがほんのひとつかみ菊の御紋章入りの皿に置かれているだけだ。

が、すでに六十を越している老女にはこれで十分であった。

柳掌侍《やなぎのないし》こと小池道子は、朝食をとる前に、御内儀の方向に御黙礼を申し上げる。今日の彼女は皇后の朝食をお世話するため、あと小一時もしたら、長い百間廊下を渡ってあちらに行かねばならなかった。

道子はさっそく箸《はし》を取り上げ、塩昆布を咀嚼《そしやく》する。背はかなり丸くなったというものの、歯はかなり丈夫で、しっかりと昆布を嚙《か》み切ることもできる。それは思っていたよりも塩辛くない。まろみのある塩加減はおそらく京都のものだろう。

塩昆布に限らず宮中の女たちは、京都のものなら何でも有難がる。京都出身の者が大部分を占めているせいもあって、

「東京《こちら》のはおいしゅうない。京都のはこないとは違う」

というのはよく聞く言葉だ。お下がり品だけでは飽き足らず、保存できるものや菓子は京都から取り寄せる者も多いが、水戸の出身である道子には縁遠い話だ。下級武士の娘に生まれた彼女は、幼ない頃《ころ》からどんな粗食でも不平なく口にした。同時に食べ物の話をするのはいちばん卑《いや》しいという躾《しつけ》も受けた。宮中にあがってもう二十年以上になるが、舌をぴちゃぴちゃ鳴らすようにして、やれ朝掘りの筍《たけのこ》がどうの、加茂川の鮎《あゆ》がどうのと話す公卿の女たちに慣れることはできない。

「旦那《だんな》さん、ほな、おしまいを……」

老女に促されて道子は立ちあがる。彼女のことを旦那さんと呼ぶのは、老女一人と、針女《しんみよう》という名の侍女三人である。長屋風の局《つぼね》といっても、そのひとつひとつの間取りは大きく、それぞれ主人と家来とで構成されていた。掌侍である道子の局は六部屋であるが、皇太子殿下の御生母さまの柳原愛子《なるこ》の局は八部屋と身分によって大きさも違

う。主人と家来の湯殿や便所も別々で、局のひとつは小さな家ぐらいの広さはあるだろう。

いま針女たちは緊張している。お局から出仕する旦那さんの衣裳を着つけるのが、彼女たちのいちばんの難事なのだ。道子は制服である白い洋装に着替えるのであるが、これを手伝う時、針女たちは立つことができない。必ず座ったまま膝《ひざ》で歩く。やむを得ず立たねばならぬ時は、世にも哀《かな》し気に「おゆるしやせ」と声をかけた。

帝《みかど》と皇后の前に立つ道子は、ふつうの人間ではない。清らかな上にも清らかにしなければならぬ。大奥では腰から上をお清《きよ》、腰から下をお次《つぎ》という。衣裳の着替えを手伝う際に、針女たちはどんなことがあっても、自分の腰から下へ手をつけない。たとえ指の先でもだ。御内儀へ入る道子の衣裳に、針女のお次に触れた手がかかったりしたら大変なことになる。ふだんそれほどやかましくない道子も、これは徹底させた。

着替えの時は、道子も針女たちも気が張っているので間違いは起こさないが、危険なのは部屋で寛《くつろ》ぐ道子に侍《はべ》ったりする時だ。ふつう正座して手を膝に置く時も、宮中の女だったら決して掌《てのひら》を下向きにしない。不浄なお次に触れぬよう、手の甲を下に向けてそっと置く。指はかばうように、内側に丸める。もしうっかりとこれを逆さまにしようものなら、道子の怒声がとんだ。

「お次になった、退《さが》りや！」

叱《しか》られた針女はそのまま退出させられ、しばらくは道子の前に出ることができないほどだ。

食べ物の好みには違和感をおぼえるくせに、京都訛《なま》りの御所言葉にも、こうした禁忌にもことごとく慣れていった自分を、道子は不思議に思うことがある。水戸の一藩士の娘に生まれた身の上が、いつしか禁裏の奥深く住まうようになったことからして、つじつまの合わぬことなのだが、それを深く考えるには道子は年をとりすぎていたし、なによりもここの生活に慣れていた。

「ほなら」

道子が立ち上がると、老女も針女も深く頭を下げる。八畳の襖《ふすま》を開けると、さらに一間の畳廊下があり、その次の襖を開けると、百間廊下がひろがっている。両脇《わき》は局だ。ここを渡って御内儀へ入れるのは高等女官だけに限られている。足の裏につき刺すような冷気をたくわえた、この長く暗く続く廊下は、いってみれば女たちと神々《こうごう》しいものとを結ぶ線である。滑るように歩きながら、道子ははるか前方を見る。六丁先の百間廊下の出口のあたりに、西洋蠟燭《ろうそく》がいくつも輝いていた。女嬬《にょじゅ》たちはもうとうに立ち働いているらしい。

今朝の皇后は、本当に御機嫌《ごきげん》うるわしかった。牛乳入りの珈琲《コーヒー》とパンを召し上がった後、権掌侍《ごんのないし》、藪嘉根子《やぶかねこ》がお見せする明日のおかんばんをご覧になったのだが、それについても軽い冗談をおっしゃったほどだ。いつもなら大膳職《だいぜんしょく》から届けられる献立表に、皇后はそう熱心ではあられない。お好きなものや、召し上がりたいものをこの時お伺いすることになっているのだが、皇后は決してそういうことを口になさらないからだ。しかし今朝に限って、

「目のついたおまなをたまには食べたいものだ」

と笑いながらおっしゃった。このところ鮭《さけ》のソテーや、ぶりの焼いたものなど切り身の魚ばかり続いていたことに、女官たちは思いあたる。多分このことを、大膳職は恐懼《きょうく》して聞くであろう。

帝が表御座所にいらっしゃる午前中、皇后は御座文庫の前にお座りになり、新聞や献本をお読みになる。御学問好きの方でいらっしゃるから、それは大層ご熱心だ。時々は御下問もある。若い女官たちはまごつくことがあったが、道子はすばやくお答えする。もともと歌を認められて宮中に入った道子であるから、この頃は皇后のお話相手になることが多い。煙管《きせる》に火をおつけするのも道子の役目だ。

帝の前では決してお吸いにならないが、皇后は大変な煙草《たばこ》好きでいらっしゃる。銀の煙管に火がつくと、美しい切れ長の目を細められ、いかにもおいしげに煙をお吸いになった。

この方はおひとりでいらっしゃる時の方が、はるかにのびやかで楽しそうでいらっしゃる。道子は時々そんなことを思うことがあるが、なんと畏れ多いことかとただちにその考えをふり払う。帝と皇后の御仲の睦《むつま》じくていらっしゃることは、一人とて国民の知らぬ者はなく、すべての人々は規範とも理想とも考えているのだ。

現に帝の入御のお時間が近づくと、皇后は手を洗い口をすすいで御衣裳も整えられる。表御座所からおもどりになった帝を、最敬礼でお迎えになった。これからお二人で、お昼食を召し上がるのだ。

若い女官たちが昼食の準備に気ぜわしく動き出したのを汐《しお》に、道子は静かに退出した。歩きながら、まだまだ達者だと自分に言いきかせる証《あかし》のような食欲がゆっくりと頭をもたげてくる。若い頃、自分のこの健やかな食欲をどれほど道子は恥じたことだろうか。うまいものには目が無いくせに、公卿出身の女たちはほんのわずかな分量しか口にしない。さすがはさむらいの出や、まるで針女のように食べらはると、いくつかの陰口も聞いたことがある。

そう、この場所でやと道子は足を止めた。百間廊下の入口、左手前に女官たちの食堂がある。勤務中の旦那さんのために、ここに局付きの針女が食事を運んでくる。といっても、身分の低い者は百間廊下より先には行けないきまりなので、ぎりぎりの境界線に置かれた棚《たな》に膳を置いた。そこから食堂までは別のものが運んでくるという手順だ。

もう何年もここで道子は食事をとっていない。もう少し時間が後になると女官たちでにぎやかになるこの部屋も、両陛下のお食事の時間にあたるためかひっそりとしている。

「世間広し」の貼紙《はりがみ》は今もあった。最初は誰かが茶目っ気を出して書いたのだろうが、今では女官食堂になくてはならないものになっている。煎餅《せんべい》やかき餅《もち》、ビスケットなどたっぷりと詰まった鑵《かん》にそれは貼られていた。世間は広いのだから、菓子を自由に食べてもよいという意味である。

そういえばと道子は思い出す。今日は遠縁の娘、晃子が訪ねてくることになっている。茶菓の用意は老女に伝えただろうか。多少軽々しいところのある晃子は、内裏にあるものは何でも珍しがり喜ぶのだ。帰ったらさっそく老女に言いつけてなにか見つくろっておかねばならない。「世間広し」の菓子よりも、もっとうまいものを食べさせなければならなかった。

スカートの裾《すそ》をひいて道子は再び歩き始める。帝が「くくり猿《ざる》」というあだ名をつけられた通り、小股《こまた》のせわしない歩き方だ。それは年をとっても全く変わってはいない。それにしても、この百間廊下のなんと暗いことよ。長さの割に驚くほど狭いので、一層陰鬱《いんうつ》な印象をあたえる。いくつかの階段があり、そこには闇《やみ》と数多くの迷信が息づいていた。時々参内のために北車寄せからお入りになる皇孫のお一人が、ここを覗《のぞ》かれて気味悪いとおむずかりになったそうだが、子どもには確かに嫌《いや》なところだろうと道子は思う。

お局の前にところどころ、道子を目にした老女や針女がかしこまって頭を垂れているのも亡霊のように見える。通り過ぎる際、よその家来たちには「お構いのう」と声をかけてやらねばならぬ。もはや長老の類《たぐい》に属する道子に、他の局の女たちも深く頭をたれているからだ。

「お構いのう」

「お構いのう」

いちいち声を発して、やっと道子は自分の局にたどりついた。

少女の頭の上で水色のリボンが揺れている。女学生にしては高価な繻子《しゅす》のリボンだ。そういえば道子がおととい読んだ新聞にこんなことが載っていた。最近リボンが大流行で、なんと一年間に二百五十万円も売れたそうである。今まで日本にはリボンを製造する工場がなく、すべて外国からの輸入に頼っていたのであるが、このほど発起人会ができ、いよいよ会社設立に向けて動き出したという。

女官といえば世間知らずの代名詞のように言われているが、この程度のことは新聞で見知っているのだ。

道子がやや誇らしげにそれを告げると、晃子はくっくっと身をよじって笑う。学習院に通う彼女は、そろそろ縁談もある年頃だというのにすべてが子どもじみている。しょっちゅうこの局を訪れるのも、無邪気な好奇心のためなのだ。

局には面会所もあるのだが、親しい女性の客ならば中に通すこともできる。それをいいことにつてを頼って見物にくる者もいるほどだ。晃子も一度ここを訪れて、どうやらやみつきになってしまったらしい。まるで源氏物語の世界のようだとはしゃいだ声を出す。事実、目の前にいる老女は、白塗りの厚化粧に羽二重に緋《ひ》の袴《はかま》を履き、お搔取《かいどり》という名のおそろしく派手な袿《うちぎ》を羽織っている。これが寛ぐ時の普段着などとはどうしても信じられない。世の中の女たちとはまるで格好が違っているのだ。明日、学校へ行ったらこのことを詳しく教えてやろうと晃子は決心する。華族でも政府高官でもない実業家の娘である彼女にとって、女官の伯母を持っているということはかなり肩身が広くなることでもある。

「そのリボン、よろしおすな」

少女の視線につい道子は照れてしまう。自分から何か質問して目をそらさせようと図った。

「どこで買《こ》うたんえ」

「三越ですわ。あそこが巴里《パリ》製のリボンがいちばん揃《そろ》っているんです。でも……」

晃子はいったんうつむいた。

「もうこんなものもつけたりできないんですの」

「ほう、なぜえ」

「乃木《のぎ》将軍がお嫌《きら》いだからです。普段の生活でも華美なものはいっさいつけちゃいけないっておっしゃるんです。とにかく質素を心がけなさいって……」

そして晃子は思いきったように顔を上げた。

「でもいいんです。私たちも乃木将軍が大嫌いだから。学習院の生徒はみんなそうですわ。みんな乃木将軍が大嫌いなんです」

少女の〝大嫌い〟という言葉は、きいんと部屋に響いた。この静かな局で、これほど強い言葉をはっきりと口にしたものは今まで誰もいなかった。

晃子の話はさらに続く。この月の初め、乃木将軍が学習院院長に任命された時の演説といったらなかった。女生徒を集めてさまざまな訓示をあたえている最中、彼は「お父《と》ッつァん、おッ母《か》さん」と口にしたのだ。これには少女たちは仰天した。それまで彼女たちが学習院女学部長の下田歌子からさんざん聞かされていたのは、だいいちに雅《みや》びということであった。たとえばそれは「お父さま、お母さま」と、三ツ指をつく娘になることであったのだ。

「みんな、下田先生のお話の方がずっとよかったって言ってます。その後も先生はご立派でした」

歌子は乃木の演説がひととおり終わった後、演壇に立って凜《りん》としてこう言ったという。

「ただいま乃木閣下は、お父ッつァん、おッ母さんとおっしゃいましたが、閣下はまだ新任そうそうでいらっしゃるのでなにごとも御存知ないのです。これはやはり、お父さま、お母さまとおっしゃらなくてはいけませんよ」

この一件が歌子と将軍との間に、いささか物議をかもし出しているという。なるほどと頷《うなず》きながら道子は、この話はすぐさま女官たちに伝わるに違いないとぼんやりと思った。たいていの女官たちは、学習院に通う身内を持っている。彼女たちからの手紙や会話で、女官たちがこの話を知って怒るさまが目に見えるようだ。

なにしろこれほどおもしろい話というのは、めったにあるものではない。もともと乃木将軍というのは女官たちに人気がなかった。武骨な軍人気質そのままに、すべてに融通がきかない。それなのにことのほか帝が深くおぼし召しているのも女官たちには気に入らないのだ。

その反対に歌子への信頼や人望というのは大変なものがある。なにしろ歌子というのはこの宮中出身なのだ。老いた女官の中には皮肉を言うものもいたが、士族出の元女官で正四位にのぼった女など、これからも現れるはずはない。おまけに学習院の生徒たちから慕われ、尊敬の的になっていることは貴族に連なる者なら誰でも知っていることだ。

「でも、この頃、おかしな噂《うわさ》がとんでいるのを、おばさま、ご存知？」

晃子の顔にはあきらかに強い躊躇《ちゅうちょ》の色があらわれた。だが言い出すまいかどうしようかと迷う口元は微笑にも似ていて、それは十五歳の少女には全く似つかわしくないものであった。それは道子にも憶《おぼ》えがある。帝の御寝台に昨夜誰があがったかをささやこうとする女官たちの唇《くちびる》と同じだ。

一瞬道子は制しようとした。しかし突然起こった好奇心が彼女から言葉を失なわせた。それを道子は少女の無頓着《むとんじゃく》な早口のためだと思おうとする。

「いま学習院では大変な騒ぎです。『平民新聞』というのに先生のことがいろいろ書かれているんですの」

平民新聞と聞いて、さすがに道子は顔色を変えた。世にも怖《おそろ》しい危険分子たちの集まりだということしか知らないが、「平民」という語感だけで道子を身震いさせるには十分なものがある。

「大丈夫ですわ。お兄さまが帝大の法科にいってらっしゃるお友だちがいて、その方が見せてくださったんです。でもみんな怖がってただ読むだけにしたんです。だって持っていたりしたら警察につかまるんでしょう」

急に晃子はあどけない表情になる。

「でもね、私、おばさまにお見せした方がいいんじゃないかと思って、少しだけ書き写しておきましたの。ちょっとお待ちあそばせ」

巾着《きんちゃく》を開けると、リボンと同じ色のノオトが出てきた。広げて見せる。かなり習字をやらされたらしい。彼女の性格からは信じられないほど几帳面《きちようめん》で美しい文字が並んでいる。

「ねえおばさま、ここに書かれてあることって本当でしょうか。ねえ、どうお思いになる?」

いつのまにか道子は手を伸ばしていた。それがその「平民新聞」とやらだったらもちろん触れもしなかっただろう。しかしいま掌《てのひら》にあるのは、小ぶりの水色のノオトだ。

「三日分持ってまいりましたの」

実に愛らしい声で晃子は言った。

▲男子は歌子を讃美《さんび》す　伊藤狒々《ひひ》侯は歌子を論ずるや必ず「下田さんは大臣になる器度があります」と云《い》ひ、大隈銅臭《おおくまどうしゆう》伯は「下田歌子君は真の女傑だ、その大胆な所とヅウヅウしき所は大陸的の女傑だらう」と云ふ。何だか大隈は自分が男の豪傑で女の豪

傑としては、歌子を許してもよからうといふ己惚《うぬぼれ》らしけれど、真に歌子に感服せることと多きは疑を容《い》れず、又井上詐偽《さぎ》伯は「下田さんは男であつたら大臣にして見たい。生馬《いきうま》の眼《め》を抜くといふは斯《こ》ういふ女丈夫だ」と讃美し、山縣老奸《ろうかん》侯は「下田歌子といふやうな縹緻《きりよう》や才学はどうしてどうして昔から日本にはありますまい。清少納言、紫式部の後からコンナえらい女は生れたものはありますまい」とムヤミヤタラに御感状を捧《ささ》げしとは何の理由にや。或《ある》口悪き男は「ベラボーメ、元老といふ狒々親爺《おやじ》が一人の女つちよを口から出任せに褒《ほめ》ちぎるは何の事だい。共同便所の功徳《くどく》を讃《ほ》めるといふ筆法だ」とマサカ天下の名媛《めいえん》、海内の女秀才、正四位学習院女子部長下田歌子女史を吉原《よしわら》あたりのチョンチョン格子《ごうし》の花魁《おいらん》と同一視するは以《もつ》ての外の不都合なる次第なり。

▲女学生の観《み》たる歌子　目白花柳大学の生徒は、この頃かかることを物語りしことありき。「誰れでも下田歌子さんを理想せぬ者がありませうか。正当の夫はなくても勝手気儘《きまま》に男を情郎《いいひと》に作ることも出来るし、くだらぬ家政などに心配せず、毎日ラブばかりして面白をかしく暮せるではありませんか」と。本郷切通しの大忠君愛国家西沢之助が経営する日本女学校の生徒はかかることを語りしを聞けり、「私の理想は宮内《くない》省に這入《はい》りたいばかりです。宮内省に這入れば、私の位地も進んで行きます。私の大きな欲望は満足されるのです。私の心を代表してをるものはアノ下田歌子さんです。

私はドウか下田さんのやうな者になりたいのです」と。ああ目白の花柳大学は色を漁せんとして下田歌子を御祖師様とせんとし、本郷の愛国的学校にては欲を飽かしめんがため、下田歌子を理想的名婦とするに至れる也《なり》。

ここまで読んで道子はため息をついた。少女の文字で書かれているだけに、いっそう不気味さがつのる。

いったい歌子が何をしたというのだろうか。道子が知っている彼女は、輝くような才能と強運の持ち主だった。道子が出仕した明治十八年当時、歌子はすでに皇后の寵《ちょう》を得て大変な勢いだったといっていい。結婚のためにいったん辞したものを、寡婦《かふ》となってからまたもやお召しになったのも異例なら、宮内省御用掛という特別のお役目につけたのもそれまでにないことだった。しかも年俸《ねんぽう》は千円という途方もないものらしいと、女官たちは噂しあったものだ。

皇后さんは昔からあの女を大層お可愛《かわい》がりになった。けれどもこのなされ方は尋常ではないと憎らし気に言う老女もいた。そんな空気を知っていただろう歌子は、決して驕《おご》ることなく方々に心をつくした。その賢《さか》しげなのが嫌《いや》だとさらに言う者もいたが、なかなか出来るものではないと、道子など舌をまいたものだ。大胆に自分の才を見せながら、片一方では細心に人の心を読む。歌子は他の女官たちとはまるでちがっていた。だからこそひときわ宮中で目立っていたのだ。

それにひきかえあの頃《ころ》この自分は、全く身の置きどころがないような日々をすごしたものだと道子は記憶をたどる。

水戸の士族の娘として生まれた道子が、有栖川宮《ありすがわのみや》にお仕えするようになったのは、ひとえに歌を続けたいからであった。幼ない頃から歌を詠《よ》み、娘時代には高崎正風の門を叩《たた》いた道子にとって、歌の道に精進することと生活の糧《かて》を得ることとの、この二つがかなうことといったら、宮仕えしかなかったのだ。維新の混乱で結婚などとうにあきらめていた。

しかし道子のこの思惑は全く当人の知らぬところで大きな展開を見せる。有栖川妃が皇后にこうお話しになったのだ。私のところに素晴らしい才女がおります。歌道に秀《すぐ》れ人物もなかなかのものでございます。この女を宮中に御召しになってはいかがでしょうか。

筋金入りの尊王派だった父や兄は名誉なことだと大層喜んだ。嫌だと思う理由など何ひとつない。しかしどうしても浮き立つような気分になれなかった。そして道子のこのぼんやりとした不安は、出仕して徐々にしっかりとしたかたちをとり始める。

道子の宮中奉仕が決まった頃に、歌子の夫が亡《な》くなったのだ。四十九日の忌明けを待ち構えるようにして、皇后は再び歌子を御召出しになった。道子が出仕する半年前のことだ。

皇后の歌の御相手にと所望された道子であったが、出仕の時にはすでに歌子が復帰していた。しかも宮中での彼女の地位は揺るぎないものになっていたのである。

大宮の玉のうてなにのぼりてもなほおぼろなり春の夜の月
手枕《てまくら》は花のふぶきにうづもれてうたたねさむし春の夜の月

「春月」という御題のもとに、その昔歌子が詠んだ二首は、皇后が絶賛され、それから思召《おぼしめ》しが深くなるきっかけになったものだ。しかし今まで誰にも言ったことがないが、道子はいまひとつこれに感心しない。いかにも若い女がすらすら詠んだ軽《かろ》みだけが目立つものではないか。

けれどもその後も皇后は、歌子の詠むものはすべて深く頷かれた。歌子は小野小町の生まれ変わりじゃとおっしゃったとも聞く。ここまでなら、自分より十も年下で、寵が深い女に嫉妬《しっと》しているのだと自分をいましめることも出来たのだが、道子の不安はさらに大きく膨れていく。それは決して他言することも、自分の胸の内に繰り返すこともできない種類のものであった。

帝《みかど》があまりにも自分の歌を誉《ほ》めてくださるのだ。

もともと帝は歌に深い愛着をお持ちであった。御自分でも実に多くの歌をお詠みになるし、桂園《けいえん》派を宮中で盛りたてたりもなさる。道子の師、高崎正風は桂園派の大家、八田知紀《はったとものり》の門から出た人であるから、自分の歌に御感心くださるのは当然といえば当然であるが、そこにどうにも不自然なものを道子は感じるようになった。

たとえば女官たちに御題をお出しになる。歌子の歌をお誉めになるのは皇后だ。するときまって帝は道子の歌をお取り上げになる。たくさんの御言葉もくださる。まことに畏《おそ》れ多いことであるが、そこに帝の意図を感じるようで道子は息苦しくなる。皇后があまりにも歌子に御執心あそばすので、それをおいさめするためだろうかと思ったことも何度かあった。しかしそれよりも道子が感じたのは帝は皇后のお気に召したものに逆《さか》ってみたいのではないだろうか、その道具として、自分を使っているのではないだろうか、ということであった。いや、いや、そんなことを死んでも考えてはならぬ……。頭に浮かぶ二十年前の記憶をふり払おうとしたら、機械的にノオトのページをめくっていた。

▲新潟女学校生徒の理想　淫乱《いんらん》なる元老等には娼妓《しょうぎ》の如《ごと》く遇せられ、田舎の女学生には女王の如く慕はれつつある下田歌子について面白きことあり。此《こ》の内、新潟女学校に於《お》いて某教師はその生徒に「理想せる人」といふ題を課せしに、その最高点に上りし

は斯《か》くいふ下田歌子なりき。新潟といふ所は昔から日本第一の大遊廓《ゆうかく》吉原に多くの娼妓を輸出したる所にして、北陸の美人国として船頭相手の風俗壊乱の良港なれば、女学生などは嫁入りの仕度金を貯《たくわ》へるため、ひそかに西洋人に恥しきこととする位なれば、己の理想の人は下田歌子なりと口をそろへて答へしは、何たる正直なる良心の告白ぞや。自ら恥辱を取りし新潟女学校の生徒よ、之《これ》を辱《はずかし》めたる下田歌子よ、オー若き女学生よ、彼女を祭つて三拝九拝せば、直《ただち》に金儲《かねもう》けの道を開かんか。ああ悲しき新潟女学校の女学生よ、憐《あわ》れむべき彼《か》の下田歌子よ。

「吉原」「娼妓」という言葉が目を射るようだ。これを読むばかりではなく、書き写すとは全く近頃の女学生は何を考えているのかと、道子は空怖しくさえなってくる。しかしそれでもノオトを閉じることはできない。途中で放《ほう》り出すのは、孫のような少女の前で威厳を失なうというものだ。これは最後まできちんと読み、そして訓戒をたれた方がお互いのためというものではないだろうか。

▲歌子の父 父は平尾鍒蔵《じゅうぞう》と呼び、美濃《みの》国の一小藩岩村藩の漢学者にして又勤王家なりければ、火の如き熱情と岩の如き意思は其《そ》の全身を支配するばかりなりき。されば当時父は度々獄に下され閉門謹慎の刑を受けたること多かりしかば。幼き歌子は云ふ

べからざる感化を得たりしなり。「何あに女とても負けるものか」といふ熱を盛りたる絶叫は此の一少女の心臓より迸《ほとばし》り出《い》でしなり。

▲天才なる彼女よ　彼女は儒者の家に人となりしも、祖父や父は女などは学問する必要はなしと今川流や女大学流の教育するにも、敏《さと》き鋭き彼女は祖父や父の眼をかすめて詩を作り歌を詠じ、古今集や唐詩選を一日も手を離すことはなきより、さすがの祖父や父はコンナに勉強するならば仕たい放題させるがよからんと、遂《つい》には自ら四書五経を教へて彼女の発明を讃しつつ、歌道の方は八田知紀の門に入らせ和歌の上達を喜ばせつつありしが、其の十二三才にて父母や祖父の為《た》めに手紙を代筆するにも筆蹟《ひっせき》美《うる》はしく墨のいろ匂《にお》はんばかりなるに父母は十二三才の女がよくもかかる美事なることをなすものかなと驚嘆したりき。

▲祖父をたよりに遊学す　彼女が祖父は矯激峻烈《きょうげきしゅんれつ》なる気質とて、かてて加へて養子なれば、何かの理由にて遂に離縁して、美濃国を去りて東京に上り、家を作りて其処《そこ》に棲《す》みしが、祖父と孫女とはさすがに離れ難たなき人情に、三日に一度は文通して熱き思を運びしが、遂には祖父より物学ぶには新らしき都こそよからめと東京遊学をすすめしかば、功名心火の如く幼き胸に燃やせる彼女は遂に祖父をたよりとして東京遊学に出掛けしが、彼女が行きて四五年、彼女や祖父のこと思ひ煩《わず》らひて平尾氏夫婦が故郷をすて東京に上りて同じき家に起臥《きが》するに至りし。

▲宮仕への歌子　彼女が十五の年東京に来《きた》りしと前後して其の師八田知紀が東京に移転したるが、その因縁よりして彼女の和歌の才秀《ひい》でたること宮内省の御歌所にて認識され「敷島の道をそれともわかぬ身に危くわたる雲のかけ橋」と即吟して直ちに宮仕への身とはなりけり。ただ一個の貧乏武士の娘にて尾羽うち枯せし浪人の家にも天《あま》つ光は恵まれて、彼女は宮内省の出仕となり宮中女官の歌の教授を仰《おお》せ付けられ、其の怜悧《れいり》機敏なる才には何人も敵《かな》はず。

ここまでは道子の知らない歌子であった。そしてその経歴が自分とあまりにも似ていることに道子は驚かされる。尊王の家族がさまざまな辛苦をなめ、維新の後に報われるというのはさんざん歌や芝居のねたにもなったものだ。尊王であることは御維新の際にまるで当たりの富クジのような働きをした。つまり道子にしても歌子にしても、その頃日本で何十万と行なわれてきた賭《か》けに勝ったのだ。

ふと道子は思った。宮中では数少ない士族の娘であったのに、どうして歌子と自分とは心を寄せあうことがなかったのだろうか。生いたちの話など一度も聞いたことがない。

歌子が友としていたのは、むしろ税所敦子《さいしょあつこ》であった。七年前に七十六で天寿を全《まっと》うしたこの才女は、数々の秀歌を詠み、宮中の女官に新しい風を入れたことで知られているが、彼女もまた武士の娘であった。歌子と敦子は常にぴったりと寄り添い、まるで親子のようだと噂されたものだ。

歌子は道子を決して疎《うと》んじていたわけではない。自分の方が高い地位であったにもかかわらず、年上の道子に礼をつくした。時々は歌を詠み合ったこともある。ただ道子と顔を合わせるといつもうっすらと笑った。歌子の笑顔は宮中でも有名で、どんな時でも優し気に微笑《ほほえ》んでいると人々は感心したものだ。

しかし今思うと、あれは確かに拒絶だったのだ。同じ士族出身だからといって、生いたちが似ているからといって、どうして手を取り合わなくてはいけないのか、あの目はそう言っていた。

そうだ、今ならわかる。あの女は宮中の歌の名手などというものではなく、もっと違うものを欲していたのだ。そうでなければどうしてあちらは正四位、こちらは老いさらばえた女官なのだろうか。

道子はさらにページをめくる。それは二十年前に出来なかった小さな復讐《ふくしゅう》というものであった。

二月二十八日

日露戦争以後、まるで熱病のように流行《はや》った二百三高地という結い髪はようやくすたれつつある。昨年あたりから、女たちはこぞって花月巻きという、庇《ひさし》の大きい髪型に変えた。その鬢《びん》のあたりが、二筋、三筋ほつれている。考えごとをする時、猿橋睦子は髪をかき上げるようにするので、いつも結い上げた髪がすぐ崩れてしまう。それが東京帝国大学教授夫人にしては、ややだらしない印象をあたえた。

いま睦子が手にしているのは、一枚の紙だ。「平民新聞」と人々が怖《おそ》れと興味をもって呼ぶそれを、もう睦子は何度か手にしている。十年前独逸《ドイツ》留学から帰朝し、行政法を講義する猿橋正道は、平気でこれをうちに持ち帰るのだ。書生にあたえるのが大半だが、テーブルの上に置いたままにすることも多い。女学校出の才媛《さいえん》の妻は、それを拾い読みすることもあったが、決してそのことを夫には言わなかった。

なぜなら西欧の洗礼を受けたにもかかわらず、正道は女の知識欲などというものに、はなはだしい嫌悪《けんお》を持っているからである。

けれども今日は違っていた。夕近く本郷から帰ってきた正道は、フロックコートのかくしから、この新聞を妻に差し出したのである。

「『平民新聞』も思いきったことをやる」

なぜか正道は上機嫌《じょうきげん》であった。

「飛ぶ鳥を落とす勢いの下田歌子女史に向かって、まあ大層な喧嘩《けんか》をふっかけたものだ」

「まあ、下田先生がどうなさったのでございますか」

彼女が師であったのは、もう二十年以上前であるが、未《いま》だに睦子はそのような言い方をした。

「昨年だったか、おととしだったか、学習院統合の時に、下田女史は大きな人事をしただろう。確か教師を十何人も辞めさせたはずだ。それで彼らの恨みをかったと、もっぱらの評判だが……」

ほら、ご覧と夫はその紙を渡してくれたのであるが、もちろん睦子がすぐに目を通せるはずがない。女中の手を借りずに夫を着替えさせ、夕食の膳《ぜん》を整えなければならなかった。夫の気まぐれな優しさに甘えようものなら、後でめんどうなことになるというのを、長い結婚生活で知りぬいていたからだ。

夕食に葡萄酒《ぶどうしゅ》を半本空けた正道は、いつものように書斎に長居もせず、すぐに寝室に入ってしまった。そしてその後、初めて睦子は新聞を手にしたのだ。

まず「妖婦《ようふ》」という文字が飛び込んできた。

それは平凡な家庭婦人である睦子にとって、めったに触れることのない文字だ。一息に読んだ。おいたわしいとつぶやく。けれど心の奥で「やはり」と叫ぶ自分に睦子は気づいていた。

妖婦下田歌子（四）

▲歌子と劍客の結婚　大宮仕《おほみやづか》へに幾年《いくとせ》を過《すご》したる歌子《うたこ》は、廿二の芳紀《とし》を迎《むか》へたる明治《めいぢ》十二年《ねんこ》粉雪《ゆき》ふる頃《ころ》、初《はじ》めて鴛鴦《をし》の屛《ふすま》を圍《かこ》みしが、夫《をっと》といふは下田猛雄《しもだたけを》とて千《ち》葉縣人《ばけんじん》にて、民谷流《たみやりう》の達人島村勇雄《たつじんしまむらいさを》の高弟《かうてい》にて曾《かつ》て暫《しばら》く歌子《うたこ》が實父《じっぷ》平尾鍒藏《ひらをじうざう》の家《いへ》に食客《しよくかく》となりしことあり、其時父母《そのときふぼ》の眼《め》にて歌子《うたこ》と許嫁《いひなづけ》したるなり猛雄《たけを》は結婚《けっこん》して後免許皆傳《のちめんきよかいでん》の上道場《うへだうぜう》を麻布長坂《あざぶながさか》に設《まう》けしが、加賀《かゞ》の千代女《ちよぢよ》のそれならで初契《はっちぎ》りの柿《かき》は少《すこ》しく澁《しぶ》く、歌子《うたこ》は多年大宮仕《たねんおほみやづかへ》の風流《みやび》に馴《な》れ優《ゆう》にやさしく物淑《ものしとや》かなるに夫《をっと》は猿《ましら》の如《ごと》く荒《あら》くれて小兵《こべう》の身《み》に二尺《しやく》八寸《すん》の長劍《てうけん》を佩《お》ぶる態《さま》は面白《おもしろ》きコントラスト、黒《くろ》き巖石《がんせき》を負《お》うて立《た》てる一朶《だ》の白薔薇《しろばら》とも思《おも》はれたり、されど歌子《うたこ》は、夫《をっと》が

今《いま》の文弱《ぶんじやく》の時代《じだい》こそ癪《しやく》にさわると物《もの》を壊《こわ》し亂暴狼藉《らんぼうらうぜき》いたらざるなきもヂット忍耐《にんたい》して數年《すねん》を過《すご》し、十五年《ねん》の頃《ころ》、夫《をつと》が中風《ちうぶう》にかゝりて病床《べうせう》に呻吟《しんぎん》する身《み》となりて後《のち》も歌子《うたこ》は自《みづか》ら甲斐《かひ》々々《ぐ》しく看護《みとり》をつとめしとは當時《たうじ》彼女《かのぢよ》の心情眞《しんぜうしん》に掬《きく》すべきにあらずや

あの下田猛雄という人は、本当にお気の毒な方だったと睦子は思う。睦子が下田歌子の私塾《しじゆく》へ入学したのは、明治十五年であったが、その頃まだ下田猛雄は、庭を軽く歩くほどの元気は残っていて、あれが下田歌子先生の夫かと、睦子たち少女は、障子の陰から盗み見をした。顔が浅黒くて背が驚くほど低い。まるで少年剣士そのままの黒目がちの瞳《ひとみ》が唯一《ゆいいつ》の取《と》り柄《え》で、とうてい下田歌子の夫になるべきではないというのが、塾に集う少女たちの一致した意見だった。

「先生は婦女の鑑《かがみ》のような方だから、両親にそむくことができなかったのでしょう」

と心得顔に言う生徒もいたが、この意見はあまり歓迎されなかった。それよりも、もうひとつの囁《ささや》きの方が、はるかに信憑性《しんぴょうせい》を持った。

「あの方は、先生が初めて純潔を捧《ささ》げた方だから」

というのだ。

この意見は、たちまち少女たちのロマンティックな想像をかき立てた。ほとんどが

政府高官の令嬢たちだから情報も早い。中には歌子と同郷の、大島健一中将の遠縁の娘がいて、やや頰《ほお》を赤らめながらこんなことを告げた。

――もう遠い時代のような気がする慶応の頃、美濃《みの》国岩村に、十二、三人ほどの剣術家たちが乗り込んできたそうでございますよ。その頭が、下田先生の御主人の猛雄さまだったのだそうです。四国は讃岐《さぬき》の丸亀《まるがめ》藩のお武士《さむらい》さまで、当時からお名前は相当鳴り響いていたんですって。ご存知のように、お背は低いけれど敏にして沈着、いつも二尺八寸の無反《むぞり》の大刀を携えていらっしゃったから、「無反の猛雄」とも呼ばれていました。

そして岩村藩にしばらく御滞在の折、下田先生のお父さまに漢詩をお習いになっていたそうです。その頃、先生はまだほんの少女でいらしたわけですが、青年剣士に心をときめかせられても、何の不思議もありますまい。ちょうど「筒井筒」の間柄《あいだがら》でいらっしゃったわけです。

そして、これはまことに畏《おそ》れ多い話でございますので、ここだけにしていただきたいのですが、先生が下田さまとお契《ちぎ》りになったのは、宮中にお仕えしていた時と聞いております。それまではお手紙だけのやりとりだったようですが、先生がお宿下がりの折りに……だそうでございますよ――

まあ、そんなことってあるのかしらと、少女たちは悲鳴のような声をあげた。嫁入り前の女が、しかも禁裏にお仕えする女が、こっそりと男と一夜を共にするなどというのは彼女たちのおよそ想像の外にある。しかも貞淑を自分たちに説いているのは、他ならぬ下田歌子その人ではないか。

だが一筋の乱れもなく髪を結い上げ、きっちりと縮緬《ちりめん》の昼夜帯を締めた歌子に、そんな甘やかな過去があるというのは、少女たちを安堵《あんど》させた。あれほどご立派な先生も、やはり女でいらしたのだという思いは、安易なものだったからこそ、なおさら彼女たちの中に強くわき起こる。睦子もその一人であった。

ご維新の頃、睦子はまだ三つであった。つらく苦しい時代のことはほとんど記憶していない。ただ食卓の上のものが日に日に貧しくなり大層ひもじかったことと、父親が自分の前から姿を消し、抱きあげてくれることもなくなったことをかすかに憶《おぼ》えている。次に父親が睦子の目の前に現れた時、彼は長州の下級武士から内務省の役人となっていた。同郷の鳥尾小彌太《とりおこやた》子爵《ししゃく》のひきで、出世の手ごたえをつかみ始めていたのである。母や兄たちと一緒に睦子は上京し、本郷に居を構えることになった。

それまで木綿のすり切れるような着物をまとっていた母は「奥様」と呼ばれるようになり、睦子自身もリボンで飾られ、お嬢さまとして育つことになる。けれども時代のなごりはいたるところに残っており、父母は相変わらず固く炊《た》いた麦飯が好物だった。女中や書生たちの前では東京言葉を使うが、家族だけになると、訛《なま》りの強い長州弁が飛びかった。

維新によって思わぬ幸運をつかんだ睦子たち家族も、生活のそこかしこに遠い過去を懐《なつ》かしむ風がある。下田先生もそうなのだと、睦子はひとりかすかに頷《うなず》いた。

帝《みかど》や皇后のおぼし召し深く、新宮廷で大変な力を持った先生も、心のどこかに過ぎ去ったものをいとしく思う気持ちが強かったのではあるまいか。だからこそ、幕末の体臭をむせかえるほど強く持った下田猛雄という男に魅《ひ》かれていったに違いない。

あれだけの器量と才を持った女なら、どんな縁談もかなっただろう。現に朝敵、会津の娘である山川捨松でさえも、フランス帰りの大山巌《いわお》陸軍卿《きょう》に見染められ、嫁ぐそうではないか。ああもったいないことだと世間の人々は噂《うわさ》し合うが、睦子はそうは思わない。小耳にはさんだ二人のなれそめといい、歌子の夫への奉仕といい、それは十七歳の睦子の心をうつには十分のものなのだ。

たとえ結婚前に、女官という身分でありながら男に肌《はだ》を許しても構わないとさえ考える。そうした男女の結びつきこそ、睦子の理想とするものであった。

▲桃夭女塾を作る　夫《をっと》が病《やまひ》に臥《ふ》してより歌子《うたこ》は麴町《かうじまち》一番町《ばんてう》に桃夭女塾《たうえうをんなじゆく》なるものを開《ひら》き、當時《たうじよ》世に時《とき》めきし華族富豪《かぞくふがう》の令嬢《れいぜう》を寄宿《きしゆく》せしめ、和漢學及《わかんがくおよ》び和歌習字《わかしうじ》を指《し》南《なん》せしが、女流第一《ぢよりうだい》の噂高《うはさたか》き歌子《うたこ》を慕《した》ふて入學《にふがく》するもの多《おほ》かりき

「桃夭女塾」と書いて、「とうようおんなじゅく」と読ませる。詩経の中の
「桃之夭夭　灼灼其華　之子于帰　宜其室家」

からとったもので、若々しい桃の木に咲く花のような娘が嫁にいったら、きっとその家庭にうまく調和するだろうという意味だ。ここは下田歌子の私塾であった。

あの頃歌子の結婚が不幸なものになるであろうという予感を、多くの者が持っていたのではないだろうか。宮中を去った歌子の元に、政府高官たちの令嬢のめんどうをみてくれという話がもちあがったのである。

明治五年、初めての官立である東京女学校が開設され、跡見花蹊《あとみかけい》の跡見女学校なども名乗りをあげたが、女子のための学校はまだまだ不足していた。それまで、女のための学問といえば「女大学」ぐらいしか頭にうかばない男たちがかなり困惑していたときだといってもいい。明治という時代は、女はおとなしく子どもを生むものと決めてかかっていた男たちの概念を覆《くつがえ》すものであった。ほとんどが、長州や薩摩《さつま》の片田舎で、下級武士として生活してきた彼らは、「令嬢」として育つべきわが子をどうしていいのかわからない。

新しい時代に順応できる娘をと思うものの、宣教師たちのつくる女学校など身震いするほど嫌《いや》だと思う。だいいち耶蘇《やそ》などになられたらたまらないではないか。

日本古来の婦徳も教えてくれ、しかも明治という時代の意味も、しっかり娘たちに把握《はあく》させてくれる女。そう考えれば考えるほど、下田歌子という女は最適であった。舌をまくほどの才女でありながら、その教養は日本の伝統によって支えられている。しかも、老父母や夫に仕えるために宮中を辞している貞女だ。このほどのよさというのは、まさしく男たちの願うところであった。

伊藤博文や山縣有朋《やまがたありとも》、井上毅《こわし》、土方久元《ひじかたひさもと》、佐佐木高行《さ さ き たかゆき》といった錚々《そうそう》たる人物が、歌子に私塾設立を説いたと睦子は聞いている。

それにしても、歌子が彼らの娘たちに講義するのを決心したのと、夫の発病とはどちらが先だったのだろうか。ご主人がお弱くなられ、お手元が不如意《ふにょい》になり、それで令嬢たちを教える決心をしたのだと、先に桃夭女塾に学んだ女たちは言うが、睦子が通い始めた頃、猛雄はすでに寝たり起きたりの生活をしていた。時勢に乗り遅れるというのはまことに彼のことで、妻のひきでどこかへ勤めようとは考えてもいなかったらしい。東京市内の警察署に出張し、邏卒《らそつ》に剣法を教えるという方法で明治に適応しようとしていた猛雄だが、この新しい時代はとうてい馴染《なじ》めないものであった。目はしのきいた武士は役人となってフロックコートをまとい、洋装の妻を傍に侍《はべ》らす。「無反の猛雄」を置き去りにして、時はめまぐるしく変わろうとしていた。

だから彼は飲んだ。酒は若い頃から飲み続けていたから自信があった。だが酒が精神の鬱屈《うっくつ》と相乗効果を持つものだと彼は知らなかった。結婚してしばらくして、猛雄は血を吐いた。胃癌《いがん》の前兆である。

睦子が父の後援者である鳥尾陸軍中将に奨《すす》められ、桃夭女塾に通っていた頃、歌子はまさに修羅場《しゅらば》に立ち会っていた。そう広くもない家の中で、日々病いが重くなる夫がふせっていた。その病室から廊下をいくつかへだてた日本座敷で、歌子は身分ある人々の娘を相手に講義を続ける。睦子は今思い出しても感嘆するのであるが、歌子はそれをいとも軽やかに、淡々とやってのけたのだ。

睦子が入学した頃には、塾生たちも二十人近くに増え、琴や書道、国文などそれぞれの教師がついた。が、中でも少女たちが心待ちにしていたのは、歌子自らによる「源氏物語」の講義であったろう。歌子の手にかかると愛らしい若紫も、御息所《みやすどころ》も、浮舟も、すべて婦徳というものに帰結するのであるが、よくとおる美しい声で説かれる「源氏物語」は、やはり少女の心をときめかすのであった。

歌子の声には不思議な抑揚がある。それは御所言葉という宮中の女たちだけが使うものだということをやがて睦子は知った。美濃の育ちで、それほど長く宮中にいたわけでもないのに、歌子には京訛りがある。それがどれほど女を雅《みや》びにみせるかを歌子は十分に知っていたようだ。朗々と声をさらに張り上げる。歌子が古《いにし》えの文章を読み上げると、そこには平安の世界が繰り広げられた。

「わが御方におはしまして、あやしうもあるかな、宇治に大将の通ひたまふことは年ごろ絶えず、と聞く中にも、忍びて夜とまりたまふ時もあり、と人の言ひしを、いとあまりなる、人の形見とてさるまじき所に旅寝したまふらむこと、と思ひつるは、かやうの人隠しおきたまへるなるべし、と思《おぼ》しうることもありて、御書のことにつけて使ひたまふ大内記なる人の、かの殿に親しきたよりあるを思し出でて、御前に召す……」

あれはもう、明治十七年と年が変わった頃だろうか。そうだ、間違いないと睦子はひとり頷《うなず》く。寒い冬の日に、新しい女教師が紹介された時だからよく憶えている。津田梅子であった。今なら、あああの女子英学塾のと言う者も多いだろうが、あの頃は睦子とそう年も違わぬ若い娘であった。ひどく顔色が悪く、淋《さび》しげなその娘はかたことの日本語を使った。言葉が出てこずに絶句することも多い。それでも英語の素晴らしさと、日本で初めての女子留学生という事実とが、少女たちを慎み深くさせた。年頃の娘たちは、彼女の「で、あるですね」などという日本語にも決して笑わなかった。あの年の冬は、雪が多く本当に寒かったと睦子は思い出す。その前の年までは、天気のよい日など庭を散歩していた猛雄は全く姿を見せなくなった。奥の部屋で病魔と戦っているらしい様子は、睦子を哀《かな》しくさせる。散歩の折に、塾生たちが礼をすると、かすかに笑って会釈《えしゃく》を返す猛雄に、睦子はかすかな好意を抱いていたからだ。

冬が深くなるにつれ、猛雄の病室からうなり声が聞こえるようになった。それは教室となっている座敷にまで伝わってくる。

「おーい、おーい」

まるで老人のようにしわがれた声だが、武術で鍛えた人だけに力はこもっていた。

「おーい、歌子オ――」

睦子だったら、とても居たたまれないと思うのだが、歌子は眉《まゆ》ひとつひそめるでもなく、「ごめんあそばせ」とすばやく立ち上がった。

「看護婦さんがついていらっしゃるけれど、気むずかしくいらして、先生でないと駄《だ》目《め》なんですって」

後に残された少女たちは、そんなことをささやき合った。

「お下の世話も、先生がなさるそうですよ」

中の一人が、いかにも感にたえぬように言い、まあという叫び声があちこちで起こった。

しばらくしてから歌子は戻ってくる。そして何事もなかったように、再び源氏物語を朗読し始めた。

「ただ、そのことを、このごろは思ししみたり。賭弓《のりゆみ》、内宴など過ぐして心のどかなるに、司召《つかさめし》などいひて人の心尽くすめる方は何とも思さねば、宇治へ忍びておはしまさんことをのみ思しめぐらす……」

前に座っていた睦子は、何気なく歌子の手元を見つめ、そしてあっと息を呑《の》んだ。白い指先が紅色に染まっている。たった今、水をくぐってきた手だ。やはりあの噂は本当だったのだ。歌子は夫の下の世話までしているという。癇性《かんしょう》の夫は、歌子でなければ用をたさないという。講義の合い間に病床に駆けつけ、多分ついでに夫の汚れ物も洗ってきたのだろう。心をうたれなければいけないと思う。けれども睦子は目をそらした。ほんのりと赤味がさした指先は悲愴感《ひそうかん》がない。それどころか、まるで歌子の心の華やぎを見るようだ。これほどの不幸の中にいても、歌子の心は踊っているように見える。夫の病いさえも楽しんで、うきうきと忙しさの中に酔っているようなのだ。例えば先ほどの「ごめんあそばせ」と言う時の腰の浮かし方は、まるで祭りに呼ばれた時の小娘のようではないか。睦子はふと以前見た歌舞伎《かぶき》の所作を思い出した。

けれども、そんなことを考えたりしたのは、桃夭女塾の中で、おそらく睦子一人だったろう。他の少女たちは、時には涙ぐんで歌子の貞淑さを讃《たた》えた。そして皇后さまの寵《ちょう》を得た才女に教えを受けることの幸福を確かめ合うのだ。自分も彼女たちのように無邪気なままでいられたらどれほどよかっただろうかと睦子は唇《くちびる》を嚙《か》む。手本とも理想とも思っていた歌子と猛雄が実はそのような夫婦ではない。複雑で不思議な関係だと気づくのは、自分の身の不幸をわが指でなぞるような作業なのだ。

あの頃の自分はさぞかし暗い目をした娘だったろうと睦子は思う。

内務省の役人となった父は、出世の階段を勢いよく上り始めた。時を得て、人を得て、その早さは小気味よいほどだった。

そしてその頃から父は権力や金、何よりも自信によって好色さを繁殖させていった。新橋の芸者を落籍《ひか》せて、家を持たせたのは、睦子が桃夭女塾に入った年である。その後も父の無軌道ぶりはやむことがなく、次の年には睦子と同《おな》い年の小間使いに手を出した。これにはたいていのことに耐えていた母も涙を流したものだ。相手の娘というのは、父の出身地である村から来ている。かなりの豪農の娘で、嫁入り前の行儀見習いとして小学校校長の推薦つきだったという。親に申しわけがたたないと泣き狂う母に父は居直った。一生涯《いっしょうがい》めんどうをみるというのだ。

それから家の離れが彼女の住まいとなった。妻妾《さいしょう》同居である。明治初期のあの頃でも、それはかなり珍しかったのではないだろうか。妾《めかけ》を持つ男たちは多かったが、家の中に入れる男の話はあまり聞いたことがない。そうだ、あの方を除いてはだ。
▲彼女を見染めたる博文　「ヘン明治《めいぢ》の參議《さんぎ》だと、癪《しやく》に障《さは》らあ、長州邊《てうしうへん》の足輕上《あしがるあが》り、花魁《おいらん》と藝者《げいしや》の區別《くべつ》も知《し》らずに酒《さけ》でも飲《の》むと直《す》ぐに下《しも》の事《こと》ばかり詮索《せんさく》する色餓《いろが》

> 鬼《き》め」とは亡國《ばうこく》の遺臣《いしん》成島柳北《なるしまりうほく》が巻舌《まきした》して伊藤博文《いとうはくぶん》を罵《のゝし》り し語《ことば》、當時《たうじ》伊藤《いとう》は新柳《しんりう》二橋《けう》で嵯峨《さが》や御室《おむろ》さへ彈《ひ》けぬ、撥瘤《ばちだこ》より枕瘤《まくらだこ》を名譽《めいよ》とする淫賣藝妓《ゐんばいげいしや》のお尻《しり》のみ追《お》つかけしが、コッテリした料理《れうり》の後《あと》には蜜柑《みかん》の方《はう》が口《くち》にいゝ藝妓《せうばいにん》もよけれど素《しろ》人《うと》もまた格別《かくべつ》と、頻《しき》りと素人《しろうと》女を選《え》り出《だ》すうち、下田歌子《しもだうたこ》は早速博文《さつそくはくぶん》の眼《め》にぶら下《さが》りたり、博文《はくぶん》つく〴〵思《おも》ふやう、楊大眞《やうたいしん》は玄宗《げんさう》の寵《てう》を得《え》て其《そ》の美《び》いよいよ加《くは》はりクレオパトラはシーザーの後宮《こうきう》となりて其《そ》の艶《えん》ます〳〵添《そ》ふ、下田歌子《しもだうたこ》も高《たか》が知《し》れた中風《ちうぶう》の劒客《けんかく》の家内《かない》となつて糠味噌《ぬかみそ》くさき世帶女房《しよたいねうぼう》となるも可哀《かあい》そうなり、我《わ》れ伊藤博文《いとうはくぶん》の御意《ぎよい》にさへ從《したが》はゞ、女冥加《をんなめうが》之《こ》れに若《し》くまじと、桃夭女塾《たうえうをんなじゆく》の世話《せわ》にかこつけ屢々《しば〳〵》歌子《うたこ》を訪《おとづ》れしが、歌子《うたこ》は伊藤《いとう》の黄濁色《かうだくしよく》の顏面《がんめん》に眼尻《めじり》が下《さが》り（中略）醜怪卑陋《しうかいひろう》なる顏《かほ》を忌《い》みて、「伊藤《いとう》さんのやうな人《ひと》は嫌《い》やでたまらぬ」と逢《あ》ふ人毎《ひとごと》に語《かた》りつゝ、伊藤《いとう》が來《き》ても留守《るす》を使《つか》ひ、かくれひそみて伊藤《いとう》と逢《あ》はぬやうにしてゐたりしが、伊藤《いとう》は嫌《きら》はれる女《をんな》はなほ更《さ》ら忘《わす》れがたく、日毎夜毎《ひごとよごと》に歌子《うたこ》のこと思《おも》ひつゞけて、遂《つひ》には自分《じぶん》の名《な》では歌子《うたこ》を喚《よ》んでも來《こ》ないものとあきらめて、山縣《やまがた》有朋《ありとも》の名《な》をかたり一夜歌子《やうたこ》を青山《あをやま》なる某實業家《ばうじつげふか》の別荘《べつそう》に車《くるま》して喚《よ》び寄《よ》せたり

桃夭女塾に入った少女たちがまず驚かされることは、伊藤博文、山縣有朋など今をときめく高官たちが足しげくここを訪れることだ。桃夭女塾がまだ名前もついていな

い頃、伊藤夫人や山縣夫人は歌子に教えを乞《こ》うたという。だからその夫たちがここに来ることがあってもそれほどの不思議はない。特に伊藤博文については、政府の重要人物として、歌子に女子教育の今後を相談しているのだという説が専《もっぱ》らだった。

「なんと下田先生はご立派な方なのでしょうか」

塾生たちは、紋章つきの伊藤博文の俥《くるま》が門の前に止まっているたびにささやき合う。

「あれほどの女性はいないと、伊藤さまはしょっちゅうおっしゃっているそうでございますよ。これからの女性はどうあるべきかということを先生にお尋ねになるために、わざわざここにお越しになるのです。全く世に才女と呼ばれる方はたくさんいらっしゃるが、うちの先生ほどの方はちょっといますまい」

塾生たちは伊藤閣下と歌子との交流を誇らし気に思っている。

しかし、他の少女たちよりはるかに敏感な睦子は気づいてしまった。伊藤の歌子を見るそれは、父親が愛妾のお里を見る目と全く同じなのだ。

普段の食事の時には、お里は姿を現わさないが、正月や先祖の祥月《しょうつき》の際などは、準家族として扱われる。といっても家族と同じ場所ではなく、やや離れたところに膳《ぜん》はしつらえてあり、しかも父の給仕をしながらである。やい茶がぬるい、飯のよそい方が遅いと、父は家族の手前、文句ばかり言っているが、女を見る目は独得のものがあった。

口では強がりを言っても、我執にも似た強い所有の優越感が、表情のいたるところににじんでいる。睦子はもちろん生娘《きむすめ》であったが、こうした家庭で育ったせいか、男女の愛欲については耳ざとく、目ざといところがあった。自分が近づいていくと、会話をやめてしまう女中たちの動作がどれほどすばやくても、睦子は空気に残っている言葉の端々から、さまざまなものを嗅《か》ぎとることができた。

伊藤博文はもとより、その好色漢ぶりが喧伝《けんでん》されている人物である。少女たちが読むようなものに、そんなことは一行たりとも書かれてはいないが、伊藤夫人が元芸者だったことはたいていの者が知っている。睦子は以前、女中のひとりが、

「伊藤卿《きょう》というお人は、うちの旦那《だんな》さまをもっともっと女好きにしたようなお方」

と言っているのを小耳にはさんだことがある。それから伊藤のことが大嫌いになった。

右の頰《ほお》の大きなイボも気味悪いと思う。伊藤が座敷に入ってくると、少女たちはいっせいに頭を下げる。すると伊藤は、イボをゆがめるような笑顔になるのだ。元々豪放磊落《らいらく》で知られる人だから、少女たちに気さくに声をかける。お前たちは立派な家庭夫人となり夫を助けるのだと言ったり、下田先生のような立派な女性に教わって果報者だなと、口にすることはたいてい決まっていた。

そんな時、睦子は思わず歌子の方を盗み見する。歌子はかすかに微笑《ほほえ》んでいた。そ

れは決して得意気なそれではない。黒目がちな切れ長の目はそのままで、どこか遠くを見ている。病室の方かと思ったが違っていた。その視線は障子ごしに庭の緑をさしている。家はたいしたことはないが、元旗本の屋敷跡であるから庭の木々は見事なものであった。その枝ぶりに対して軽く会釈をするように、歌子は微笑んでいるのだ。

「下田先生は、伊藤閣下のことをお好きではないんだ」

睦子は確信を持つ。ではそれならば伊藤の傍若無人の表情はどうしたことだろうか。睦子はここで混乱してしまうのだ。

おかしなことに、伊藤が訪れている時は、猛雄《たけお》の声は聞こえなかった。日に何度も届く「おおい」という哀し気な声は、ぴったりとやんだ。時の実力者を前に、病いも身をひそめているのだろうかと睦子は考えるのだった。

「閣下は、先生をまるで自分の女のようにお扱いになる。けれども先生はまるっきり相手にしていらっしゃらない。これはあちらの片思いというものかしらん」

若い睦子の中では、これだけ組み立てるのが精いっぱいだ。縁談はそれこそ降るように持ち込まれたが、あと二、三年は学問をしながら生きていたいと思う。知識はあっても、かたくななままの娘だったのだ。

冬がすぎ、春がきても猛雄は生き続けていた。もう病床から「おおい」という声は聞こえなくなった。お悪くなったのだろうか、それとも気候がよくなって、体が持ち直したのだろうかと塾生たちは噂《うわさ》し合ったが、歌子の凜《りん》とした態度は質問を許さないものであった。

五月のあの日のことを、睦子はよく憶《おぼ》えている。親戚《しんせき》の娘が婚礼をあげ、正式な披《ひ》露宴《ろうえん》の後で女たちだけの宴が張られたのだ。普段は夜間に出かけることは許されない睦子であったが、母親もいることであり夜遅く築地《つきじ》の邸《やしき》を辞した。初夏の闇《やみ》はやわらかで淡い。ぼちぼちランプを使い始めた家々の窓も、黄色に揺れている。あれは明石《あかし》町《ちょう》の、外国人居留地のあたりだろうか、教会の三角屋根が、黒々としたポプラをつき刺すようにそびえている。

それを俥の中から見ていた睦子は、あっと声を上げた。橋の上で通りすぎた俥は確かに歌子のものだ。幌《ほろ》に小さく家紋が抜き出されたそれは、毎日桃夭女塾の庭で見ているものに間違いない。

「ちょっと待って」

車夫に声をかけて止めさせた。母親も幌の中から首を出している。

「お母さま、いま、ご覧になった？」

「ええ、下田先生のお俥でしたね」

女がひとりで出歩く時間ではないこともあったが、遠ざかる歌子の俥は、いかにもあたりをはばかるように急ぎ足で、睦子は何度も振り返る。

「こんなに遅く、どこへお出かけになるんでしょう。ご主人がお悪いというのに」

その時、隣の俥の婆《ばあ》やと母親とが、奇妙な目くばせをしたのを、睦子は見逃さなかった。それは幼ない時から、何十回、何百回と見ている目くばせだ。

先生は男のところへ会いに行くのだ。それも相手は伊藤閣下だ。直感的に思った。二人のことは世間ではかなりの噂になっているらしいことも初めて知った。

猛雄が息をひきとったのは次の日の朝である。喪服に着替えた歌子は、塾生たちに次のような訓示を垂れた。

――皆さまにもいろいろ心配をおかけいたしました。けれども女というものは常に夫に先立たれる覚悟をしなければなりません。昔の武士の妻ならば、後を追うことも美徳とされたでありましょうが、これからの女は家を守り、子を育て、死んだ人に対して貞淑を誓えばよいのです。――

中にはすすり泣く塾生もいたが、睦子はひとり、机の下でこぶしを握りしめていた。

いま四十すぎた睦子であるが、あの日のことを思うと新しい怒りがわく。そしてあの黒いつぶらな目をしていた猛雄を心から哀れだと思う。自分の妻の愛人が訪れている時、病床でどれほど歯を喰《く》いしばって耐えていたのであろうか。妻が愛人のところへ会いに行っている間、猛雄は無念のうちに息をひきとったのだ。

睦子は和紙の便箋《びんせん》を取り出した。筆記用具は、夫の書斎からウォーターマンの万年筆を借りることにした。最近丸善から買ったばかりで、夫が非常に大切にしているものだが、元の位置にしまえばわからないだろう。そもそも、妻がものを書くといっても、筆記用具は筆しかないうちなのだ。

宛名《あてな》は平民新聞社殿とした。

「伊藤侯爵《こうしゃく》と歌子女史は、その昔も確かに関係がございました。当時のことをはっきりと憶《おぼ》えております」

髪がまた額にかかる。やっかいだこと、とはらいながら、この花月巻きは歌子が流行《は》らせたもので、別名下田歌子巻きと呼ばれていることを思い出した。

焦《いら》だちながら、睦子はさらにペンを走らす。

三月三日

今日が雛祭《ひなまつ》りだということを、藤公は桃のかおりで知った。

どこで調達してきたのだろうか、今年はまだ少し早い桃の花を、妻の梅子は花瓶《かびん》に山盛りに生けている。孫の愛子の初節句でもあった。

一昨年韓国統監の任についた藤公は大層忙しく、大磯《おおいそ》に帰ってきても家族のいる別棟に行くことが少ない。たいていは洋館の方で寝起きをしている。今朝、久しぶりに別棟に行くと、梅子はいそいそと雛人形に供えものをしているところであった。座敷に飾られた人形は流行の大ぶりのかたちをしており、衣裳《いしょう》の見事さはそういうことに疎《うと》い藤公にもはっきりとわかるほどであった。賢夫人の誉《ほまれ》高く、日頃《ひごろ》はつつましい生活をおくっている梅子が、家族のこうした行事となると惜しみなく金を出した。おそらく幼ない時分に芸者に売られた梅子は、端午の節句や雛人形といったものにも憧《あこが》れ続けていたのではあるまいかと藤公は思う。嫁の里からという慣習を無視してまで自分で整える。

お雛さまはいいお顔でございましょうと、振り返る梅子の顔はあきらかに高揚していて、藤公は還暦近い妻の、見知らぬ一面を見たような思いになるのだ。

朝食の膳《ぜん》は粥《かゆ》に梅干しであった。位人臣を極め、今太閤《いまたいこう》とも呼ばれる藤公であったが極めて粗食である。何度も洋行をしているにかかわらず日本食を好み、肉などはまず食べない。ただひとつの贅沢《ぜいたく》は葉巻きである。美しい箱に詰まったハバナ産の極上をひとつ取り出し火をつけた。

そのまま葉巻きをくゆらしながら、藤公は別棟を出、洋館の方へ向かう。といってもたいした距離ではない。そもそも滄浪閣《そうろうかく》自体が、壮大なお邸などというものからはほど遠いものであった。十二年前、この地に出現した洋館に、大磯の人々は目を見張ったものであるが、とてつもない安普請《やすぶしん》だということは、誰の目にも次第にわかってきた。

毎朝粥をすするような無頓着《むとんじやく》さで藤公は、地元の大工にとにかく早く仕上がるものをと注文をつけたから、洋館はどの様式にもあてはまらない奇妙なものである。おまけにその後、増築を重ねて、寄木細工のようなかたちになっている。とはいうものの、一階の藤公の書斎はさすがに立派にしつらえてあった。伊藤博文の名前から藤公と呼ばれるこの部屋の主人は、藤《ふじ》の花をしるしの文様として使うことを好んだ。扉《とびら》や天井の桟《さん》、椅子《いす》の背もたれなど、あらゆるところに藤の彫刻がほどこされている。その椅子にもたれ、藤公はさきほどから大切に運んできた葉巻きをさらに深く吸い込む。今朝は海からの風が強く、庭を歩いている最中、藤公は葉巻きの火が消えぬよう両手で庇《かば》ったものである。そんな様子が、いかにも百姓出身の男らしいと言う者は言うのであるが藤公は気にもかけない。ハバナ葉巻きは大層高価なものであるから大事に吸う。ただ自然なことをしているにすぎないではないか。

テーブルの上には、東京から運ばれてきた新聞類が積み重なっている。たいていのものはその日のうちに届けられるが、中には一日遅れのものもあった。「平民新聞」もそのひとつである。磊落な人柄《ひとがら》で知られる公であるが、政治家としてもちろん大きな情報源を持っていた。何人かの部下に命じて、自分に関する記事はどんな小さなものも見逃さず収集させる。特に平民新聞は「妖婦《ようふ》下田歌子」の連載が始まってからというもの、ずっと熱心に目を通していた。昨日の新聞を手にとる。このところ「伊藤博文」という名は、毎回登場してきているのだ。

妖婦下田歌子（六）

▲歌子を娼妓の如くす　雙頰《さうけう》紅《くれない》を潮《てう》する半玉《あらよござい》もいつか海《うみ》に千年山《ねんやま》に千年《ねん》、脊《せ》に

一面蠣殻《めんかき》を生《は》やすが如《ごと》く、大宮仕《おほみやづか》へによろづ優《やさ》しく淑《しとや》かなる歌子《うたこ》も遂《つひ》に男《をとこ》といふ者《もの》は女《をんな》に脆《もろ》き與《くみ》し易《やす》き者《もの》なんめりと見縊《みくび》りかゝる恐《をそ》ろしき根性《こんぜう》を備《そな》ふるに至《いた》りしとは、實《じつ》にうたてき限《かぎり》ならずや、伊藤博文《いとうはくぶん》は歌子《うたこ》の花《はな》の蕾《つぼみ》をやぶりしより、かねて親《した》しくせる己《おのれ》と共《とも》に長州《てうしう》の三尊《そん》と喚《よ》ばるゝ、實《じつ》は荒淫漁色《かういんぎよしよく》の三醜井上馨《しうゐのうへかほる》、山縣《やまがた》有朋《ありとも》に打《う》ち語《かた》らひしかば、井上《ゐのうへ》や山縣《やまがた》は伊藤《いとう》ばかりに其《そ》の艶《えん》を占《し》め其《そ》の美《び》を領《れう》せしむること東海姫氏國《とうかいきしこく》の粹《すゐ》の法律《おきて》を知《し》らぬものよと、歌子《うたこ》の夫《をつと》が死去《しきよ》のくやみに來《く》るにかこつけて歌子《うたこ》に逢《あ》ふの機會《きかい》を作《つく》り、此《こ》の嚴肅《げんしゆく》なる將軍《せうぐん》と冷酷《れいこく》なる宰相《さいせう》は車《くるま》して歌子《うたこ》を訪《と》ふて夜《よ》は一時《じ》二時《じ》までも官邸《かんてい》に歸《かへ》らず、三鞭《しやんぺん》、葡萄《ぶだう》の佳酒《かしゆ》は歌子《うたこ》の酌《しやく》に盛《も》られ、甘美《かんび》なる肉《にく》は歌子《うたこ》にすゝめられ、一代《だい》の名媛《めいえん》、天下《てんか》の女秀才《ぢよしうさい》、兒《じ》童走卒《どうそうそつ》も知《し》らぬはなき彼女《かのぢよ》が司《つかさど》る桃夭女塾《たうえうをんなじゆく》に聞《き》く能《あた》はざる待合《まちあひ》や料理店《れうりてん》のかしましき痴言障子《ざれごとせうじ》に震《ふる》へ、杯盤狼藉《はいばんらうぜき》、落花《らか》みだれて風俗壞亂《ふうぞくかいらん》の一幕《ひとまく》を以《もつ》てその芝居《しばゐ》は一《ひ》と先《ま》づハネル都合《つがふ》なりき

これを読んでいるうちに、藤公の口元はゆるみ、やがて微笑に近いものになった。よくもまあ、これだけ出鱈目《でたらめ》を書けるものだという思いだ。この記事はさらに続き、歌子は陸奥宗光《むつむねみつ》、松方正義《まつかたまさよし》らとも関係を結び、井上毅《こわし》の求婚を退けたとなっている。あの頃の高官総ざらいという感じではないか。

六十六歳の現在はともかく、若い時分から公は多くの新聞、雑誌に「好色魔」と書き立てられてきた。赤新聞といわれるもののどぎつさには十分慣れているつもりであるが、これは荒唐無稽《こうとうむけい》に近い。「平民新聞」といえば政府を攻撃する過激さで知られているが、この桃色加減はどうしたことであろうか。

やれやれと最後は苦笑《り》いとなった。「平民新聞」の主だった顔ぶれはほとんど把握《はあく》している。中には秘密裡《り》に対面の機会を持ったものさえいる。その気になりさえすれば、この連載を中止させることなど造作もないことであったが、公はもうしばらく様子を見てみようと決めていた。内容は政府の核心を突いたものではなく、女相手のらちもないものである。名前が出てくるがこの程度のものは、公にとって蚊に刺されたほどのこともない。そもそも公の頭は別のことで占められているのだ。

今年の一月のことである。イギリス人が経営する「大韓毎日申報」という新聞に、韓国国王の密書が載った。ロシア、ドイツなどの列強に対し、日本の横暴を訴えたものだ。国王は偽物《にせもの》であるとかたくなに否定しているが、藤公、ひいては日本の体面が汚されたことには変わりない。李《り》王と謁見《えっけん》するために藤公は来週漢城《ソウル》へ向けて出発することになっている。同じ新聞でも、高官たちの下半身を暴《あば》こうとする奴《やっ》らにかかってなどいられないというのが、いちばん正確なところだ。

それにしても、と藤公は考える。おそらく近いうちに下田歌子が駆け込んで来るに違いない。今まで来なかったのが不思議なほどだ。新聞にこんなことを書きたてられ気の毒だと思うが、わずらわしさの方が先に立つ。そうでなくても彼女からは、このところ大きな頼みごとをされているのだ。

どうしたものだろうかと公はかすかにうなる。数々の決断で日本を近代国家に導いたこの大政治家も、女のこととなるとからきし意気地がなくなった。特に下田歌子に対しては、いつもうまい対処の方法が見つからないのである。

公には何人かの盟友というべき男たちがいた。貧しい若者の頃から知り合い、共に維新からの、時代の大きな波をくぐってきた仲間である。老いの眠りが浅い時など、現在も無二の親友である井上馨の他、大久保利通《おおくぼとしみち》、木戸孝允《きどたかよし》……と鬼籍に入った者も数えていくうち、いつしか下田歌子の顔を思いうかべている自分に気づいて公は驚くことがあった。

公は決して頑迷《がんめい》な性格ではなかったが、世のほとんどの男と同じように、女などものの数に入れていないところがある。いとおしんだり庇護《ひご》してやる対象ではあるが、同等の仲間意識など持つことはありえない。ところが歌子だけは、振りはらっても振りはらってもその感情は確かに公の中に存在しているのだ。

歌子を利用したこともあるし、また利用されたこともある。いくつかの秘密も共有している。そして歌子は一介の下級女官から、正四位を授けられる身の上になっている。こうした関係は、他の男たちと全く同じであることを公は認めざるを得ない。だからこそ公は、歌子にほとんど抵抗できないのである。

あれはもう三十年以上前のことだ。宮中で三十代の公と、二十歳になるかならないかの歌子は初めて出会ったのである。美濃《みの》の田舎から出てきた若い娘に、最初は何の興味も抱かなかった。あの若い女官はなかなかの器量だと、男たちが評定に上げることがあったが、公としては公卿出身の透きとおるような肌《はだ》の女たちの方がはるかに好みにあった。

しかしすぐに公は、歌子に注目せざるを得なくなる。皇后が異例とも思えるほどの深いご寵愛《ちょうあい》をお見せになったからだ。歌の道に励めよと歌子の名を賜わられたり、どんな時にも歌子をお連れになるようになった。上の方のおぼしめしが深くなれば当然のこととして、宮中に出入りする者たちは歌子を疎略《そりゃく》には扱えない。

あの頃、帝《みかど》も皇后も若く、そして宮廷も若かった。維新の功により高位にのぼった男たちもほとんどが三十代である。彼らは公卿のようにもったいをつけたりしない。革命直後の奔放な雰囲気《ふんいき》の中、男たちは禁裏の女たちにも気軽に声をかけた。女たちも老女官の目を気にしながらもそれに答える。藤公が歌子のことを「この女、使える」と思ったのはその時である。

ともかくずばぬけて頭がよい。幼ない頃から植えつけられたらしい旧式な尊王攘夷《じょうい》の思想は、実利家の公には何ら感興を起こさないものであったが、それよりも公を魅《ひ》きつけたのは歌子の人間を読む深さである。瞬時のうちに相手が望むことを読みとり、それにかなうようにふるまうことができる。これこそ「周旋屋」と陰口を叩《たた》かれながらも、政治の第一線に躍り出た藤公が最も大切にしている才能であった。

「こんな世の中だ。男だったらいくらでも立身出世がかなったであろうに」

と公はかえすがえすも残念に思った。人間を読む力だけではない。志の高さ、言い替えれば本人も自覚していない野心というものも歌子は身につけていて、男ならばぜひとも部下にしたいほどの人材である。しかし、待てよと公は考えをめぐらす。歌子が女であったということはこの場合幸いなことではないだろうか。女だからこそ歌子は帝と皇后のお側《そば》にお仕えすることができ、後宮の奥深く住まうこともできる。

今でこそ帝いちばんの寵臣といわれる藤公であるが、当時はいまひとつ自信も手ごたえもなかった。帝以上に、お心がはかりかねたのが皇后で、その美しいひややかなお顔から、何かを読みとろうとするのは大層むずかしかった。皇后が歌子のこととなると、常日頃のおふるまいとは違うようだという噂《うわさ》を聞いても、最初はなかなか信じられなかった公である。一人にそのような特別なおぼしめしを与えるとは考えられない怜悧《れいり》な方なのだ。

だからこそ公は歌子に賭《か》けようと思った。宮中において若い彼女を恭々《うやうや》しく扱い、さまざまな讃辞《さんじ》を投げかけることなど、公にとっては何でもないことであった。そんな公の心中に気づかぬ歌子ではない。何もまだ実行していないうちに、二人は共犯者のような笑みをかわすようになった。二人の仲が取り沙汰《ざた》されるのは今に始まったことではない。明治が十年代に入ろうとしている、ずっと昔の頃からである。

之《こ》れに若《し》くまじと、桃夭女塾《たうえうをんなじゆく》の世話《せわ》にかこつけ屢々《しば〳〵》歌子《うたこ》を訪《おとづ》れしが、歌子《うたこ》は伊藤《いとう》の黄濁色《かうだくしよく》の顔面《がんめん》に眼尻《めじり》が下《さが》り（中略）醜怪卑陋《しうかいひろう》なる顔《かほ》を忌《い》みて、「伊藤《いとう》さんのような人《ひと》は嫌《い》やでたまらぬ」と逢《あ》ふ人毎《ひとごと》に語りつゝ、伊藤《いとう》が來《き》ても留守《るす》を使《つか》ひ、かくれひそみて伊藤《いとう》と逢《あ》はぬやうにしてゐたりしが、伊藤《いとう》は嫌《きら》はれる女《をんな》はなほ更《さ》ら忘《わす》れがたく、日毎夜毎《ひごとよごと》に歌子《うたこ》のこと思《おも》ひつゞけて、遂《つひ》には自分《じぶん》の名《な》では歌子《うたこ》を喚《よ》んでも來《こ》ないものとあきらめて、山縣有朋《やまがたありとも》の名《な》をかたり一夜《や》歌子《うたこ》を青山《あをやま》なる某實《ぼうじつ》業家《げふか》の別荘《べつそう》に車《くるま》して喚《よ》び寄《よ》せたり

これは既に発行された二月二十八日付けの「平民新聞」であるが、これからして事実とかなり違っているではないか。歌子が自分に好意と尊敬を寄せてくれていたのは確かであるし、そもそも初めて関係を持ったのは青山ではない。深川の料亭であった

はずだ。

寝なくてもよかったのであるが、ふとしたはずみから寝てしまった。それが当時の公の正直な気持ちである。寝ていない女というのは、公にとってどうにも居心地が悪い。歌子のことを大した女だと思い舌を巻くことがあったとしても、公の中に尊敬や友情などという言葉は浮かんでこない。そういうものは男が男に対して抱くものであって、男が女に感じるものではないのだ。

そもそも寝てもいない女と、どうして長時間ゆっくり語ることができるだろうか。相談などということができるだろうか。だから手っとり早くことを運ぶために、公は歌子と寝た。それだけのことだ。二人の関係は歌子が宮中を退いてからで、それもほんの数回にしかすぎない。

女官時代の歌子に、公は肉欲を感じたことはない。何より皇后という方がいらっしゃったし、あの頃の歌子は聡明《そうめい》さがむき出しになっている感じで、色気などとはほど遠かった。公にとって、いつかは使おうと思うサイコロのような存在といっていい。ところが公自身も力を得て、これから歌子を宮中の中で盛りたててやろうと思った明治十二年、歌子は突然結婚すると言い出したのだ。裏切られたような感情が胸をかすめたものの、まだまだ伊藤が歌子を見捨てなかったのは、皇后が非常に歌子の辞去を惜しまれたと聞いたからである。それに結婚相手は貧しい剣客という。どうせ長くは続くまい、もし離縁ということになっても歌子ならいくらでも使い道はある。その頃、公は帝、皇后両陛下から、わが国の女子教育というものについて御下問を受けていた。あの早急になんとかいたしましょうと答えながら、公は歌子のことを思いうかべた。あの女なら役立ったかもしれぬ。つまらぬ男に嫁いだりせず、もう一度こちらに戻って来いといらだつような思いになったものである。

ところが事態はかたちを変えて、次第に公の思惑どおりにかたちを整えていく。離縁どころか、歌子の夫は死病にとりつかれていくのだ。そして歌子は公に抱かれる。

それは冗談がきっかけであった。明治十六年、欧州から帰国した公は、悪友ともいえる井上馨とゆっくりと酒を汲《く》みかわしていた。話がふと歌子のことになった時だ。あれは思いのほか貞女ではないか。気の強い、ひと筋縄《なわ》ではいかない女だと思っていたが、よく病気の夫の面倒を見ているではないかとひとしきり感心した後で、井上が卑猥《ひわい》な冗談を口にした。女盛りの身で夫がああでは、いったいどのようにして夜をすごしているのだろう。お前ちょっと面倒を見てやれと肩をたたいた。公は酔って笑いながら、それも悪くないかもしれんと口に出した。

公の色好みはあまりにも有名であるが、公にも言い分がある。決してこちらが無理強《じ》いしたことはない。女たちが向こうから近づいてくるのである。馬丁百姓の顔とさんざん言われる公であるが、若い頃は持ち前の愛敬《あいきよう》とまめな行ないでかなりもてたものだ。壮年となってからは公の権力に惹《ひ》かれて、女たちは秋波をおくってくる。自分は女たちの願いをかなえてやっているだけだ。女たち、特に花柳界の女は終わった後で必ずこんなふうに礼をのべる。

「ありがたいことでございます。御前からお情《なさけ》を頂戴《ちようだい》すれば、私もこの世界で大きな顔ができるというものです」

喜ばせたことはあれ泣かしたことはない。これは公の持っている秘《ひそ》かな誇りだった。

宮中に居た時分は皇后に畏《おそ》れ多くてそんなことは到底出来なかったが、いま女盛りの歌子は、なるほど熟れ時である。たまに桃夭女塾を訪れると、何かの拍子に目が合うことがある。結婚してから頰《ほお》のふくらみが取れたのが、かえって美しいうりざね顔になった。大きくはないが黒目がちな瞳《ひとみ》は公に媚《こ》びているようにも、何かを訴えているようにも見える。それは今まで何十回と公が女たちから目にしてきたものである。

井上にそそのかされたわけではないが、試しに誘ったところ素直に料亭にやってきた。食事が終わりかけた頃、手首を摑《つか》んでもそう抵抗しなかった。隣りの部屋の襖《ふすま》を開ける。女将《おかみ》に言い含めておいたとおり、絹布団《ぶとん》がふたつ並べて敷かれてあった……。

公が歌子とそう馴《な》じまなかったことに深い理由はない。抱いてみてひどくつまらなかったからである。もとより素人《しろうと》の女であるから、男を喜ばす技など持っているはずはない。それを差し引いても、公はかなり興醒《きょうざ》めした。水揚をしてやる生娘《きむすめ》でも、男の首に手をまわしたり、せつなそうに鼻をならすやわらかさは持っている。ところが人妻の歌子は淡々と男にからだを預けるのみなのだ。夫に抱かれたことが何回も無いのではないかと公は訝《いぶ》かしく思ったものだ。

それでもただ一度きりにしなかったのは、公の優しさというものであった。宮廷を退き、夫が病いという苦境に立っている女に、なんらかの誠意を見せなければ寝覚めが悪い。最後の方は同衾《どうきん》するよりも、あれこれ語り合って励ますことの方が多くなった。

そう案じることはない。そのうちに儂《わし》がなんとかいいように考えてやろうと公が言うと、歌子はありがとうございますと繰り返す。そしてその後で、いつかは桃夭女塾を拡《ひろ》げ日本の女子教育のためにつくしたいと力を込めて話すのだ。

離れの座敷には浮世絵風の屏風《びょうぶ》が立てられている。鹿《しし》おどしの音が、遠くから聞こえてくる。なまめかしい密室で、国家の、わが国においてはと真顔で言う女を公は初めて見た。

歌子は公の中の引き出しにどうにも分類できない女であった。寝てみたが変化が起きるわけでもない。だからこそ公はますますいらだち、歌子のために尽力してやる結果になった。それがもう二十年以上続いている。

明治十七年、寡婦《かふ》となった歌子を、再び宮中に戻れるようにしたのもそのひとつだ。もちろん皇后のおぼし召しもあったが、本格化した華族女学校設立案と歌子を結びつけるようにしたのは公の力である。宮内卿《くないきょう》だった公は「華族女学校設置」の勅裁を仰ぎ、帝はこれを御裁可になった。前年「宮内省御用掛」を命じられた歌子のいよいよ出番である。この時彼女は年俸《ねんぽう》千円という破格の待遇になっていた。辞令が下りた日は、夫の四十九日であったから、五十日前まで歌子は寝たきりの夫に仕える不遇な妻だったということになる。それがあっという間に人目をそばだてるほどの大出世だ。もちろんこの異例の人事にさまざまな噂がたったが公は素知らぬふりをした。

女は好きであるが女に溺《おぼ》れることはない。寝た女と、仕事をさせたい女とは全く別のものである。歌子の場合はたまたまそれが重なっただけであるが、どれほどのことがあろうか。だいいちまわりを見渡しても、歌子ほどの女はいないのだ。女子を教えるということは桃夭女塾で立証済みである。時々訪れて公は観察していたが、歌子の立居振るまいは非の打ちどころがないものであった。特に声やしぐさに不思議な魅力がある。歌子が滔々《とうとう》と「源氏物語」を読むと、少女たちはうっとりと目の前の師に惹《ひ》きつけられていくのだ。男だったら政治家にしたいと思う歌子であったが、この女はむしろ生まれつきの教育者かもしれんと公は思うようになった。

そして明治十八年に華族女学校は開校される。昨三十九年に学習院に統合されるまで、それは歌子のものであった。「教授兼学監」として彼女は奮闘する。いくつかの講義を受け持ち、自ら教科書も書いた。中でも人々を驚かせたのは、袴《はかま》の発明であろうか。

皇后陛下をはじめとして、高貴な方々がたびたびおいでになる学校ゆえに歌子は制服に苦心した。そして宮中で着用する緋《ひ》袴と古来からの指貫《さしぬき》とを折衷《せっちゅう》して海老茶《えびちゃ》式部の袴を考え出したのだ。

この袴は最初の頃大層もの珍しがられ「海老茶」という言葉は、新しい女を揶揄《やゆ》する代名詞にまでなった。それがどうだろう。明治四十年の現在では、日本全国どこの女学生もこのかたちの袴を身につけている。

全く大した女だと、公は歌子の成功を素直に喜んだ。もとより率直な人柄《ひとがら》の公は、歌子が華族女学校の重要人物になるにつれ、関係をすっぱりと断っていたのである。そればかりではない。二人きりで談話の機会を持つことがあっても、そのことはほのめかしもしなかった。同じ目的を持つ協力者として意見を交すのみだ。こういう男と女の関係は公にとって極めて新鮮なものである。自分のことを「好色魔」などと呼ぶ連中に見せてやりたいと秘かに思ったりすることもあった。ところが、この均衡を破ったのは、なんと歌子の方だったのである。

明治二十七年、公は一通の手紙を受け取った。それは女子教育視察のため滞英中の歌子からであった。予定された日数ではとても成果があがらぬ。もう一年延期をしてもらえぬかという内容であった。

その中で次の文字が公の目を射た。

……僅《わず》かに私か今一ヶ年の滞在御許可を相願ひ候《そうろう》事は相協《かな》ひ可申義かと存上け奉《たてまつ》り候へ共、万一にも御ゆるし無之《これなき》時は又別に愚考仕《つかまつり》候ても、是非とも素志を達し度心事御賢察の程一重に希上《ねがいあげ》奉り候。客舎孤灯のもとにひとり檐滴《たんてき》の夢を聞き候て思ひ起す富岡清夜の光景、閣下が高枕《こうちん》清談を傍聴仕り身もうたゝ其《その》俊傑中のものたるやうの感有之《これあり》候ひしも、今は既に早く十年の昔と相成、……

富岡というのは深川の富岡仲町のことである。歌子はそれとなく深川の料亭ですごした日々のことを指摘しているのである。あの夜のことを思い出しますね、あれからもう十年もたつのですねという文句は、女がよくする軽い強請《ゆすり》というものである。あれほどの地位に登りつめた女がこんなことをするとは思えなかった。これでは旦《だん》那《な》の不実をなじる芸妓《げいぎ》ではないか。

しかも歌子は延期を求める手紙を、公ばかりではなく各方面に出していたらしい。

このことは宮内省においてかなりの問題となりさまざまに討議されたが、結局は歌子の粘り勝ちとなったものである。

才能もさることながら、運のよさで要所要所を乗り切ったところがある女だったと、公は昔のことを思い出す。それにしてもこの「平民新聞」に歌子はどう対処するつもりであろうか。長いつきあいだ。何とかしてやらねばならぬと思いながら、公はさきほどからこみ上げてくる億劫《おっくう》な思いをどうすることもできなかった。

十三年前にロンドンから手紙を出したのと同じ手法で、歌子はまたもやひとつの願いごとを提出してきたのである。

飯野《いいの》吉三郎《きちさぶろう》という男の名前を聞いたのは、いったいいつ頃であっただろうか。歌子と同じ美濃《みの》の岩村町の出身で、今は青山穏田《おんでん》に住む祈禱師《きとうし》である。二年ほど前、公は歌子のたっての願いでこの男と一度会ったことがある。「偉丈夫」という言葉がまさにぴったりした男で、堂々たる体軀《たいく》に黒く濃い髭《ひげ》をたくわえている。

上京して小学校の教師をしていたというのだが、ある日すめらぎの道に目覚め、皇室の繁栄ひいては日本国のために立ち上がる決心をしたという。天照大神《あまてらすおおみかみ》を祀《まつ》り、霊筆をしたためるこの男を、公は最初からうさんくさいものとして見た。公は昔から占いや神がかりといった類《たぐい》のものを嫌悪《けんお》していたからである。

「この方は日露戦争の勝利を予言していたのです」

歌子の口からそんな言葉が出た。その後も彼女は熱っぽく喋《しゃべ》り続ける。

歌子と飯野が出た岩村からは、後の大島健一陸軍中将が誕生している。戦さがたけなわの頃飯野は大島の紹介状を持ち、児玉源太郎《こだまげんたろう》大将に面会するために満州におもむいた。最初は取り合わなかった児玉であるが、戯《たわむ》れに戦況を占わせてみた。すると奉天の大会戦勝利をぴたりとあてたので、児玉はすっかり彼を信頼してしまった。機密費から金を与えたのみならず、なんと東郷平八郎にも彼を推薦するのである。

天下無敵のバルチック艦隊攻撃を前にして東郷は悩んでいた。奉天から帰ってきた飯野を彼は訪問し、艦隊を迎え撃つ日時を尋ねる。

「その時、飯野さまはお答えになったのでございますよ。五月二十七日午前四時四十五分に出撃せよ。これをお守りになった東郷閣下は見事、ロシアの艦隊を破ったのです」

そんなふうに早口になる歌子の顔は、熱っぽい艶《つや》を持っていて、この女は幾つになったのだろうかと公はふと思いをめぐらす。初めて関係を持った頃《ころ》、確か二十七か二十八のはずだったから、かれこれ五十近くなるのであろう。そんな年齢の女が、自分よりはるかに年下の男の手柄をこんなふうに喋る。二人の関係はおのずからわかるというものだ。

「あの男は、下田教授の情人《いろ》なのか」

ひと足先に飯野が帰った後、公はふざけてそんなことを尋ねた。すると「はい」と全く悪びれずに歌子は答えた。

「あの方はわたくしにとって神さまのような方ですわ。日本を救ってくださる本当に素晴らしいお方です」

「ほう」

公は大げさに驚いて見せた。

「随分惚《ほ》れ込んだものだな」

「そうでございますね」

歌子は大きく息を吸い込み、公をじっと視《み》た。目の強さは初老の女となっても少しも損なわれてはいない。

「わたくしは早くから寡婦となりましたので、これでもたくさんの誘惑がございました。たいていの男の方は、これこれのことをしてやるから言うことを聞けとおっしゃりました。私はそんな言い方が我慢できず一度もいうことを聞いたことはございません。あの方はわたくしに、これこれのことをしてやるとはおっしゃらない初めてのお方です。それどころかお威張りになって、これこれのことをせよとおっしゃるのです」

これは体を許した男にだけ通じる皮肉というものである。藤公にそれをさりげなく口にする歌子にはもちろん目的があった。

「あの方をひきたててあげてくださいまし」

歌子は言った。

「東郷閣下の例にもありますように、あの方を信じればきっとよいことがございます。わが国のためでございます。ぜひとも閣下のお力であの方を高官の方々におひきあわせくださいまし」

これは無視しようとすればできないことのない相談ごとであった。事実この二年間というもの、公は飯野のために何ひとつしてやっていない。しかし最近になってまた執拗《しつよう》となった歌子の願いを、きっぱり断わるのは公にとってあまり気のすすまない仕事であった。断わるからには理由をあれこれ並べたてなければならない。飯野がどういう男かはっきり立証しなければ歌子という女は納得しないであろう。

とにかく彼女があの男に深入りすることをさせてはならないのだ。すぐにでも人を使って飯野のことを調べさせよう。ひどく焦《あせ》っている自分に公は気づいた。韓国に行く前はいつもそうだ。もう戻って来れないかもしれない思いにとらわれ、身のまわりの品もそれとなく片づけていく。今度の条約に対し、韓国の人間がどれほど屈辱を感じ、怒りを持っているか公は十分に知っている。国王の密書もおそらく本物に違いない。しかし他にどんな道があるというのだ。日本が保護しなければ韓国はとうにロシアに攻め込まれていたはずではないか。時間をかけていけばやがてわかってくれると公は信じていた。そう考えなければ、とても漢城《ソウル》になど行けるものではない。が、それにしても彼らの抵抗はすさまじく、韓国の王宮前で学生や兵士の抗議の自殺が相次ぎ、一度など公は馬車の中にものを投げつけられたこともある。

が行かねばならなかった。公は静かに目を閉じる。漢城から帰ってきて、それでも連載が続いているようだったら「平民新聞」は何とかしてやろう。

あの女にどうしてここまでしてやらねばならぬのか。公はいつも自分に問いかけ、そしていつも答えが出せないでいた。

三月七日
「親愛なる梅……」

大山侯爵《こうしゃく》夫人は、ペンを走らせた。

「あなたの手紙を読んで、私はどんなに安心したことでしょう。やはりアメリカの気候はあなたに合っているのですね。ぜんそくの発作も起こらないということで、私はとても喜んでいます」

それはひら仮名と英語が混じった、はなはだ奇妙な手紙であった。日本初の女子留学生として、青春時代をアメリカでおくった夫人は、四十七歳になった今も、日本語が苦手だ。喋ることは全くさしつかえないが、読み書きとなるとおぼつかないものがある。特に候文《そうろうぶん》となると全くお手上げだった。

夫人よりも日本語に苦しんでいるのは、手紙の相手、津田梅子で、彼女は未《いま》だにこみ入った会話になると英語が飛び出してくる。慣れない日本語を使い、本人に言わせると「理解するのに非常に骨が折れる」日本人を相手に奮闘してきたこの何年間は、どうやら梅子の健康を蝕《むしば》んでいたらしい。女子英学塾《じゅく》がやっと軌道に乗り始めた頃から、梅子は不眠とぜんそくに悩まされるようになった。夫人の勧めに従って、古里アメリカに旅立ったのは、今年の一月のことである。

「こちらもみんな元気でやっています。あなたが信頼していたとおり、アナ・ハッホンは自分の責務をとても注意深く立派に果たしていて、学校の運営は今のところ何の支障もありません。もうじき行なわれる五回目の卒業式は、予定どおり私があなたの替わりに卒業証書を渡すことになるでしょうが、生徒たちががっかりしないかととても心配しています」

これはもちろんアメリカ仕込みのユーモアというものである。女子英学塾同窓会会長として、あるいは校資募集委員会会長として、大山夫人に対する生徒たちの人気は大変なものがあった。日露戦争の凱旋《がいせん》司令官の妻という立場でありながら、夫人には尊大なところが全くない。持ち前の行動力ですばやく人々を組織し、女子英学塾の発展のために力をつくしているさまは、素直に生徒たちの胸をうった。

そのうえ夫人の美しさといったらどうだろう。大山捨松という名は、昔からハイカラ美人のように言われてきたが、中年をすぎた今も衰えてはいない。西洋女のような背の高さと姿勢のよさがまず目立つ。額にカールをたらした独得の髪型も華やかな顔をひきたてていて、若い娘たちは夫人の姿を見かけるたびにため息をついた。

「久子の結婚生活も、非常にうまくいっています。彼らは聡明《そうめい》なうえに愛し合っているので、私は何も心配していませんでしたが、予想以上の成果があがっている様を見るのは、喜ばしいことです」

昨年の暮れに式を挙げたばかりの四女の消息も夫人は記す。母親譲りの素晴らしい美貌《びぼう》と聡明さを持った彼女は、若い男爵と幸せな新婚生活をおくっている。梅子相手だと、日本独得の「謙遜《けんそん》」や、もってまわった言いまわしをせずに、家族のことを伝えることができた。

だがこの後で夫人のペンは止まる。書くまいかどうしようかと考えあぐねている間に、ペンからぽたりとインクの滴《しずく》が落ちた。アメリカで大学生活をおくったなごりで、夫人は万年筆を好まない。古風な羽ペンを愛用しているのだが、それが裏目に出た。小さなインクのしみはまるでピリオドのようだ。それで夫人は心を決め、ひと息に最初の文章を書いた。

「このことをあなたにお知らせしていいものかどうか、私はとても悩みました」

ここから完璧《かんぺき》な横文字に変わる。若い頃から、人に知られたくない会話や手紙をしたためる時は、英語を使うというのが夫人と梅子との間にいつのまにか出来上がったならわしである。

「こんなことを書くからといって、私があの方を中傷したり、あの方の不幸を喜んでいるなどとは、どうぞ思わないでください。いま日本では、ちょっとした出来事が世間の話題になっています。特に彼女をよく知る人々の間では、この噂《うわさ》でもちきりです。私は最初、全く知らなかったのですが、イワオが新聞を持ってきて私に見せてくれました。イワオは、私とあの方がとても親しいとなぜか信じ込んでいるのです。

そこに書かれた文章は、例によって象形文字のような日本語で書かれていたので、私はほとんど読むことができませんでした。イワオが私のために読んでくれたのですが、その途中、私は何度か〝神さま〟とつぶやきました。そんなものを楽し気に読む夫さえいとわしくなったといったら、どういう内容かあなたにもおわかりいただけるでしょう」

その新聞は、いまロンドン製のライティングデスクの上に置いてある。四日前の三月三日に、夫の大山巌侯爵が家に持ち帰ったものである。

「ああ梅、私はあなたに謝らなくてはいけないことがあります。あなたのためによかれとしたことが、あなたを苦しめていたことに対してです」

ここまで書いて、夫人は再びペンを置いた。苦しんでいたのは梅だけではない。二十数年前のあの頃、自分とて行き場のない焦りと悲しみに眠れない夜が続いた。十年間のアメリカ留学から帰ってきた夫人は、すぐさま自分が「おんな浦島」ということに気づき、呆然《ぼうぜん》としたものだ。女子留学生を送り込んだ開拓使制度などすでになく、政府の間でも冷ややかな空気が漂っていた。男ならば帰朝者というだけで、いたるところから引く手あまただというのに、女の学士さまともなると誰もがおじけづく。政府高官との結婚は、いってみれば夫人が考えぬいた末の「国家のための就職」だったのである。あの時梅子は、目にいっぱい涙をためていったものだ。

「ステマツは本当にあの方を愛しているのですか。ステマツには、他にふさわしい男性がいっぱいいるはずです。こんな結婚を神がお許しになるはずがありません」

確かに大山巌はずんぐりとした中年男だった。十八歳も年上で、しかも三人の娘がいるやもめだ。そんな男性を愛することができるのかと詰問《きつもん》され、こちらも涙ぐんでしまった若い日を夫人は思い出す。

だがこの結婚は、考えていた以上の幸福を夫人にもたらした。武骨な外見からは想像できないような繊細さを大山は持っていたのだ。彼は、若く美しく、しかも日本で望む限り最高の知性と教養を持ったこの妻をこよなくいつくしんだ。フランスの留学経験によって、女性をどう扱うべきかをきちんと知っていた男だったのだ。

そのうえ当時、参議であり陸軍卿《きょう》であった彼は権力と富を手にしていた。夫人はつくづくわかったのであるが、この日本において夫の地位は、そのまま附属物である妻の地位なのである。そしてはからずも夫の名声は、夫人に大きな翼をあたえてくれた。

現金なもので時の政府は、職を得ようと努力する独身の「山川捨松」には見向きもしなかったというのに、「大山巌夫人」にはしきりに熱い視線を送ってくる。やれ皇后に海外事情をご説明せよ、あるいは通訳をせよというたびたびの申し出があった後、夫人は宮内卿《くない》伊藤博文から次のような相談をうけた。

「わが国の女子教育の発展のため、宮内省直轄《ちょっかつ》の女学校をつくりたい。そのために力を貸してもらえないか」

その頃、夫がヨーロッパ視察旅行に出かけていて留守中であること、また自身も妊娠していることを打ち明け、夫人は即座に辞退した。すると伊藤博文は、ちょうど芝居のような声色でこう言ったのである。

「捨松殿は、わが政府によってアメリカに行かれたのですぞ。ですからこの仕事をお引受けなさるのは道義というものでありましょう」

それならば国のために働きたいと意欲に燃えて帰国した自分を、どうして退けたのだと夫人は抗議したい思いにかられたが、ぐっとこらえた。伊藤博文は時の権力者であると同時に、夫人にとって数少ない〝昔なじみ〟である。夫人が十二歳で渡米した際、伊藤も使節団の一員として同じ船に乗っていた。その縁で帰国後も、なにくれとなく夫人や梅子のことを気づかってくれていた人間でもある。彼に抗議するのは筋違いだと夫人は判断した。それよりも、拗《す》ねたいような感情よりもさらに強く、別のものが夫人を支配し始めた。

日本の女子教育のために働く――。

それこそ自分がずっと考えていたことではないか。この国の女性の地位の低さは、目を覆《おお》いたくなるほどだが、いずれは自分が救ってやることができるかもしれぬ。

こうして夫人は女学校設立のための準備委員を拝任した。この委員はもう一人いて、それは下田歌子という女性だと、伊藤博文は夫人に告げた。

妖婦《えうふ》下田歌子（七）

▲天下の『閨』秀歌子を推す　紅《あか》い衣着《べゞき》て娘《むすめ》つ子《こ》と成《な》りすましてゐる小猿《こざる》のやうに只皮相《たゞひさう》の文明《ぶんめい》を喜《よろこ》ぶ日本《にほん》の有様《ありさま》よ、十五六年《ねん》より二十年迄所謂西歐模倣《ねんまでいはゆるせいおうもかう》の風《かぜ》は吹《ふ》き荒《すさ》びてやれ女《をんな》の洋服《やうふく》、舞踏會《ぶたうかい》と盛《さか》んなりしが女學校《ぢよがくかう》も赤髯碧眼《せきぜんへきがん》の宣教師《せんけうし》にのみ任《まか》すは心《こゝろ》もとなし、十万圓《ゑん》の資金《しきん》にて日本第《にほんだい》一の女學校《ぢよがくかう》を建築《けんちく》するも亦《また》日本《ほん》の名《な》の爲《た》めと、二十年正月頃《ねんせうがつごろ》愛國的紳士《あいこくてきしんし》閥陸奥《ばつむつ》宗光《むねみつ》、岩崎彌之助《いはさきやのすけ》、川田小一郎《かはだこいちらう》、原《はら》六郎《ろくらう》、澁澤榮一等《しぶさはえいいちら》は伊藤博文《いとうひろぶみ》の官邸《かんてい》に相集《あひあつま》りて此《こ》の女學校建築《ぢよがくかうけんちく》を相談《さうだん》せしが、此《こ》の相談《さうだん》の中心《ちうしん》に歌子《うたこ》一人《にん》の鎭座《ちんざ》せしは十六羅漢《らかん》のやうな醜怪《しうかい》なる顔《かほ》ぞろひの裡《うち》に笑《ゑみ》を湛《たゝ》え媚《こび》を滴《したゝ》るばかりの辨天様《べんてんさま》がおはしますとでもいふべきか、陸奥《むつ》を初《はじ》めあ

らゆる顔揃《かほぞろ》ひは何《いづ》れも歌子《うたこ》を嬖妾《おもひもの》の如《ごと》く思《おも》へるものから、恰《あたか》も放蕩息子等《はうたうむすこら》が惚《ほ》れてゐる藝妓《げいしや》を落籍《ひか》せて自前《じまへ》にして藝妓屋《げいしや》でもこしらへてやる格《かく》にて、常《つね》に枕席《ちんせき》に侍《ぢ》したる歌子《うたこ》のために女學校《ぢよがくかう》でも作《つく》つてやらうとは大慈大悲《だいじだいひ》の本願《ほんがん》かな、女學校《ぢよがくかう》基本金《きほんきん》十万圓《ゑん》とは何《なん》とまあ驚《おどろ》くべき賣淫料《ばいゝんれう》なるぞや

　夫人が華族女学校設立の準備委員だったと今は知る者もほとんどいない。華族女学校といえば下田歌子、下田歌子といえば華族女学校と、あまりにも彼女の印象が強いからであろう。

　だが当時、夫人は歌子と一緒にさまざまな会議にも出席した。いくつかの意見書をつくったこともある。だからこの「平民新聞」の記事がいかにでたらめかということは知っているつもりだ。しかしあの時、自分が抱いた不快でぎこちない感情と、この文章とはどこか重なるものがある。そして、そんなことを認めてはいけないという思いとで、さきほどから夫人はいらだっているのだ。

「どうして私はあんなに鈍感だったんでしょう。どうして梅の悩みを推しはかってやることができなかったのでしょう」

　もう一度ペンをとった。言葉を選び選びしているから、先ほどの勢いはない。

「あなたが何も言わなかったことに対し、私はもっと頭を働かさなければいけなかったのです」

下田歌子という女性の名前はもちろん知っていた。当代きっての才媛《さいえん》ということ以上に、夫人とはもっと深いかかわりがあった。親友梅子は、彼女の私塾に英語教師として一時期身を寄せていたのだ。

帰国した当時、梅子の身の上の頼りなさは、とうてい夫人の比ではなかった。十二歳という一応もの心ついてから渡米した夫人と違い、幼なくして祖国を離れた梅子は、ほとんど日本語が喋《しゃべ》れなかったのだ。そんな梅子を案じて、伊藤博文公は彼女を桃夭《とうよう》女塾《おんなじゅく》に紹介した。梅子は英語を教え始めたのだが、そこでのことはいっさい夫人にも話そうとしなかった。心配する夫人が執拗《しつよう》に質問を重ねると、やっと次のようなことを口にした。

「生徒たちに教えるよりも、むしろ下田夫人に教える時間の方が多いかもしれないわ」

なんでも歌子は、英語に対し大変な意欲を燃やしているという。伊藤博文や井上馨といったような留学経験のある男性と同じように喋りたいというのが悲願らしいが、なぜかあまり上達しないと、梅子は口ごもった。

「とても頭のいい方なのに不思議なの。うまくいえないけれど、あの方の体質や教養の歴史といったものが、英語や西洋を拒否しているようなの。そんな気がして仕方ないわ」

どうやら歌子と梅子はそりが合わないらしいと感じたものの、そうたいした問題ではないと夫人は判断した。そりが合わないといえば、梅子と自分は日本人すべてとそりが合わないではないか。家族を別にすれば、この自分とて毎日人に会うのが苦痛であった。口にすることと考えることが全く違う人々。些細《ささい》な決定に何日間もかける人々。彼らの頭の中を推理し、先まわりして考えることで、帰国後の日々は暮れてしまったような気がする。

梅子と思う存分、英語で喋り合う時が、夫人の唯一《ゆいいつ》心の休まる時といってもよかった。梅子と自分とは、日本でたった二人だけの変わった人種だと思うことさえあった。そんな時、二人は手をじっと握り合って聖書の一節を唱えたものだ。

梅子、梅子、なんて可愛《かわい》い娘。その昔「アメリカ号」で横浜を出発した時、八歳の梅子はひしと自分に抱きついたまま離れようとしなかった。あの時から夫人は、この娘を一生守り続けてやろうと決心したような気がする。だからこそ新しく設立される女学校の教授に、梅子をと奔走したのだ。

明治十八年十一月、華族女学校開校式のことを夫人はよく憶《おぼ》えている。皇后の行啓ありということであたりは異様な緊張に包まれていた。各親王妃も居並ぶ中、やがて御馬車が到着し、袿《うちぎ》姿の皇后がお出ましになる。

校長谷干城《たにかんじょう》、生徒総代の後、下田歌子が教師総代として祝詞を皇后に奉《たてまつ》った。

「万《よろず》の物みな改まり行く此《この》めでたき大御代《おおみよ》にあひ奉りて……」

こうした美文調の言葉は、もとより夫人や梅子に理解できるものではなかった。それよりも二人が衝撃を受けたのは、皇后に従う女官たちの異様さである。真白く塗り固めた肌《はだ》、てらてらと光る京紅……。平安時代そのものの袿姿は、夫人も着たことがあるが、女官たちがまとうと古代の死人《しにひと》の衣裳《いしょう》のように見える。参内した時は、皇居の薄暗さでそれほどは感じなかったが、こうして午前中の光の中、彼女たちを眺《なが》めるのは、苦痛さえ伴う。それは夫人にとって、遠く不可思議な国ニッポンなのである。夫人よりも慣れていない梅子など、さらに驚きは大きかったのだろう。さすがに皇后が退出された後だったが、

「ホワイト・ウオールズ《白い壁たち》」

とつぶやいたものである。

今思えば開校式の印象は、さまざまな前兆だったに違いない。二人の女の大きな夢は、やがて大きな失望に変わる。華族女学校のほとんどの生徒が、この「ホワイト・ウオールズ」の予備軍だと知るのに時間はかからなかった。

まず彼女たちは姿勢が悪い。おそらく邸《やしき》の奥深く住み、陽《ひ》にもあたらないためだろうが、青白く生気のない表情をしている。教師の言うことは一応聞くが、自分からはまず発言しようとはしなかった。新興貴族の娘たちも大勢いるが、大半は京都から来た由緒《ゆいしょ》ある家の令嬢たちで、一様にちんまりとした目鼻立ちをしている。彼女たちのよく似かよった細い目や小さな口元を見ていると、夫人はまるで一列に並んだ雛人《ひなにん》形《ぎょう》を眺めているような気がした。率直な精神と強い意志を持って、学問に取り組んでいたアメリカの同級生たちとは比べるべくもない。

が下田歌子は、こうした娘たちに大層満足しているようなのである。開校式の祝詞に、

「賢母は国の幸福を生むといへることわりを、おしてまことの道に導き侍《はべ》るべく、はた此母たるものはひとり女子の母たるのみに非《あら》ず、御政事にも預り、御軍にも従ふ男子の母とも成ぬべきなれば、その道々のあらましを大方はしらしむべく、かつ何くれの学科も御法則を定めて深き意をもきはめしむべし」

と読んだ歌子の根本は、やはり良妻賢母を育てるという以外の何ものでもなかったのだ。漢語と和歌、そして源氏物語に基づいた彼女の教育方針は、アメリカの名門女子大学で学位をとった夫人にとって、極めて不可解なものであった。異論を唱えたいことは山のようにあった。が、夫人は戦おうなどとは全く考えなかったといっていい。

夫の地位というものもあったし、どうあがいても自分や梅子がこの国で主流になれるとは考えられなかったからだ。それより何より、大切な梅子がとりたてて不満もいわず歌子の下で働き始めている。彼女にとってやっと見つけた職場である。荒波を立てるようなことはしたくなかった。梅子がどのような思いで勤めていたかを知るのは、それから十数年たって、新しい学校をつくりたいと打ち明けられた時である。「もう精神的に限界です」梅子ははっきりと英語で言ったのだ。

それにしても歌子という女性の、身のこなしのしなやかだったことと夫人は思い出す。それは生きる姿勢においてである。夫人から見れば旧態依然とした、幕末の遺物のような女性であるのに、政府が新しくことを始める時は、女性の第一人者として必ず彼女が重要な役を担《にな》う。そして歌子はらくらくとそれをこなしてしまうのだ。

古い倫理と新しい風俗。この二つは歌子の中で全く矛盾しないようなのである。鹿鳴館《ろくめいかん》のことにしてもそうだと、夫人はかすかに唇《くちびる》を噛《か》む。今や名流女性として揺るぎない地位を築き、多くの人々の尊敬を勝ち得ている夫人であるが、一部には「大山捨松」と呼び捨てにし揶揄《やゆ》する者がいるのも事実だ。それはすべて鹿鳴館が原因であった。

夫人が結婚した年は同時に鹿鳴館時代の開幕でもあった。外務卿井上馨によってつくられたこの外国人接待所では、毎日のように夜会が開かれ、着飾った政府高官やその夫人たちがダンスに興じた。といってもまともに踊れる者など数えるほどで、男性だったら留学経験者、女性なら夫人、梅子、そして一緒に海を渡った瓜生《うりゆう》繁子ぐらいだったろうか。それでも時間がたつにつれ、人々はダンスを習い始め、マナーということも少しはわかり始めてきた。

しかしそれが後々まで庶民のひんしゅくと怒りをかうとは、いったい誰が考えただろうか。何年かのち夫人に起こった、大きな不幸の原因のひとつもここにある。作家の手によって、彼女は世の中にさんざんいたぶられるのだ。

▲總理大臣官邸の假裝會　藤原道長卿《ふぢはらみちながけう》にはあらねど世《よ》は望月《もちつき》の缺《か》くこともなき人《ひと》の生《よ》と感《かん》じて其《そ》の總理大臣《そうりだいじん》の椅子《ゐす》に倚《よ》るも思《おも》ひ煩《わづら》はらぬ伊藤博文《いとうひろぶみ》は一面歐化《めんおうか》主義《しゆぎ》の政策《せいさく》の爲《た》め一面交際社會《めんかうさいしやかい》の女王歌子《ぢよわうゝたこ》にすゝめられたる爲《た》め、二十年《ねん》四月《がつ》の初《はじめ》つ方《かた》、櫻咲《さくらさ》く頃日本未曾有《ころにほんみそう》の假裝會《かさうかい》は永田町《ながたてう》なる總理大臣《そうりだいじん》の官邸《かんてい》に開《ひら》かれたりき、内務《ないむ》官邸《かんてい》の大廣間《おほひろま》には三百名《めい》の所謂貴顯紳士《いはゆるきけんしんし》を集《つど》へて、銀燭燦爛《ぎんしよくさんらん》たる舞臺《ぶたい》には、内務大臣山縣有朋《だいじんやまがたありとも》は筒袖《つゝそで》の右《みぎ》の腕《うで》に長藩萩原鹿之《てうはんはぎはらしかの》助《すけ》源有朋《みなもとのありとも》と記《しる》されたる布《ぬの》をつけ、大藏大臣松方正義《おほくらだいじんまつかたまさよし》は袴《はかま》を穿《うが》ち太刀《たち》を横《よこた》へて蒜山笠《にらやまがさ》を被《かぶ》りて出《い》で來《きた》るを初《はじ》めとし、烏帽子《ゑぼし》直垂《ひたゝれ》の公卿《くげ》となり、陸軍大臣大山巖《りくぐんだいじんおほやまいはほ》は大《おほ》たぶさに小倉袴《こくらはかま》を穿《は》き、遞信大臣《ていしんだいじん》榎本武揚《えのもとぶやう》は麻上下《あさがみしも》の武士《ぶし》となり、佐佐木高行《さゝきたかゆき》は長上下《ながゝみしも》の判官樣《はんがんさま》となり、井田少將《ゐだせうせう》

は昔《むか》し某家《ばうけ》の留守居番《るすゐばん》たりし時《とき》、其儘《そのまゝ》に繼肩衣《つぎかたぎぬ》を着《つ》け、印籠《いんろう》を腰《こし》にしたる門番《もんばん》となり、山尾《やまを》庸三《ようざう》は麻上下《あさがみしも》の武士《ぶし》そのまゝ、警視《けいし》總監《そうかんみ》三島《しま》通庸《つうよう》はさすが大愛國家《だいあいこくか》として兒島《こじま》高徳《たかのり》を眞似《まね》て鎧《よろひ》に簑笠《みのかさ》、通庸《つうよう》の二人《にん》の娘《むすめ》は松風《まつかぜ》村雨《むらさめ》の扮裝《いでたち》に、高崎《たかさき》東京府《とうけうふ》知事《ちじ》は辨慶《べんけい》其《そ》の妻《つま》は靜御前《しづかごぜん》、澁澤榮一《しぶさはえいいち》は山伏《やまぶし》に其《そ》の女《むすめ》は胡蝶《こてふ》の神《かみ》、末松謙澄《すゑまつけんてう》と理《り》學博士《がくはかせ》飯島魁《いゝじまかい》とは曾我《そが》兄弟《けうだい》、後《のち》にて知《し》るべき伊藤《いとう》が其《そ》の女《むすめ》を强姦《がうかん》したる伯爵《はくしやく》戸田《とだ》氏共《うぢとも》は太田《おほた》道灌《だうかん》、その妻《つま》は山吹《やまぶき》を捧《さゝ》ぐる田舍女《ゐなかむすめ》、矢田部《やたべ》、穂積《ほづみ》の大學教授連《だいがくけうじゆれん》は七福神《ふくじん》の假裝《かさう》に滿場《まんぜう》をヤンヤと喝采《かつさい》させ春《はる》の夜《よ》の短《みぢか》きをかこちしが、唐土《もろこし》の國王《こくわう》は寵《てう》あつき妃《きさき》のすゝむるまゝ樓臺《ろうたい》に上《のぼ》り烽火《ほうか》を擧《あ》げて樂《たの》しむうち後《のち》には謀反《むほん》の烽火《ほうか》擧《あが》りしとかや、士族《しぞく》上《あが》りの一婦人《ふじん》歌子《うたこ》位《ぐらゐ》が口先《くちさ》きで天下《てんか》に雷名《らいめい》を敷《し》く貴族《きぞく》や富豪《ふがう》や才子《さいし》や俳優《やくしや》の代《かは》りまでさせて、樂屋《がくや》にて長《なが》き舌《した》をペロリと出《だ》して笑《わら》つてゐたりしとは、下田《しもだ》歌子《うたこ》、豪《えら》しとも豪《えら》しと賞《ほ》め讃美《さんび》せん

この夜夫人は、京都からとり寄せた大原女《おはらめ》の衣裳《いしよう》を身につけた。薩摩武士に扮《ふん》した夫と手を組んで首相官邸の階段を上がりながら、どうしてこんな馬鹿々々《ばかばか》しいことをと内心つぶやいたものだ。

仮装舞踏会、ファンシーボールなどというものは、爛熟《らんじゆく》したヨーロッパ社交界でこそ行なわれるものなのだ。地味な学究生活をおくったアメリカではめったに聞かない。

この三年間、夫人は人々に洋風のマナーを教える様、各方面から依頼され力をつくしてきた。花柳界出身者が圧倒的に多い高官夫人たちにドレスの着方を教え、ダンスのステップの初歩を教えた。人に言ったことはないが、それこそ噴飯ものの出来事は山のようにあった。そしてようやく鹿鳴館において、そうみっともない事件は起こらなくなった矢先、今度はファンシーボールというではないか。

そうでなくても政府の急激な欧化政策に反対する声は高まっている。先日なども舞踏会に出かける途中、刀を持った国士風の男に道をさえぎられたことさえある。普段のパーティーでさえ許せない彼らなのだ。政府閣僚、夫人たちが奇をてらった仮装で入場するさまはどのように見えるだろうか。新聞を読む――もっともそれは夫に訳してもらったが――数少ない女性の一人である夫人は、ある予感に身がすくむような思いがした。

案の定、広間に足を踏み入れると、ファンシーボールという優雅な名前とはほど遠い乱痴気騒ぎが始まっていた。人々は自らの仮装に、いつもよりはるかに昂《たか》ぶっていたのである。イタリア貴族の伊藤博文がいる。てけてけと扇をふりかざしながら、万歳の井上馨が広間をつっきる。中でもおどけていたのは軍医総監高木《たかぎ》兼寛《かねひろ》で、衣を重ねた大僧正姿まではよかったのだが、酔って踊りながら、一枚一枚脱ぎ捨てるではないか。

「まあ、おやめあそばせ」

ルーマニアの花売り娘の格好をした伯爵夫人が嬌声をあげると、それを合図のようにして女たちは悲鳴混じりに逃げまわった。それを追いかける高木は、とうとう最後の一枚をとる。白い褌《ふんどし》が近づいてきたので、夫人はあわてて目をそらした。その時、歌子の姿を見たのである。

歌子は源氏物語の夕顔という、いかにも彼女らしい扮装であった。おそらく鬘《かつら》であろうが、長いおすべらかしが、歌子の古風な美貌《びぼう》をひきたてていた。そして彼女は笑っている。下着一枚になってふざけまわる高木を見て笑っているのではない。夜会に集う人々すべてをながめながら、彼女は笑っていたのである。

それはあきらかに憫笑《びんしょう》というものであった。後になり、その夜会は歌子が考えついたものだということを聞いた時、夫人はさらに強い確信をもった。

歌子は西洋のことなど何も知らないのだ。こっそりと梅子に教えを乞《こ》うたぐらい、彼女は何も知らない。それなのにファンシーボールなる風俗をどこかで聞き齧《かじ》り、伊藤博文を使って実行させた。その貪欲《どんよく》さに、夫人はぞっとするような思いになった。そして同時に、歌子が自分と梅子に、どれほど複雑な思いを抱いていたかを知ったような気がする。あれから後、夫人に降りかかった多くの災難はすべてこのファンシーボールに端を発しているといってもいいのだ。

「彼女の中傷記事の内容を、あなたにお知らせするのはやめておきましょう。そんなことをして、私たちは自分を卑《いや》しくすることはありませんもの。ただ言えることは、あの明治二十年という時は、彼女の持っている古い文化と、私たちの新しい文化とがちょうどぶつかりあう時だったのです」

夫人はこう書き綴《つづ》って筆を置いたが、なんという綺麗《きれい》ごとを言うのだろうかと自分でも呆《あき》れた。だが梅子にしても言いたいことは山のようにあるだろうが、一応円満に華族女学校を辞め、今日に至っている。たとえ親友同士でも、歌子への思いは不思議なタブーになっていることに夫人は今さらながら驚くのだ。

梅子への手紙を書き終えた夫人は、立ち上がり羽織をまとった。世の中が落ち着いた今、夫人も他の女たちも着物にもどっている。バッスルスタイルの裾《すそ》をひいたドレスを着ていたのは二十年前なのに、もう大昔のことのように思われる。

「ちょっと郵便局に行ってきますからね」

夫人が声をかけると、隣りの部屋にいた小間使いが驚いてとんできた。

「とんでもございません。私が行ってまいります。私で用が足りなかったら、書生さんの誰かに……」

「いいのよ。ついでに買ってきたいものもありますから」

手紙だけならともかく、英学塾のこまごまとした報告書も送らなければならない。郵便局では英語で宛先《あてさき》と書類を書かされる。夫人でなくてはらちがあかないのだ。

曇ってはいるが、あたりはやわらかい春の空気につつまれていた。東京府下豊多摩《とよたま》郡千駄谷《せんだがや》町大字穏田《おんでん》は桑畑が続く淋《さび》しい村だったが、最近はぼつぼつと家が建ち始めている。ここに大山巌が邸宅を構えたのは、今から十八年前のことだ。五階建てのレンガ造りの西洋館は、不思議な、というよりも奇怪な建物である。ドイツ人技師が設計したから、グリム童話に出てくるような屋根と風見鶏《かざみどり》がついているのだが、それとフランス窓は全く調和していない。二階部分からすっと伸びた塔もなにやら異様で、近くの子どもたちは悪いことをすると「大山さまのお邸に売り払うよ」といって脅かされる。

地元の人々が今もなお「浅野さま」と呼ぶ元大名屋敷を通り、北町六丁目を抜けると、郵便局はすぐそこだ。供も連れずに夫人はゆっくりと歩いていく。両側の野原はちょうど蒲公英《たんぽぽ》の花盛りであった。この花の可憐《かれん》さはいつも夫人を慰めてくれる。バッサーカレッジのあるポーキプシーの町でも春になると、野山は黄色い蒲公英で埋めつくされたものだ。

「私の生涯《しょうがい》で、いちばん幸福だった日々……」

誰かイギリスの詩人の一節を夫人がつぶやいた時だ。向こうから四、五人の男たちがこちらに近づいてくるのが見え、夫人は狼狽《ろうばい》のあまり立ち止まった。誰なのか遠くからでもわかる。白絹の上着に浅葱《あさぎ》の袴といったら「神さま」のところの若者に決まっている。そして真中を歩いている羽織袴の男こそ「神さま」に違いない。

夫人は気さくに一人で出歩いたことを、心の底から後悔した。よく探せば、英語の出来る書生の一人や二人はいるのだ。どうして彼らに頼まなかったのだろうか。

夫人は目を伏せて足早になり、彼らをやりすごそうとしたが、その時はすでに遅かった。

「これは、これは、奥さまではありませんか」

「穏田の神さま」こと飯野《いいの》吉三郎《きちさぶろう》は、目ざとく夫人を見つけ、大きな声で呼びかけたのだ。

「お一人でどこへいらっしゃるのですか」

「ちょっと郵便局までまいります。外国に出すものがございますので……」

言いかけて夫人は舌うちしたいような気分になる。どうしてそんなことまで言わなくてはいけないのか。しかし飯野をそうないがしろに出来ない理由がある。彼は夫と大層親しいうえに、大山邸と飯野の家とは同じ穏田で、つい目と鼻の先にあるのだ。

「侯爵には、ここしばらく御無沙汰《ごぶさた》ばかりしておりますが、御機嫌《ごきげん》うるわしくあらせられるでしょうか」

飯野はわざとらしいほど丁寧な言葉を使った。背の高い夫人も見上げるような大男で、かたちのよい口元は美しい髭《ひげ》でおおわれている。ひと目見ただけで人は圧倒されて、逆うことなど出来なくなってしまう風貌だ。そんな男が体の優位さを生かして告げる「御神託」など、夫人は頭から信じていなかった。アメリカで最高の教育を受けた夫人からしてみると、どうして夫が彼の言うことなど信じるのか腹がたって仕方ない。

飯野は書生たちに、一足先に帰るように告げた。若者たちは清々《すがすが》しい衿足《えりあし》が見えるほど深くお辞儀をし、くるりと後ろ姿を向けた。蒲公英を背に、「神さま」と夫人は向かい合う。「神さま」はよく通る声で言った。

「この頃《ごろ》は奥さまもお元気のようで、わしも安心しとるがです」

「神さま」の口調には美濃訛《みのなま》りがある。彼はあの下田歌子と同郷なのだ。

「すっかりお元気になられて何よりです」

あのことを言っているのだと、夫人はもう少しで叫び声をあげそうになった。過去にただ一度だけ、夫人はこの男にすがったことがある。今から十年近く前、徳冨蘆花《とくとみろか》という作家が「不如帰《ほととぎす》」と名づけられた小説を新聞に連載した。結核に侵された若い妻と、その夫との悲劇は日本中の人々の涙を絞ったものだ。それはあきらかに大山巌侯爵の長女、信子をモデルとして描かれていた。そして意地悪な継母として登場してくるのは、他ならぬ大山捨松夫人だ。

あの頃、気丈な夫人も死んでしまいたいと苦しむ日々が続いた。嫌《いや》がらせの手紙が舞い込み、好奇と嘲《あざけ》りの視線がとんだ。それは鹿鳴館の花とうたわれ、欧化生活を進めた女性第一人者としての夫人に対する世間の仕返しである。どうしていいのかわからないままに、夫人は「神さま」の祭壇の前に座ったのである。

そしてこの「神さま」が歌子の恋人だと知ったのはつい最近のことだ。あのファンシーボールを主催した歌子は、夫人を間接的に陥《おとし》いれた。そしていま「神さま」を使って通せんぼをしている。彼女は夫人が、梅子に手紙を書いたのを知っているのだ。

「魔女《ウイッチ》」

そんな言葉が夫人の頭をかすめた。

三月九日

よく晴れた午後であった。風はまだ頬《ほお》にさすような冷たさを残していたが、あたりに散らばる光は、あきらかに春の訪れを告げている。

医学博士三島通良《みちよし》は、車夫に命じて不忍池《しのばずのいけ》のたもとで降りた。水面に映る光がひどく美しかったからだ。

四十を過ぎてから、博士は俳句をひねるようになっている。仕事ばかりではからだによくございません、なにか趣味をもってゆったりなさいませという、妻の言葉に従ったのだ。最近では、仲間うちの句会にも行く。

博士は池に沿ってゆっくりと歩き始める。

「水温《ぬる》む——」

この後はなかなか出てこない。あたりを見わたす。春の陽気に誘われて、上野の杜《もり》にやってきたのは博士だけではなかった。

はっぴを着たままの職人が、子どもを肩車にして歩いてくる。その傍をやや足早に行くのは、どこかの若おかみであろう。丁稚《でっち》をひとり供につれ、用たしに行く風情《ふぜい》である。

束髪に臙脂《えんじ》の無双羽織がよく似合って、博士はふと最近売り出し中の、鏑木清方《かぶらぎきよかた》という画家の挿絵《さしえ》を思い出した。

不躾《ぶしつけ》な博士の視線を感じたのか、女は流し目ともいえないほどの角度で、顎《あご》をかすかにもたげた。咎《とが》めるような目の動きは、ほんの一瞬であったが、博士の前で艶《えん》に止まった。

ラシャのコートを着た博士の肩のあたりに、水に反射した光が踊っている。若い時から好男子で知られた博士であったが、中年になってからはそれに威厳と自信が加わり、なかなかの風采《ふうさい》だ。

女はつうっと視線を元に戻したが、口元をわずかにゆるめ、小さな糸切り歯を見せてくれた。

この通りすがりの女の好意に、すっかり気をよくした博士は足取りも軽く、精養軒の建物をくぐる。直前に懐中時計を見た。一時二分前。ちょうどよい頃《ころ》だろう。

医学博士にして、わが国の小児医学界で重要な地位を占める博士は、今日の会でもいちばんの上座におさまるべき人間である。あまり早めに行っては、下の者たちが落ち着かないであろう。そうかといって、博士は遅刻を好まない。ちょうどぴったりに姿を現わすというのが習慣だ。

「先生、お待ち申し上げておりました」

精養軒は会合によく使うから、支配人がさっそくやってきた。博士からコートを受け取り、慇懃《いんぎん》に頭を下げる。

「もう皆さま、ほとんどお揃《そろ》いでございます」

「うむ」

「大日本私立衛生会懇親会様御席」という、おそろしく長い紙がかかった扉《とびら》を押した時だ。ざわめきがさっとひいたのがわかった。それは到着した博士に敬意をはらって、というのではない。

その証拠に人々の唇《くちびる》の端には、しのび笑いや、卑《いや》しい言葉のなごりがくっきりと残っている。博士はこれほどまでに無礼な振るまいにあったことがなかった。

憮然《ぶぜん》としながら、用意された上座に腰をおろした。しかしまだ、博士は自分が噂《うわさ》されている本人だとは気づかない。おかしな雰囲気《ふんいき》を感じ始めたのは、ソップを飲み終え、鶏の冷製が運ばれてきた頃だろうか。

話題は先月、某博士が講演した「学校生徒の衛生事情」の内容に入っていった。この分野において博士は第一人者である。

「前回の講演の成果は——」

こういう時、あたりを見わたしながら結論をくだすのが博士は好きである。いかにも自分が評価をあたえたという感じがするではないか。

「秋田、岩手といった遠方の教師が聴講に来たことではあるまいか。今まで衛生に関して立ち遅れた地域も——」

この時、食前に配られたポルトワインに、やや顔を赤くした男がつぶやくように言った。

「三島先生は、よっぽど東北地方がお好きと見えますなあ……」

遠慮がちな笑いは下座の方から起こり、やがて部屋全体にひろがっていった。あきらかに自分は侮辱されているのだ。しかし博士にはその意味も原因もわからぬ。掌《てのひら》をぎゅっと握って、あたりを睨《にら》みつけるのが精いっぱいだった。

「失敬じゃないか。いったいどういうことだね」

ロビイのところで博士は、友人の横川博士を呼びとめた。彼は博士と同じく、東京帝大の医学部に、講師として籍を置いている。

「何が起こったんだか、私にはわからないよ。君、説明してくれたまえ」

「いやあ」

横川博士は困惑と憐憫《れんびん》の入り混じった表情で、博士の視線を避けた。「君も大変な目にあったねえ……」とだけつぶやく。

しかし博士は、相手の唇に哀《かな》し気《げ》な微笑がうかんだのを見逃さない。こんな笑いがうかぶ場合といったら、女の問題しかないではないか。

「なんだい、横川君、はっきり言いたまえよ」

やや形勢を立て直した博士は、シガレットケースから葉巻きをとり出し相手にも勧めた。児童、生徒の健康に携わる研究をしているから他の医学者たちに比べればはるかに謹厳な博士であるが、たまには芸者と遊ぶこともある。おおかた、そんな艶聞のひとつも飛んだのであろう。

しかし横川博士は、親愛の証《あかし》ともいえる葉巻きを受け取ろうとはしなかった。その替わりに上着のかくしから、一枚の紙を取り出す。

「君はまだ何にも知らないんだな」

「だから、教えてくれって言っているんじゃないか」

「そうだ。君がこんなくだらないものを読んでいるはずはない。しかし、噂にも聞いたことはないか」

「だから何なんだ」

博士は次第に焦《いら》だってきた。まあ、読んでみたまえと、横川博士はその紙を押しつける。
「君と下田歌子女史とのことだ」
あっと叫んだ瞬間に、煙草《たばこ》が床に落下していった。どこかで下田歌子が叩《たた》かれてい
ると小耳にはさんだことはあるが、それと自分とが関係あるとは、今の今まで考えた
こともなかった。
「これは災難というものだ。僕は君に同情しているよ。何か力になれることがあった
ら言ってくれたまえ」
横川博士はそういってそそくさと背を向けた。ひとり残された博士は折り畳んだ粗
悪な紙を見る。まず「平民新聞」、そして次に「情夫三島通良」という文字が目に飛
び込んできた。
どういうふうにして家に帰ってきたか、ほとんど憶《おぼ》えていない。出迎えた妻と書生
たちは、博士の真青な顔にすっかり驚いてしまった。
「床をのべてくれ」
博士はあえぎながら言った。寝巻きに着替えるやいなや、布団《ふとん》に倒れ込む。目を閉
じても、さっき読んだばかりの忌《い》まわしい文字が、頭の中で渦《うず》を巻いて博士を襲う。

妖婦下田歌子（十二）

▲歌子は三島と戀に落つ　三島《みしま》は功名心火《こうめうしんひ》の如《ごと》く、いかにかして宮内省《くないせう》に入《い》りて榮達《えいたつ》を圖《はか》り名譽《めいよ》を獲《え》んと下田《しもだ》に逢《あ》ひては宮内省《くないせう》に出仕《しゆつし》するやう周旋《しうせん》してくれと懇《こん》願《がん》せしが歌子《うたこ》は雪《ゆき》を拂《はら》ふ楊柳《やなぎ》のごとく受《う》けながしていつも斯《か》く答《こた》へぬ『宮内省《くないせう》の女官《ぢよかん》といふものは男戀《をとこひ》しといふ心《こゝろ》しかなく色黒《いろくろ》く醜《みにく》き番兵《ばんぺい》や巡査《じゆんさ》にすら戀《こひ》する位《くらゐ》なれば、まして三島《みしま》さんアナタのやうな油壺《あぶらつぼ》から出《で》たやうな鎗《やり》の權三《ごんざ》とでもいひそうな好男子《かうだんし》が宮内省《くないせう》に出仕《しゆつし》するやうになれば、女官方《ぢよかんがた》も戀《こひ》の喧嘩《けんか》が大變《たいへん》でございましやう』といふ語《ご》はいかに歌子《うたこ》が三島《みしま》に對《たい》して溫《あた》たかき情《ぜう》を有《も》てるかを示《しめ》せり、歌子《うたこ》は才色絶倫《さいしよくぜつりん》の女《をんな》と生《うま》れ情《ぜう》に飢《う》え戀《こひ》を傷《きづゝ》け、男子《だんし》とはたゞ逝《ゆ》きにし夫《をつと》の如《ごと》き亂暴者《らんばうもの》にあらねば伊藤博文《いとうはくぶん》の如《ごと》き荒淫漁色《かういんぎよしよく》の痴者《しれもの》にこそあらんと男子《だんし》を厭《いと》ひ憎《にく》める時《とき》、三島通良《みしまつうれう》の如《ごと》き眉目清秀《びもくせいしう》、英姿颯爽《えいしさつさう》たる好個《かうこ》の紳士《しんし》は歌子《うたこ》を姉《あね》の如《ごと》くかしづき、何事《なにごと》も歌子《うたこ》に相談《さうだん》するより、歌子《うたこ》は感激《かんげき》して三島《みしま》を弟《おとゝ》の如《ごと》く可愛《かあゆ》きものと思《おも》ひ靈犀《れいさい》一點《てん》、遂《つひ》に歌子《うたこ》は三島《みしま》と戀愛《れんあい》の金鎖《きんぐさり》を以《もつ》て雙腕《さうわん》をばかたみに捲《ま》きつゝも、ひそかに秘密《ひみつ》の箱《はこ》に涙《なみだ》の鍵《かぎ》をあてぬ

それはもう十数年も前の出来事である。帝国大学大学院に在籍していた博士が、文

部省の命により、学校衛生事項取調嘱託となった頃である。

その関係で、当時華族女学校学監であった歌子と初めて会った。その時の彼女の美しさを、博士は未《いま》だにはっきりと憶えている。

歌子は博士よりちょうどひとまわり上だから、すでに三十七、八になっていたのではないだろうか。世間だったら中年の部類に入れられて見向きもされない年齢であるが、歌子はみずみずしい肌《はだ》と姿態を持っていた。それどころかあたりをはらうような気品と威厳は、若い女にはとうていありえないもので、若い博士はいっぺんで魅了されてしまったのである。

あれが日本一えらい女といわれる下田歌子だ。皇后陛下が大層気に入られて、華族女学校をまかせた女だと世間の声は入っていたが、二十五歳の博士は、自分の若さと情熱に、まず己《おのれ》が酔ってしまった。

その頃からさまざまな縁談が持ち込まれていたが、釣書《つりがき》に描かれたとおりの、普通の若い女などまっぴらだと思う。

高い場所にいる得がたい女を手に入れてこそ男だと、あの頃博士は本当に信じていた。そして思いを打ち明けると歌子は意外なほどあっけなく陥ちた。自分の腕の中で、眉《まゆ》を苦し気に寄せる歌子の顔を初めて真上から見た時、博士は若者らしい勝利感と幸福を感じたものだ。力と名声を持つ年上の女は、苦学してここまで来た自分への褒美《ほうび》ではないだろうか。そんな考えがふと頭をかすめた。

そしてこの褒美の愛らしさ、たおやかさといったらどうだろう。外で強い力をふるっている女ほど、閨《ねや》の中では少女のようになるということを博士は発見した。下ぶくれの色白の顔から想像していたとおり、歌子のからだはどこもやわらかく輝いていた。それはちょうど果実が腐る寸前の熟しきったあやうさを持っていて、まだ女をそれほど知らない博士は夢中でむさぼりついたものだ。

「通さま――」

歌子はそんな言い方をした。

「わたくしは本当に淋《さび》しゅうございました。お国のためと思い、女ひとりの身で今まで頑張《がんば》ってまいりましたが、それは、それは、つらいことが多うございました」

薄暗がりの中の声はねっとりと甘く、華族女学校の講堂で生徒相手に教えを説く時の歌子とは全く別人である。そしてこんな声、こんなふうな腕のからませ方を知っているのは自分だけだと博士は思い、幸福をますますつのらせていったのだ。

昔、全身全霊を賭《か》けてあの女を愛した。本気で結婚を約束したこともある。若者の多くが持っている、青春の思い出というものだ。それがどうして、このようなひどい仕打ちを受けなければならないのだろうか。「平民新聞」の文字が再び博士を襲う。信じられないことに、そこには博士が女にあてた艶書が掲載されていたのである。

▲三島の歌子を戀ふる手紙　三島《みしま》は歌子《うたこ》の愛情《あいぜう》の所有者《しよいうしや》となり、歌子《うたこ》は三島《みしま》に肉《にく》體《たい》にも精神《せいしん》にもつけるあらゆるものを捧《さゝ》げて戀《こ》ひ慕《した》ひしが、記者《きしや》はこゝに其《そ》の正《せい》確《かく》なることを證明《せうめい》すべく歌子《うたこ》に送《おく》りたる三島《みしま》の手翰《しゆかん》を掲載《けいさい》せん（之《こ》れ三島《みしま》が東北《とうほく》旅行中《りよかうちう》より歌子《うたこ》に送《おく》りしものなり）

確かにあれは自分が書いたものだろうか。そうだ、最後の方の文章に憶えがある。ひとり酒に悪酔いし、宿屋でひと息に書いたものだ。

疾病《しつぺい》もいさゝか怠《おこた》りぬ、外部《がいぶ》は未《ま》だなれど内部《ないぶ》は調《とゝの》ひぬと見えて今朝《けさ》は粥《かゆ》二椀《わん》を四五日ぶりにて食《しよく》しぬ、此分《このぶん》なれば明日《あす》いさゝか業《げふ》に就《つ》かるべきか、（中略《ちうりやく》）此《この》頃《ごろ》より唇《くちびる》ヘルプスの爲《た》めに犯《をか》され口邊《こうへん》には腫物《しゆもつ》にてひどき情態《ぜうたい》なり、髭《ひげ》さへ剃《そ》らず顔《かほ》の容《かたち》はいたく荒《あ》れはてたり、都《みやこ》にあらんほどならんには、いたく恥《は》ぢて人《ひと》にも會《かい》することならず、家《いへ》に籠《こも》りゐて癒《いえ》をまつべきに爰《こゝ》にはさる遠慮《ゑんりよ》もいらず、されど此《こ》の顔《かほ》歌子《うたこ》にみせたらんには、いかに嫌《いや》がるべきや、あゝ見《み》せ度《た》くない早《はや》く癒《なほ》りて舊《もと》の顔《かほ》となりて會《かい》せん歸京《きけう》の後《のち》に至《いた》るも全癒《ぜんゆ》せざれば會《あひ》に行《ゆ》かぬイーカイ、卿《おんみ》も長《なが》くお留守居《るすゐ》をしたから何《なに》か御土産《おみやげ》をあげ度《たい》が何《なに》にしよ田舎《いなか》から東京《とうけう》へのおみやげといふては先《ま》づ無《な》いね夫《そ》れよりは早《はや》く氣力《きりよく》を恢復《かいふく》して緩々《ゆる〱》〇〇〇あげョウネ、實《じつ》に今回《こんかい》の旅行《りよかう》は度々《たび〲》疾病《しつぺい》の爲《た》めに犯《をか》され困難《こんなん》したよ、東北地方《とうほくちはう》は實《じつ》に氣候《きこう》が惡《わる》いよ、矢張《やは》り吾人《ごじん》の驥足《きそく》を伸《のば》すは南洋諸島《なんやうしよたう》の中《うち》ならんか、三千年《ねん》に一回實《かいみの》る桃《もゝ》の壽《ことぶき》をのばす榮《さかえ》は必《かなら》ず南洋《なんやう》の中《うち》にあらん、歌《うた》やも長《なが》く空房《くうばう》を守《まも》り始《はじ》めて獨寢《ひとりね》の冷《ひや》やかなる事《こと》は悟《さと》りぬべし、實《じつ》に好配偶《かうはいぐう》の夫婦《ふうふ》ほど世《よ》に幸福《かうふく》なるものなかるべし一日一時《にちいつとき》一刹那《せつな》忘《わす》るゝことなく戀《こ》ひ慕《した》ひ離《はな》るれば慕《した》ひてよりそへば漆《うるし》の如《ごと》くなるもの、依《よ》りて伉儷《かうれい》といふ、天《てん》にありては比翼《ひよく》の鳥《とり》、地《ち》にありては連理《れんり》の枝《えだ》と昔人《むかしびと》の語《ことば》の實《げ》に思《おも》ひ出《い》でられ之《これ》につけ彼《かれ》につけ一日も早《はや》く居《きよ》を同《おなじ》うするの策《さく》を遂《と》げるはいつか、いつまでも人目《ひとめ》を忍《しの》び垣《かき》を越《こ》へてすごすべけんや、それでは先《ま》づ之《こ》れまでにしてあとは緩語《かんご》拝語《はいご》

明治二十五年に、博士は各地の小学校の、衛生環境の実態を視察するため、東北地方へ出張したことがある。手紙はその時のものに間違いない。

しかし、どうして歌子に宛《あ》てた手紙が、こんなふうに公開されているのだろうか。怒りや驚きを通り越して恐怖すらわく。

博士は渾身《こんしん》の力を込めて、やっとの思いで起き上がった。

「だいじょうぶでございますか」

妻がおろおろしながら、博士の肩に羽織をかける。その用事を、妻に言いつけるのは憚《はばか》られたので書生を呼んだ。学習院の人名録を持ってこさせる。

まだ東京には珍しい電話であるが、歌子のところにはやはりあった。ふらつく体をひきずるようにして、博士は電話室へ入った。

「永田町を頼む。新橋局の三三四四だ」

交換手に告げた時、ふと場違いの感傷が博士の胸にわいた。

「永田町へ」

「永田町へ行ってくれ」

あの若い日々、車夫に向かって何度この言葉を命じたことであろうか。

しかし博士のせつない懐古は長く続かなかった。電話には老いた下婢《かひ》が出て、下田先生はお出かけですと告げた。

「急用があるのだが、行く先はわからないだろうか」

「いえ、わたくしも伺っておりませんので」

とりつく島がないというのは、こういうことをいうのではないだろうかと思われるほどのそっけなさであった。

こうなったら仕方ない。明日にでも偽名を使って、学習院の方へ電話をしよう。博士は焦《あせ》る気持ちをやっとのことでなだめた。老婆《ろうば》とやりあっている最中、ずっと心臓が大きく音をたてていたのである。

胸を押さえながら電話室の扉をあけたとたん、突然明るい色彩が目に飛び込んできた。今年十歳になる二三子が、橙色《だいだいいろ》の銘仙《めいせん》を着て、廊下に佇《たたず》んでいたのだ。このあいだ肩揚げをとったばかりだというのに、急に娘らしく見える。父親譲りの大きな目が哀《かな》し気だった。

「お父さま、おかげんが悪いんですって？　お母さまが心配していらしたわ。大じょうぶ」

「ああ、平気だ。ちょっと疲れただけだ」

博士は無理に笑いをつくって、ひとり娘の頭を撫《な》でた。何と美しい娘だろうかとつくづく思う。

医学博士の父と、名門の出の母親を持つ娘。貧しかった自分の少年時代を思い出すにつけ、この娘のためだったらどんなこともしてやろうと博士はいつも決心する。年頃になったら、贅沢《ぜいたく》に着飾らせてやるつもりだ。もちろん帝大出の素晴らしい男を婿《むこ》にもらってやろう。悲しい嫌《いや》な思いなど、何ひとつさせたくない。

博士はもう一度娘の顔を眺《なが》めた。黒々とした瞳《ひとみ》が、ふとあの女に似ているような気がしたが、あわててその考えをうち消す。

次の日も、歌子は学習院に居なかった。お加減が悪くて、ちょっと休んでいらっしゃると係の者は告げた。どうしたらいいものだろうかと、考えあぐねている博士に、「平民新聞」はまたもや追いうちをかけた。

妖婦下田歌子（十六）

▲姦夫を屠れ　都《みやこ》にては歌子《うたこ》が土方《ひじかた》の爲《た》め恥《はづ》かしき目《め》に逢《あ》ひつゝある時《とき》、情人通良《ぜうじんつうれう》はかゝることは露《つゆ》ほども知《し》らず、茫々《ばう〱》たる天地間《てんちかん》、我《われ》の愛《あい》するものは歌子《うたこ》のみ、歌子《うたこ》のいとしと思《おも》ひくれるは我《われ》のみと春《はる》の日《ひ》に燃《も》えて爛《たゞ》るゝ櫻花《あうか》の如《ごと》き美《うる》はしき戀《こひ》をつゞけたりしが、年上《としうへ》の戀《こひ》は彼《か》の野《の》口男《ぐちを》三郎《らう》が曾江子《そえこ》を戀《こ》ふるその如《ごと》く、其《そ》の熱情《ねつぜう》はいやましに募《つの》るばかり、歌子《うたこ》は我《わ》が一人《にん》の所有者《しよいうしや》と思《おも》ひやれば彼女《かのぢよ》をいたく玩《もてあそ》びたる伊藤博文《いとうはくぶん》を憎《にく》むこと仇敵《きうてき》よりも甚《はなはだ》しく、屠《ほふ》りても飽《あ》き足《た》らざる程《ほど》なるが、左《さ》は彼《かれ》が旅中《りよちう》より歌子《うたこ》に送《おく》りたる手紙《てがみ》なり

ここに登場する土方というのは、宮内大臣土方久元《ひさもと》であり、野心に目がくらんだ歌子は、嫌々ながらも土方に身をまかせたことになっている。

そしてここで描かれる若き日の博士は、完璧《かんぺき》に愚かな寝取られ男である。女に目が

くらみ、現実は何も見えぬ。ただ一途《いちず》に純情を捧げているという設定だ。

この箇所は著しく博士の誇りを傷つけたが、文字を読み進むにつれ、そんなものはただちに吹き飛んでしまった。博士の手はぶるぶると震える。

新聞には、これらの手紙を出す時、博士が偽名を使ったことまで、郵便夫の証言をもって書かれているではないか。

精養軒で、「平民新聞」を手渡されて以来、診察も講義もいっさい休んでいる博士は、寝間と電話室を往復する。永田町の歌子の自宅と学習院へ、かわるがわる一時間おきに電話をするためだ。が、どちらも歌子は外出中と告げるのみで、一向にらちがあかない。

ぐったりと横たわっているところに、妻の千代が声をかけた。

「学習院の下田先生から、お電話でございます」

妻はもう何ごとか気づいているようだ。このところ「平民新聞」を買いにやらせる書生から聞いているのかもしれない。が今の博士に妻の心など思いやる余裕はなかった。ものも言わず立ち上がり電話室へ向かう。

「下田でございます。お久しゅうございます」

女の声には優雅な京訛《なま》りがある。これも若き日の博士をとろけさせたものであった。

「あれを読みましたか」

挨拶《あいさつ》もそこそこに博士は言った。

「あれというのは、何でございましょうか」

相手が平然としているので、博士は世にもけがらわしい新聞の名を口にしなければならなかった。

「『平民新聞』ですよ。あなたの大変な醜聞が載っている」

「愚かな者が愚かなことをしているだけでございます。わたくしは、ああいうものをいっさい読まないようにしておりますので」

「あなたはそれでいいでしょうが、こちらは困る」

博士の口からついに本音が出た。昔愛した女の手前、これは最後に言おうと思った言葉である。

「私の立場はどうなるのですか。私が以前あなたに差し上げた手紙が、堂々と載っている。これを説明していただかなければ、困るじゃありませんかっ！」

最後は悲鳴のようになった。

「あの手紙のことは、わたくしも存じません。だいいち受け取った憶《おぼ》えがないのでございますもの」

歌子は他人ごとのように言う。

「すると何ですか。あの赤新聞に書いてあるとおり、郵便夫が中身を抜きとって、今まで保管していたというのですか。法治国家でそんなことがあるはずはない。馬鹿々々《ばかばか》しい」

そして同じような繰り言をねちねちと博士は口にしたが、歌子はあくまでも「わかりません」「存じません」と答えるのみだ。博士は途中で自分が無駄《むだ》なことをしていることに気づいた。

「それでは前向きに、善後策というものを考えようではありませんか」

会議での博士の口癖が思わず出た。

「あなたの力をもってすれば、あの赤新聞を封じることなどわけはないはずです。伊藤公にお願いできませんか。あの方だったら、こんなことぐらい、赤子の手をひねるようなものでしょう」

ところが受話器の向こう側は沈黙が続いている。もしかすると歌子はしのび笑いをしているのではないか。なぜだかわからないがそんな気がした。

「どうしたのですか」

たまらなくなって博士は叫んだ。

「いいえ、どうもいたしません。ただ、あなたさまから、そのようなことをお聞きするとは思っておりませんでしたので」

これは痛烈な皮肉というものである。受話器を置いた後も、博士はしばらく歩けないほどであった。

「あなたを、伊藤から守る。僕はあの卑劣な男を一生許さない」

十五年前、博士はこの言葉を何度口にしたことだろうか。

恋人となった直後、歌子はあなたに謝らなければならないことがあると打ち明けたことがある。それは伊藤博文との関係であった。

病身の夫を抱え、私塾《しじゅく》を開いていた頃、歌子は伊藤に犯されたというのだ。それも騙《だま》しうちに合うかたちでだ。

「その後も何度も無体なことをおっしゃるのです。もちろん私はきっぱりとお断わりしているのですが、あの方の力はよく御存知でございましょう。あなたが現れるまで、私はどんなに心細い思いをしたことか……」

と言ってはらはらと涙を流す恋人を抱きしめる時、二十五歳の博士ははやる心を押さえかねるほどであった。当時、一介の医学生だった博士にとって、内閣総理大臣の伊藤はあまりにも大きな存在である。けれどそれは恋になんという甘美な味をそえてくれたことであろうか。

わが国一の権力者が所望する女を、自分のものにしたという喜びは、若者の心に当然わいてくるものであったし、巨大な敵に立ち向かうのだという闘志も快い。あの頃は毎日が、冒険と熱血の日々だったのではないだろうか。

歌子は言ったものだ。

「私にお手紙をくださる時は、偽名にしてくださいまし。あの方の手の者が、どこで目を光らせているかわかりません。あの方の怒りに触れて、あなたの御出世にさまたげがあったらと思うと……。私はそれだけが心配なのでございます」

だからこそ博士は、さまざまな名前を使った。ある時は文学博士の南条文雄《なんじようぶんゆう》の名をかたったし、ある時は秋田県のありもしない女性教師の名をでっち上げたりもした。

そしてその中でしたためた伊藤への罵詈《ばり》雑言《ぞうごん》や揶揄《やゆ》は、なんと痛快だったことか。

……今回《こんかひ》の内閣《ないかく》は自由黨《じゆうたう》にさほど敵《てき》すまじ陸奥《むつ》が連絡《れんらく》して甘《うま》くコネルべしされど改進黨《かいしんたう》に到《いた》りては會稽《かいけい》の恥《はぢ》を雪《す》がんとして攻撃愈々《こうげきいよ〳〵》はげしからむ特《こと》に伊隈《いくま》は犬《いぬ》と猿《さる》なり、人情《にんぜう》といふものはどうしても隈公《くまこう》に勝《か》たせたい、何人《なんぴと》か伊藤《いとう》をねイ……

しかし、今となってはそれがすべて裏目に出ている。堂々と新聞に公表されてしまったのだ。

ということは、今さら歌子を通じて伊藤公に助けを求めるなどということは笑止千万ということになる。

「どうしたらいいのだろうか」

電話室にへたへたと座り込んだ。そのままじっとしていると、博士の胸をよぎるものがあった。場違いな歌のメロディである。

わが国において種痘《しゅとう》を定着させ、全国児童の机と椅子《いす》とを改良した博士は、子どもたちの健康を生涯《しょうがい》の仕事と決めていた。その決意のあらわれが、七年前につくった衛生唱歌というものである。

「人万物の鑑《かがみ》として　忠孝二道をふまんには　幼きときより心して　左の法則を守るべし
よるは八時にねまに入り　朝は七時にとこをいで　よく口すすぎ眼《め》を洗い　顔を拭《ぬぐ》いて髪をとけ」

後半の部分は、発表よりさらに昔、歌子と一緒につくり上げたものである。

「髪はしばしばくしけずれ　袴《はかま》はなるべく低くはけ　紐《ひも》も高くは結ぶなよ　これぞ女子の注意なる」

聡明《そうめい》な女というのは、まさしく歌子のことだったのではないだろうか。自分たちは決して愛欲にのみ溺《おぼ》れていたわけではないと、博士は思う。この国の子どもたちの未来について、夜を徹して語り合ったこともあった。それまで博士は、世のあたり前の男として、女というのは家事をさせ、寝間でいとしむものだと考えていた節がある。自分の理想や夢を語る女は、歌子が初めてでそして最後だった。

だからといって、これほど大きな代償をはらう必要があるだろうかと博士は怒りに震える。横川博士からはおっつけ手紙が来て、君は女史のとばっちりを受けたという言葉が中に書かれていたが、それほど簡単に片づけられるわけはない。現に嘱託をしている広島高等師範学校の校長から、近々上京の折にお会いしたいと電話が入ったという。まさか高等師範の校長があんな赤新聞を読んでいるはずはないと思うが不安は残る。さらに文部省のいくつかの委員はどうなるのだろうか……。

また動悸《どうき》が早くなった心臓をおさえるようにして、博士は寝間へ入った。

一日おいて次の日、やっと起き上がれるようになった博士に、決定的な打撃をあたえたのは、稚拙《ちせつ》な絵と次の文章である。

絵図は憶えのある歌子の家の間取りである。台所の位置が少し違っているが、ほぼ正確だといってもよい。

▲泥棒を捕へて見れば情夫なり　明治《めいぢ》二十六年正月元日《ねんせうがつがんじつ》の夜《よ》、歌子《うたこ》の客室《きやくしつ》には銀《ぎん》燭《しよく》まばゆく輝《かゞや》き、花色《はないろ》の絨氈《じうたん》の上《うへ》に歩《あゆ》まば地《ち》にも觸《ふ》れなむ美《うる》はしき大振袖《おほふりそで》を着飾《きかざ》りたる乙女《をとめ》十人《とたり》ばかり『花《はな》の色《いろ》はうつりにけりな』『うべ山風《やまかぜ》を嵐《あらし》といふらむ』などゝ、笑《わら》ひ興《けう》じて元日《がんじつ》のたのしみを歌加留多《うたがるた》してありしが夜《よ》もいたく更《ふ》け行《ゆ》き

たれば明日《めうにち》を約《やく》して各々《おの〳〵》家路《いへぢ》に就《つ》きなむとする時《とき》、書齋《しよさい》にすさまじき音《おと》したるに或《あるひ》は盗人《ぬすびと》にはあらざるか飼猫《かひねこ》の相争《あひあらそ》ひて器《うつわ》を壊《こわ》せしにあらざるかと急《いそ》いで書齋《しよさい》に行《ゆ》き見《み》れば、之《こ》れはしたり窓《まど》の外《そと》より躍《をど》り入《い》らんとする大禮服《たいれいふく》の男《をとこ》あるに『ヤア洋服《やうふく》の泥棒《どろぼう》よ』と娘子軍《ろうしぐん》は勇《ゆう》を鼓《こ》して手《て》どり足《あし》どり押《おさ》へ見《み》れば、かねて見識《みし》れる三島通良《みしまつうれう》なるより、各々眼《おの〳〵め》と眼《め》を見合《みあ》はせて暫《しばら》く言葉《ことば》もなかりしが、かゝる處《ところ》に色魔女王歌子殿下《しきまぢよわうゝたこでんか》は出《い》で來《きた》り黑色《こくしよく》の被服《ひふく》、柳眉《りうび》憤《いきどほ》りを帶《お》びて聲荒《こゑあら》らげ『三島《みしま》さんはアナタ方《がた》も御存知《ごぞんぢ》の筈《はず》、今夜《こんや》何《なに》か急用《きうよう》でもあつて樞密院《すうみつゐん》の方からでも行《い》らしつたのでしやう、お酒《さけ》でも召《め》して水《みづ》が飲《の》みたく書齋《しよさい》の窓《まど》から飛《と》び込《こ》みなすつたのでしやうよ』と先《ま》づ情夫《ぜうふ》の爲《た》めに辯《べん》じ『姫御前《ひめごぜ》ともあらうものが、ソンナ下々《しもぐ〳〵》の者《もの》がするやうな荒々《あら〳〵》しいことを遊《あそ》ばすものではござりません、淑《しと》やかなのが女《をんな》の徳《とく》と御思《おおも》ひ遊《あそ》ばせ』と門生《もんせい》を戒《いまし》めしが、かねて歌子《うたこ》と三島《みしま》の交情《かうぜう》を知《し》れる女學生《ぢよがくせい》なれば、歌子《うたこ》にそむきて笑《わらひ》をしのび『先生《せんせい》もあんな虚言《うそ》をおつしやる』と各々口《おの〳〵くち》の内《うち》にぞつぶやきける

悪寒《おかん》がして、次はからだが震え始めた。どうしてこんなことを知っているのだろうか。

今から十四年前の正月、歌子の家へしのんでいったのは事実である。あの日歌子は

確かこう言ったのだ。

「伊藤さまがお見えになるようなことをおっしゃって困るのです。女中もおりますので、大丈夫だと思うのですが、あなたが隣りの部屋に居てくださったら、どれほど心強いでしょうか。それに伊藤さまがお帰りになったら、あなたとゆっくりお屠蘇《とそ》でもいただきたいものですわ」

だから教えられたとおり窓から入った。その時、少し酔っていたので尻餅《しりもち》をついたのは本当だ。しかしその時居合わせたのは歌子一人だったはずではないか。女学生など一人もいなかったと断言できる。

ということは、あの時の自分の失態を歌子が誰かに話したことになる。そうでなかったら、二人だけしか知りえない逸話が、どうして活字になるのだろうか。

その結論を出すのが怖くて、博士はまた胸をおさえる。第三者の存在、それを昔から自分は勘づいていたような気がするのだ。

しかしすがるといえば彼をおいて他にない。が、伊藤公への悪意を博士は新聞の中であらわにしている。

「八方ふさがり」という言葉がうかんだ。

金で新聞をどうにかできないものだろうか。いや、そんなことをしたらたちまちペンで「買収」などと書かれるだろう。

だったら文部省の力を借りるか。まさか、自分の恥をさらすようなものだ。博士の目にやがて諦念《ていねん》の涙がうかんだ。

妖婦《えうふ》下田歌子（二十）

▲……されど三島は堕落せり　戀《こひ》に敗《やぶ》れたる三島《しま》は心臓《しんざう》の創《きず》を醫《い》すべく直《たゞち》に結婚《けつこん》して一家《か》を成《な》せり妻《さい》といふは人間《にんげん》といふ以外《いがい》に従《じゆ》四位《ゐ》勲《くん》三等《とう》といふ肩書《かたがき》を有《も》てる平山《ひらやま》清彦《きよひこ》なる人の次女《じぢよ》なり、妻《さい》は七去《きよ》三従《じう》の舊道徳《きうだうとく》を強迫《けうはく》する女大學流《をんなだいがくりう》の家庭《かてい》に育《そだ》ちしものなれば靜《しづ》かに淑《しと》やかなれども新柳《しんりう》二橋《けう》の婀娜《あだ》な姿《すがた》に見慣《みな》れたる三島《しま》の眼《め》には野暮《やぼ》で陰氣《いんき》としか見《み》えず……

すでに新聞を読んでいたらしい妻は、この記事が出た日に、二三子を連れて家を出た。秋田県知事をしていた老父のところへ身を寄せるという。

妻の置手紙を、博士は寝間で読んだ。傍にひかえていた書生のひとりは、博士が突然歌を歌い出したのに驚いた。

「髪はしばしばくしけずれ　袴はなるべく低くはけ……」

博士が強度の神経衰弱で入院したのは、それからしばらく後のことである。

三月二十四日

俥《くるま》は新富町《しんとみちょう》を走っていく。このあたりは芝居小屋があることもあって、茶屋や料理屋も多い。どこか垢《あか》ぬけたところがある界隈《かいわい》なのだが、道ゆく人々の何人かは思わず振り返った。それほど俥の中の人物は人目をひいたのである。

飯野《いいの》吉三郎《きちさぶろう》は巨漢といっていいほどの体軀《たいく》である。頭を丸め、鼻の下と顎《あご》に黒くこわい髭《ひげ》をたくわえていた。そのうえ黒紋付に仙台平《せんだいひら》の袴といういでたちだから、いやがおうでも目立つ、芝居もんだろうかと、通りすがりの男がつぶやいたほどだ。

飯野は目を固く閉じている。家で彼がこのような表情になると、書生たちは神宣がくだったのだろうかとひれ伏すのであるが、それは思いすごしというものだ。「穏田《おんでん》の神さま」といわれる飯野でも思いにふけるということもある。それも困惑のあまり、さまざまな策略を練っているところだ。

昨夜も歌子に泣かれた。この半月というもの彼女はすっかり窶《やつ》れたようだ。まるで娘のようにふっくらした頰《ほお》がそげ落ちて、そこに陰気な影ができた。その影をゆがめるようにして、歌子は悲鳴に似た声をあげる。

「えーい、口惜《くや》しい。こんなことってあるだろうか」

宮仕えをしていたことの証《あかし》のような、濃い京紅を塗った唇《くちびる》の奥で、歯がきりきりと音をたてた。

「あんな獣のような奴《やつ》らに馬鹿《ばか》にされている。私は恥ずかしくて恥ずかしくて、もう外を歩くこともできませんの。ああいっそのこと、あいつらを殺して私も死んでしまいたい」

「らちもないことを」

飯野は豪快に笑った。今はこうすることが目の前の女をいちばん慰めることだと知っていたからだ。

「『平民新聞』などというものは、たかだか三千だか四千だかの赤新聞ではないか。まともな人たちはこわがって手を触れんもんだよ。いったい誰が読んでるっていうんだね」

「それがもうみんな知っているのですよ」

激すると歌子の口調には美濃訛《みのなま》りが出てくる。京訛りの言葉は努力して彼女が身につけたものだが、美濃の訛りは歌子の本来の言葉だ。歌子と吉三郎の故郷の言葉でもあった。

「学習院に行っても宮中に参内しても、みなの私を見る目が違うのです。私は全く意にも介さぬふりをして平静を装っているけれど、それがどんなにつらいことかおわかりですか、銛《せき》さん」

銛さんというのは吉三郎の幼名である。歌子の本名も銛という。歌子は飯野の十違いの姉と幼なじみだったから、彼女が子どもの頃に「せき、せき」と呼ばれていたのを、飯野はうっすらと憶《おぼ》えている。初めて枕《まくら》を共にした時、二人は運命とか因縁などという言葉を何回かつぶやいたものだ。年はひとまわり以上も女が上である。しかし二人は故郷が同じのうえに、名前まで同じなのだ。こうなったのはあらかじめ神が決めたことだと男が言えば、そうですものと女が答える。そして髪を乱したまま、再び男にとりすがってきたのは、もう半年近く前になるだろうか。

後に飯野のことを〝日本のラスプーチン〟と陰口を叩《たた》く者が出てきたが、それはあたっていないこともない。

若い時分、飯野はキリスト教から女を尊ぶ真似をすることを学んだ。そして英語を習った際に、性技というものを耳学問として仕入れた。微に入り細を穿った女の裸体画など、西洋の医学書や他の学術書にいくらでも出てくるのである。

だいたい日本の男で、女を歓《よろこ》ばせようなどと考える者が何人いるだろうか。自分の性欲さえ満たせば、相手の女が何をして欲しいかなどと考えたこともない男がほとんどではないか。

飯野は違っていた。血気にはやる若者だった頃《ころ》、学んだことの復習と称して吉原《よしわら》へよく出かけたものだが、そのたびに自分が格段の進歩を遂げていることがわかった。これほどおもしろいことがあるだろうかと、彼は感嘆に似た気持ちさえ抱いたものである。

語学や運動だとわかりにくいが、性の、単純でこの楽しい進歩といったらどうだろうか。飯野はたんねんに女のからだに愛撫《あいぶ》を加える。足の指を一本々々丁寧になめていくと、最後には吉原の女さえねじれた声をあげたものだ。キリスト教や英語を学んだ若者の常として、彼は廃娼《はいしょう》運動にも加わったことがあるが、それと吉原通いとは彼の中では何の矛盾ももたらさなかった。

床の中で、女たちは快楽のとどめをさしてもらいたくて、苦し気に泣き声をたてる。それを自分は救ってやる。これが善行でなくて何であろうか。

歌子は五十を過ぎていた。若い頃さんざん男たちに讃《たた》えられた白い肌《はだ》も艶《つや》を失ない、白墨《はくぼく》のように粉じみたものになりつつある。そんな歌子を飯野は根気よく調教した。ある夜、歌子はすすり泣きとも、動物の叫び声ともつかない声を出した後、絶頂感を生まれて初めて味わったと告白したものである。老いを目前にそれを知った女の欲はすさまじかったが、飯野は誠意をもってそれに応《こた》えてやった。汗ばんだ額をおさえながら歌子は言う。

「それではあの結婚生活はいったい何だったろうって、本当に目がさめたような思いですよ」

伊藤博文よりよかったかという言葉を、飯野はぐっと呑《の》み込んだ。歌子の醜聞はいくつか耳にしていたが、そんなことは言わない方がはるかに得策というものだろう。

その伊藤公は今回のことでなんの力も貸してくれないと、昨夜の歌子は唇を嚙《か》んだ。

「もう少し様子を見るというお考えなんだそうです。それから内務省警保局長のところへと行きましたが、今の法律ではむずかしいというのを聞いて、目の前が真暗になりました。人があんな出鱈目《でたらめ》を書かれたというのに、そんなことってあるでしょうか。社会主義者などというのは世の中のクズなのに、私に立ち向かおうとしているのですよ。全くこんなことが許されていいのでしょうか」

新富座のやや裏手あたりに、錦絵《にしきえ》を売る店がある。贔屓《ひいき》の役者の絵を探しているのだろうか、桃割れの二人の娘が、店先に佇《たたず》んでいた。

その隣りの二階家に大きな看板がかかっている「平民新聞社」と描かれたそれは見事な草書体であったが、なぜかしら見る者に不安をあたえる。平民という文字のあたりに、まがまがしい空気が漂っているようだ。

そこの風景をさらに異様なものにしているのは、家の前に立っている五人の屈強な若者だ。全員白い上衣《うわぎ》に、浅葱《あさぎ》の袴《はかま》を身につけている。神に仕える者の装束であるが、彼らの顔つきはあまりにも生々しすぎた。

五人は先ほどから飯野を待ち構えていたらしい。俥が到着するやいなや、ばらばらと駆け寄り、飯野の膝《ひざ》の上の毛布をうやうやしくはずしたりする。これらのことはすべて無言で行なわれた。彼らはそれ以上進もうとはせず、飯野だけが前へ歩み始める。

「頼もう」

飯野は玄関で叫んだ。もと芝居茶屋か何かだったのだろう。玄関のひき戸は、粋《いき》な格子《こうし》づくりになっている。飯野の声を聞きつけて、一人の若い男が姿を現わした。すり切れた袴に、角帽をかぶっている。社会主義の温床ともいえる早稲田大学の角帽だ。大学生なら大学生、記者なら記者らしくしろ、素人《しろうと》の寄り集まりがよく新聞などつくるものだと、飯野は舌うちしたいような思いになる。

「私は飯野吉三郎という者だ。幸徳伝次郎殿にお会いしたくてやってきた。あらかじめ手紙を差し上げておいたのでおわかりだと思う」

こういう時は大声を出すのに限る。そうでなくても巨体のうえに、朝晩の勤行《ごんぎょう》で飯野の喉《のど》は鍛えられているのだ。若い男は驚いてただちに引っ込んでしまった。その後、何人かの男の顔がちらちらと飯野をのぞきに来る。露払いの若者たちに驚いたこともあるだろうが、政府の高官たちが神宣を乞《こ》うために訪れる「穏田の神さま」は、彼らの間でも名が知れわたっているらしい。

それにしてもあたりの汚ならしさといったらどうだろう。畳の上にそれぞれの小机を置いているのがまるで江戸時代の寺子屋のようだ。机の上に硯《すずり》と筆があるところまでそっくりである。それはいいとしても、書き損じた紙や、灰皿の中に溢《あふ》れている吸《すい》殻《がら》などで、畳の上を歩くのがはばかられるほどだ。襖《ふすま》や障子もあちこちが破れている。

「掃除をする女はいないのだろうか」

飯野が思わずあたりを見わたした時だ。縞《しま》の銘仙《めいせん》を着た女が、すすっと前を横切った。この部屋にふさわしい、だらしない着つけをしている。女と見るとすぐに評定にかかる飯野だ。「平民新聞」の女というのは、それだけで興味をそそられる。女の横顔に粘っこい視線をあてた。

色が白いのだけが取り柄《とえ》の平凡な顔立ちである。鼻も低くて平べったいつくりだろうことはすぐに見てとれた。しかもえらが張っている。

美しい女ではないと、すぐに女から視線をはずそうとした時だ。女が不意にこちらの方に顔を向けた。睨《にら》んでいるというのではない。子どもが好奇心のおもむくままに植物や動物を凝視する。そんなふうに女は飯野を見つめたのだ。重たげなひと重瞼《まぶた》から発せられる目の光は大層強くて、飯野も一瞬たじろいだものだ。

それにしても飯野がここにいるとわかって前を横切っていくのだから、いい度胸をしている女だ。

「お待たせしました。もうじきまいりますので……」

これまた雑巾《ぞうきん》にしたいような袴をつけた若い男が、飯野を小部屋へ案内する。ここはどうやら応接間になっているようで、椅子《いす》とテーブルが置かれていた。椅子といってもどこからか寄せ集めてきたらしい。五つがバラバラであるばかりでなく、背もたれの布が剝《は》がれているものさえあった。

平民社は慢性的な資金難で、よく新聞が発行できるものよという声を聞いたことがあるが、どうも本当らしいと飯野は思った。

やがて襖が開き、男が姿をあらわした。写真で見たとおりの髭を生やしているので、すぐに幸徳とわかった。

だが彼の貧相で頼りない様子に、飯野は化かされているのではないかと疑ったほどだ。身長は五尺にも満たないに違いない。幸徳伝次郎（秋水）といえば、世間でおそれられている社会主義の首領であるが、ひどく痩《や》せたからだと青白い顔は、およそ革命家が持つものではなかった。しかも幸徳はぼんやりとした表情のままだ。男にしてはぶ厚い唇がなかば開かれているさまは、痴呆《ちほう》的にさえ見える。

大変なきれ者だという声はよく耳にするが、これなら薄汚ないただの中年男ではないか。

「今日、私がどうしてここに伺ったかはよくお解りでしょう」

飯野はすごんで見せた。軟弱な相手だったら、これですでにおびえてしまうはずだ。

「はて、飯野先生のような方が、うちにいらっしゃる理由《わけ》といわれても困ってしまいますな」

相手もとぼけているのか、非常に淡々としたものの言いようである。

「理由はある。これですよ」

飯野はかくしから何日分かの「平民新聞」をとり出し、それを机の上に音をたてて置いた。

「そちらの方でもう一ヵ月近く、ある婦人の身辺にわたってまで人身攻撃をしている。これは一体どういうことなのか」

「ある婦人って、下田歌子のことですね」

幸徳は相変わらず間延びした調子で言った。

「『妖婦《ようふ》下田歌子』の連載が始まってからというもの、大変な反響がありましてね。これは我々の読者にとって、非常に興味深い問題のようですね」

「黙りなさい」

ついにたまりかねて飯野は怒鳴った。

「あなた方はいったい、下田先生をなんとこころえているのか。下田歌子先生なくして、この国の女子教育はありえないといわれている方だ。しかも……」

飯野は、皇居の方へ向いて威儀を正した。

「畏《おそ》れながら、皇后陛下におかれましては特別の御寵愛《ごちようあい》をくだされているとか。あなた方はそのような下田先生を、いったいなんと心得ているのか」

「下田歌子が非常に権力ある女性だということはよく知っています」

〝下田歌子〟という呼び捨ての言い方に、飯野は一瞬目の前の男を睨んだ。

「だからこそ我々の連載は意義がある。無力で、世の中になんの影響もあたえない人間を非難しても仕方ないことだと思っていますからね」

「その力というのは、皇室から頂戴《ちようだい》したものだということがわからんか」

飯野はついに立ち上がった。こうすると巨漢の彼は、目の前の小男に十分威圧感を与えるはずである。

「下田先生に無礼な行ないをするということは、九重の雲上に対しての重大な不敬でありますぞ。そもそもわが国の皇室というのは、神を祖にいただいておる……」

こうなってくると飯野の独壇場である。滔々《とうとう》と喋《しやべ》り始める。

わが国の歴史というのは天照大御神《あまてらすおおみかみ》から始まっているのをご存知であろう。この大御神は、バイブルに出てくる理論上の神ではない。自分は若い頃、キリスト教にかぶれていたからよくわかるが、あれはまさに人間が創《つく》り出した神だというところで、幸徳の眉《まゆ》が初めてぴくりと動いた。

大御神は、誠意をもって相手の言い分を聞こうとなさった方である。まさに絶対平和の神というものではないか。

そう、太陽を大御神の象徴と考えるとわかりやすい。

「かの児玉源太郎《こだまげんたろう》大将も、私の皇道研究については大層興味をお示しになって……」

唐突に始めたこの話題は、実は児玉源太郎の名前を出したいがためのものであった。

「戦地において、あわや退却かと思われた時に、閣下は何度も太陽を拝んだとおっしゃっていた。太陽の光と、私がお取り継ぎした大御神の言葉『この戦争は必ず勝つ』というひと言とを心の支えにしたと、閣下は何度も言われたものだ。その神の子孫であらせられる両陛下のおぼし召し深いのが下田先生でいらっしゃる。下田先生を攻撃なさることが、どれほどの意味を持つことかあなたはおわかりだろうか」

「私はご承知のように、今度の戦争については終始反戦の主張をしておりましたので、あなたのおっしゃることがいまひとつ理解できない」

幸徳はやっと喋り始めた。

「絶対平和の大御神が、どうして戦争の仕掛け人児玉大将の守護神になったのだろうかと首をひねってしまうのですよ。そもそも私たちの新聞の大きな目的のひとつは、民衆のそうした迷信を破ることにありましてね。考えてもごらんなさい。私はまだ三十代で昔のことは知らないが、今から四十年前、江戸と呼ばれたこの町で、天皇のことなど口に出す人がいましたか。みんな公方《くぼう》さま、公方《くぼう》さまだったはずです。京都のはずれにえらい人がひっそり住んでいることは知っていたが、誰も気にかけちゃいませんでした。それが明治になってからこっち、政府は学者まで総動員させて、数々の神話をつくりあげている。あなたのような方まで現れて、こりゃわが国の皇室は当分安泰というものでしょう」

さきほどまで睡《ねむ》た気《げ》だった幸徳の目は、次第に鋭さを帯びてきた。最初鈍重に見えたひと重瞼は、こうなると凄《すご》みさえある。

「もともと天皇などといっても、神でも何でもない。九州のどこかの豪族に、ちょっと力と勇気のある者がいて、殺戮《さつりく》を繰り返しながら中央に上ってきた。ただそれだけのことじゃないか……などと物騒なことを言う同志は多いのですがね。あははは……」

幸徳はからだに似合わない、大きな笑い声をたてた。あきらかに飯野をからかっているのだ。

「そういう危険なことは、たとえ冗談にしても、口に出さない方がよろしいですぞ」

飯野は再び椅子に腰をおろした。少し前のめりの姿勢になって幸徳を見つめる。こうすると親身になっている感じがよく出るのだ。

「私はお亡《な》くなりになった児玉大将、それに山縣公などという方に親交をいただいているが、その関係で有松警保局長も拙宅によくいらっしゃる。実は昨日も相談を受けたばかりでしてな。あなた方の処置をどうしようかということです。今回ばかりは根こそぎやりたいという局長の言葉を聞いて、私はこれは困ったことになったと思った……」

この時、幸徳はうっすらと笑った。

「私は争いごとをどうも好かん。またあなた方のように前途ある若者たちが、年中行事のように獄中を行ったり来たりするのをかねがね残念に思っている。こう見えても私は、キリスト教を勉強したし、廃娼《はいしよう》運動に身を投じたこともある。世間の人ほど、あなた方を嫌《きら》っていないつもりだよ」

「そりゃ、有難いことですなあ」

幸徳はいかにも感にたえぬような声を出した。

「この件は私にうまくおさめさせてくれないか。あなた方の面子《メンツ》が十分に立つようにするつもりだ。それにまことに失礼だが、いささか金の用意もある。これを応援費として寄付させてもらうつもりだよ」

「けれど『妖婦下田歌子』はとても人気がある。うちの看板記事なんです。途中でやめたりして読者が納得してくれるものでしょうかねえ……」

と言って、幸徳はほじくり出した爪垢《つめあか》をふうっと吹いた。

「だまらっしゃい。こちらが下手に出たと思って、つけあがるとは何事だ」

ついに飯野は叫んだ。我慢するにもほどがあるというものだ。

「よしんば万一下田先生に落ち度があったとしても、あの方は皇室と深い関係を持つ方だ。皇室はわが国の要《かなめ》でありますぞ。少しの疵《きず》があってもならない。疵をつけるということは、国を亡《ほろぼ》すということではないか。お前が社会主義だからといって、そんなことができるとでも思っているのか」

「まあ、そんなにいきりたたないでくださいよ」

幸徳はまあまあと両手でなだめた。なにやらすっかり快活になっている。

「あなたが皇室絶対主義を唱えるというのならそれはいい。あなたの自由というものです。だが、こちらにも見せたいものがある。おおい、誰か……」

さきほどの若い男が顔を出した。

「もう活字を拾っただろう。あれを持ってきてくれ。そう『妖婦下田歌子』の二十六日からの分だ」

やがて飯野の前に、これから出る「平民新聞」の見本紙が置かれた。相も変わらずどぎつい文字が並んでいる。

妖婦下田歌子（二十五）

▲歌子の弟は放蕩者　一《ひと》つ腹《はら》に生《うま》れながら一は杜鵑《ほとゝぎす》となり一は鳶《とび》となるならば如《い》何《か》に悲《かな》しき事《こと》なるべき歌子《うたこ》の弟《おとゝ》貞藏《ていざう》は姉《あね》の賢《かしこ》きに似《に》もやらで愚《おろか》といふにはあらねどもお平《ひら》の長芋然《ながいもぜん》たるノッペリとしたる顔《かほ》が累《わづらひ》をなして赤坂《あかさか》の花《はな》に戯《たはむ》れ烏森《からすもり》の柳《やなぎ》に狂《くる》ひ吉原結構《よしはらけつこう》、品川賛成《しながはさんせい》、新宿乙《しんじゆくをつ》です、洲崎《すさき》おもしろからうなどゝ車《くるま》を遊里《いうり》に驅《か》り醉《ゑひ》を妓樓《ぎろう》に買《か》ふ內《うち》にお定《さだま》りの借金山《しやくきんやま》の如《ごと》くかさみしより歌子《うたこ》の名《な》にて諸々《しよ〳〵》方々《はう〴〵》を借《か》りまはりしが早《はや》くも親父《おやぢ》鍒藏《じうざう》の耳《みゝ》に入《い》り折角娘《せつかくむすめ》が大宮內《おほみやうち》に仕《つか》うまつるにかゝることあつては娘《むすめ》が立身出世《りつしんしゆつせ》の妨害《さまたげ》と嚴《きび》しく云《い》ひ聞《き》かせしかど懶惰性《らいだせい》をなし放縱度《はうじうど》なき貞藏《ていざう》は尙《な》ほ放蕩《はうたう》を已《や》めぬさへあるに老牛犢《らうぎうこうし》を舐《ねぶ》る子《こ》に甘《あま》き母親《はゝおや》は歌子《うたこ》の宮內省《くないせう》より持歸《もちかへ》る月給《げつきふ》をとりては貞藏《ていざう》の手《て》に渡《わた》すにぞ……

飯野は貞蔵のことをよく知らない。歌子が一家をあげて故郷を後にした頃、貞蔵はまだほんの子どもだったのだ。一緒に遊んだ記憶もなければ、歌子の口から弟のことをあまり聞かされたこともない。

▲一万圓《ゑん》の借金の返却　貞藏《ていざう》は詐欺《さぎ》取財《しゆざい》の罪《つみ》に擬《ぎ》せられ鍛冶橋監獄《かぢばしかんごく》に呻吟《しんぎん》すること半歳《はんさい》あまり證據《せうこ》不充分《ふじうぶん》にて無罪《むざい》となり元《もと》の娑婆《しやば》に立《た》ちかへりしが懶惰性《らいだせい》を爲《な》し尚《な》ほ已《や》まぬ飲《の》む、打《う》つ、買《か》ふの三道樂《だうらく》に姉歌子《あねうたこ》の名《な》を假《か》りて所々方々《しよ〳〵はう〴〵》より殆《ほと》んど一万圓《ゑん》に達《たつ》する金錢《きんせん》を借《か》りしより債鬼《さいき》は日々《ひゞ》歌子《うたこ》の門《もん》に迫《せま》り華族女學校《かぞくぢよがくかう》まで出掛《でか》けての催促《さいそく》に歌子《うたこ》もほと〳〵弱《よは》り果《は》て、初《はじ》めは己《おの》れの衣服《いふく》を賣《う》りて僅《わづ》かばかりは支《さゝ》へしが燒石《やけいし》に唾《つば》するに過《す》ぎざれば己《おの》が家《いへ》に預《あづか》りをれる華族女學校《かぞくぢよがくかう》の生徒《せいと》高崎《たかさき》五六の娘《むすめ》、三島通庸《みしまつうよう》の娘《むすめ》などに相談《さうだん》して其《そ》の親《おや》より下田家《しもだけ》財政整理《ざいせいせいり》の名《な》の下《もと》に少《すく》なからぬ金錢《きんせん》を出《だ》させて此《こ》の一万圓《ゑん》は高利貸《かうりかし》に拂《はら》ひ返《かへ》し歌子《うたこ》はヤッと借金《しやくきん》より首《くび》を拔《ぬ》きける

幸徳は歌うような調子で話し出す。

「ねえ、下田歌子といえば年俸《ねんぽう》三千百円の、女じゃ日本一の給料とりだ。その下田さんが年がら年中ピイピイしている。うちには毎日のように借金とりが来て責めたてるっていう話知ってましたか」

飯野は思わず首を横にふってしまう。歌子は週に二度ほど、御神宣を聞きに来るという名目で飯野の邸《やしき》にやってくる。情を交すのは、飯野の神殿近く、奥まった部屋で

だ。あれほどの女だから、書生たちの前でも堂々とふるまっているが、さすがに帰る時は闇《やみ》にまぎれるようにして門を出ていく。その俥《くるま》は定紋付きの立派なもので、お抱えの車夫もいたはずだ。とても金に困っていたとは思えない。

▲女狐を優待する宮内省　金毛《きんもう》九尾《び》の女狐《をんなぎつね》歌子《うたこ》が住《すま》へる永田《ながた》町の邸宅《ていたく》は元來《がんらい》宮内《くない》省《せう》の官舎《かんしや》にして初《はじ》め歌子《うたこ》が華族女學校《かぞくぢよがくかう》の生徒《せいと》を寄宿《きしゆく》させて監督《かんとく》するといふ名《な》を以《もつ》て此《こ》の邸宅《ていたく》を借用《しやくよう》したるものなるが今《いま》は華族女學校《かぞくぢよがくかう》の生徒《せいと》は一人《にん》も寄宿《きしゆく》する者《もの》なきにズル〳〵ベツタリにて今以《いまもつ》て此《こ》の家賃《やちん》を拂《はら》ふ心配《しんぱい》なき口ハの官舎《かんしや》に住《すま》へるなり、思《おも》ふに宮内省《くないせう》が恣《ほしいまゝ》に口ハにて此《こ》の官舎《かんしや》を歌子《うたこ》に借《か》し與《あた》へつゝあるは日本第《にほんだい》一流《りう》の『閨《けい》』秀《しう》に對《たい》して敬意《けいい》を表《へう》する積《つも》りなるべけれど學習院《がくしふいん》の院長《いんてう》にすら官舎《かんしや》なきに其《そ》の女子部《ぢよしぶ》の部長《ぶてう》にのみ官舎《かんしや》を與《あた》ふる理由《りゆう》何《いづ》くにかある、宮内省《くないせう》は高等淫《かうとうゐん》賣《ばい》を斯《かく》の如《ごと》く優待《いうたい》すべき義務《ぎむ》ある乎《か》、女狐《をんなぎつね》は斯《かく》の如《ごと》く厚遇《かうぐう》せらるべき權利《けんり》ある乎《か》

……

幸徳は言う。

「いいですか。下田女史の住んでいる永田町の邸は、華族女学校の寄宿舎なんですよ。皇室の藩屏《はんぺい》たる華族のお嬢さま方がお住まいになるところだ。ところがお嬢さまは一

人も住んでいない。下田女史が悠々《ゆうゆう》と一人で暮らしていらっしゃる。これは皇室に対する詐欺っていうもんじゃないですか。そう、そう、これもある……」

幸徳はいかにも楽しそうに、次のページをめくった。

▲下田家の財産差押へ　明治《めいぢ》二十九年《ねん》十二月三十一日永田町《ながたてう》一丁目《てうめ》七番地《ばんち》なる下《しも》田《だ》歌子《うたこ》の邸宅《ていたく》に大破烈《カタストロフ》は舞《ま》ひ込《こ》めり執達吏《しつたつり》に依《よ》りて封印《ふういん》せられたる家財道具《かざいだうぐ》は今《いま》や公賣處分《こうばいしよぶん》に附《ふ》せられんとすそは強慾鬼《がうよくおに》の如《ごと》き高利貸《かうりかし》も暫《しば》しは歌子《うたこ》の妖術《えうじゆつ》にかゝり春《はる》から夏《なつ》、夏《なつ》から秋《あき》と待《ま》ちどほしに待《ま》ちたりしも鐚《びた》一文《もん》も拂《はら》つてくれねば勘忍《かんにん》袋《ぶくろ》の緒《を》が切《き》れて事《こと》こゝに至《いた》りしなり、

「すごいじゃないですか。差し押さえですよ。私たちは貧乏で、質屋にものを取られたりするのは慣れてますがね、天下の下田歌子女史が、かつて弟の放蕩のために、赤い札をくらってたんですよ。考えてみりゃおかしい話ですよな。下田女史の給料っていうのは、陛下からいただくもんだって聞いてますがね。それが右から左へ流れて、弟が吉原で女郎を抱く金に消えてしまう。これが不敬じゃなくって何なんでしょうね」

飯野は押し黙った。彼が歌子と深い仲になったのは最近のことで、昔の差し押さえ

のことなど全く聞いていなかったのである。

飯野にとって歌子は、皇室といちばん近い才色兼備の女である。自分の夢を分かちあう相手でもある。天照大御神をやがて世界の宗教としたい。それを帝にわかっていただけたらこの身などどうなってもいい。それに自分は、御神宣という強い武器もある。皆がためらっている時に、日露戦争絶対勝利を占ったのは自分である。これによって児玉大将はどれほど勇気づけられたかわからないと言っていたほどだ。

この自分を帝の近くにお召しになり、役立てていただけないものであろうかと飯野は語ったことがある。

そんな時、励ましてくれたのは歌子であった。

「もうちょっとお待ちくださいまし。私が折を見て、きっといいようにいたします」

と受け合ってくれた時、飯野はどれほど嬉《うれ》しかっただろうか。その歌子が大変な借財を負っていたとは……。思わず飯野は唇《くちびる》を嚙《か》む、その表情を見逃さなかったのだろう、幸徳が笑いを含んだひと言を飯野に投げかけた。

「そうそう、聞くのを忘れていた、あなたは下田女史のいったい何なのですか。私たちの新聞は正確さを自慢しておりますのでね。噂《うわさ》だけでは、あなたとのことも一年分の連載が出来るぐらい書ける、だけどそれでは、わざわざいらしてくれたあなたに失礼でしょう。ねえ、歌子女史とのこと、教えてくださいよ」

「黙れ、黙れ」

ついに堪忍袋《かんにんぶくろ》の緒が切れた飯野は、こぶしをふりあげて叫んだ。

「なんという不敬な奴《やつ》ら、お前たちは遠からず大逆の罪であの世行きだ」

憤懣《ふんまん》やるかたないというのは、こういうことを言うのではないだろうか。白装束に着替え、神殿に額《ぬか》ずいても飯野は平静さをとり戻せない。さきほどから怒りのあまり、からだが小きざみに震えているのだ。

幸徳側はすでに飯野のことを調べ上げていたのだ。

「あなたは下田女史のいったい何なのですか」

という言葉はすべてを語っていた。

「これは詐欺っていうもんじゃないでしょうか」

という言い方にもいま思えば意味がある。飯野は若い頃、脅迫罪で入牢《にゅうろう》した経験をもっているのだ。本の代金を払えと居丈高にものを言う店員をちょっと脅かしてやった。それだけでどうして罪になるのか自分でもわからない。けれども冷たい牢に入れられたのは、消したくても消せないいまわしい過去である。

しかしそれにしても歌子が差し押さえを受けていたとは……。今日はあの女のために恥をかきにいったようなものではないか。一蓮托生《いちれんたくしょう》の相手と誓い合ったからには隠しごとをされるのは困る。早く帰っていろと言っていたにもかかわらず歌子はまだ家にいない。居ても立ってもいられなくて、何度めかの電話をかけようと飯野が立ち上がった時だ。

「先生、お客さまがお見えでございます」

小間使いの一人が廊下で待っていて頭を下げた。一週間前に口入屋を通じて雇った十五歳の少女だ。近いうちに飯野のものになるだろう。この家では十人以上いる小間使いすべてに飯野の手がついている。

彼女のまだ固そうな尻《しり》を見ながら廊下を歩いて、信者を待たせる座敷へ入った。下座には奥宮健之《おくのみやけんし》がかしこまって座っている。

幸徳よりはるかに年上で、もう五十をすぎているのではないだろうか。自由民権運動から社会主義へと、世の〝祭り〟を転々としてきたような男だ。そのために、現在の「平民新聞」でも全く目が出ない。

「今日は大変でしたね。私はあの時、社にいなかったのですが、帰ってきたら大変な騒ぎでしたよ」

「ああ、幸徳にとにかく伊勢神宮に詣《もう》でろといったら、しゅんとして、よくわかりましたと言っていたがね」

「そうですか。幸徳は決して悪い男ではありませんが、世間知らずの理想主義が、ちょっと困ります」

「平民新聞」に歌子の連載が始まってから、手づるを頼んで内部の者を一人紹介してもらっていた。やってきたのはからだのしんまで青くさい初老の男だ。

今の社会主義者のままだときっと内部から崩れていくに違いない。自分はもっと現実との融和を図り、穏健な思想組織にしたい。今のままでは入獄、極刑も増えるであろう。自分は現体制と社会主義者たちとの接点となり、多くの悲劇を救いたいなどと、わけのわからぬことを言いながら、飯野から小遣いをせびっていく。

「なあ、奥宮さん」

怒っているさまは決して見せたくなくて、飯野はゆったりとした声を出した。

「幸徳っていう男について、これからいろいろ教えてくれないか」

三月三十一日

帝《みかど》の六番目の内親王でいらっしゃる常宮と、七番目の周宮は、小田原の御用邸にて避寒されていたが、このたび東京にお戻りになることになった。

その帰り、葉山御用邸に立ち寄られ、節子《さだこ》妃とお会いになられたらどうかと勧めたのは、供奉《ぐぶ》していた佐佐木高行伯爵《はくしゃく》である。

今年七十八歳になる伯爵は、昨年特別の思召《おぼしめ》しをもって、宮中賜杖《しじょう》を許されたばかりだ。小石川後楽園において、土方《ひじかた》伯爵、原内務大臣、東郷大将、乃木《のぎ》大将など各界の名士を集めた祝賀会の盛大さは、今でも語りぐさになっている。

「わたくしはこのような年でございますから、折にふれ妃殿下を拝しなければ、次の機会がいつあるかはわかりませぬ。ぜひお二人のお供をさせてくださいませ」

伯爵の言葉に二人の宮は微笑なさった。杖《つえ》をいただいた彼は内心得意でたまらないくせに、むやみと老人くさく振るまうことが多くなっていたからだ。

「余命いくばくもない老臣の最後のご奉公」

「老いに鞭《むち》うって」

などというのも、伯爵の好む言いまわしである。

十八歳の周宮などは、さもおかしそうに、

「佐佐木の『最後のお仕え』は、これで何度めだったでしょう」

とおからかいになることもある。もちろん宮たちがこんなことをおっしゃるのは、伯爵がお二人の御養育主任で、お誕生の時からずっと手元でお育て申し上げた間柄《あいだがら》ゆえだ。まことに畏《おそ》れ多いことであるが、二人の若い宮と、老伯爵との間には、孫と祖父にも似た交流があった。伯爵の申し上げることなら、お二人はたいてい素直にお聞きになる。

それに節子妃に会うことに、なんの異論があるだろうか。下々の言葉でいえば、皇太子妃と宮たちは嫂《あによめ》と小姑《こじゅうと》という関係になるが、そんなことよりも三人は、昔ながらの親しい友人である。

まだほんの幼ない時分に、九條家《くじょうけ》の姫だった節子妃は、宮たちの御学友として赤坂離宮にあがった。他にも伏見宮、北白川宮の女王、徳川や毛利、岩倉の姫たちも顔を並べたが、常宮がいちばんお気に入りになられたのは、四つ齢上《としうえ》の九條節子姫だったのである。

節子姫は、他のおとなしい令嬢たちとはまるで違っていた。五歳まで高円寺の農家に預けられたという姫は、鶏を追ったり、栗拾《くりひろ》いや筍掘《たけのこほ》りをして育ったという方である。くるくると動く大きな目で、常宮をじっとご覧になった後、ついていらっしゃいというふうに頷《うなず》かれた。

その日は離宮の庭にて、みなは摘草《つみくさ》をして遊んだのであるが、姫がさまざまな草の名前を知っていることに常宮は驚かれたものだ。

それから十年後、節子姫が、兄君であらせられる皇太子のお妃《きさき》に決定したと聞いた時、宮はどれほど嬉《うれ》しかったことだろう。

その頃《ころ》、二人の宮は高輪《たかなわ》御殿において、下田歌子に進講を受けていらっしゃったが、お妃教育の一環として、節子姫もしばしば御学問所に姿をお見せになった。三人で机を並べ学ばれた記憶は、常宮の中にも、周宮の中にも確かにあって、今度の葉山行きもたちまちのうちに承諾なされたのだ。

葉山にいらっしゃる妃にお伺いをたてると、あちらも大層お喜びのご様子であった。東京では儀式がある時でもないと、そうめったにお会いになることができない方々である。だが避寒地でお寛《くつろ》ぎになっている最中ということで、手続きや警備もここではそう固苦しくない。伯爵はあちこちに指示をあたえ、宮さま方はおしのびの由《よし》、決して大げさにしないようにとさらに念を押した。

そうしながらも、伯爵は胸に湧《わ》き起こってくるやましさをどうすることもできなかった。これはまさしく謀《はか》りごとというものではないか。自分はなんと妃と宮に対して、ひとつの計画を張りめぐらそうとしている。臣下として、最も大きな罪というものであろう。讒訴《ざんそ》やその反対のとりなしというものは、決してしてはならない。また皇族の一員として、そういうものを聞く耳をお持ちになってはいけないと、常日頃から伯爵は宮たちに申し上げてきた。それをいま自分が実行しようとしているのだ。

伯爵は言うまでもなく至誠の人である。政治家としての要職をすべて投げうち、この二十年間ひたむきに皇室にお仕えし、何人かの宮たちをご養育申し上げてきた。両陛下のご信頼も篤《あつ》く、今度の賜杖という栄も授けられている。

その伯爵が、今回のことを思いついたのはもちろん私利私欲のためではない。すべて二人の宮と皇室のために、考えた揚句のことだ。

さりげなく話を切り出す、などというのは、一徹な老伯爵のいちばん苦手なことであるが、なんとかやりとおしてみせると彼は決心する。いかにも楽し気な宮たちとは違い、その日の葉山行きは伯爵にとってはなはだ気の重たいものであった。

御用邸の中でも、南向きで窓が大きくとってあるこの西洋間が、皇太子妃節子殿下の気に入りの場所であった。長椅子《ながいす》に深く腰かけられ、節子妃は煙草《たばこ》を吸いながらディケンズを読んでおられる。これは極めて象徴的なお姿であった。

節子妃が貞淑な婦鑑の方だというのは、国民誰もが知っていることだ。生まれつきおからだの弱い皇太子殿下に心を込めておつくしになる。殿下の健康に気を配られつつ、三人の皇子をお生みになるなどということは、この妃殿下の他に誰が出来ただろう。

節子妃が煙草をお吸いになり始めたのも、ひとえに背の君のお相手をしたいためである。皇太子殿下はそうお酒を召し上がらないが、食事のたびごとに煙草をいかにもおいしそうにお吸いになる。侍医の中にはとやかく申し上げる者もいるようだが、煙草は頭をはっきりさせて、からだは寛いだ気分にさせるものだよと殿下がおっしゃったので、節子妃もさっそくおたしなみになるようになったのだ。

また節子妃は大層ご聡明《そうめい》な方である。特に語学にご堪能《たんのう》で、英語と仏語のレッスンは少女の頃から続けていらっしゃった。御用邸でおすごしになる際にも、横文字の本をどっさりお持ちになるので、まわりの者たちはかえってお疲れになるのではないかと案ずるほどだ。

ちょうど「二都物語」が佳境に入ったところであったが、宮さま方がお越しの知らせを聞いて妃殿下は本をお置きになった。美しい銀の彫刻のペーパーナイフを間にはさんで、しおりの替わりになさる。

廊下を右に曲がったところにある西洋室では、お着物をお召しになった二人の宮が、なにがおかしいのかころころと笑い声をたてていらっしゃる最中であった。二十歳と十八歳の宮は、今が美しい盛りである。お顔立ちは帝ではなく、御生母の園祥子によく似ていらっしゃる。園祥子の場合はやや神経質そうに見える薄い唇《くちびる》が、二人の内親王に伝わると、いかにも品のよい愛らしいものになった。その唇に手をやって、宮たちはいつまでもお笑いになる。こういう笑いは、いつもなら伯爵のお小言のもとになるのであるが、今日の彼はいたっておとなしい。

「まあ、なにがそんなにおかしいの」

妃殿下はお尋ねになる。

「だって周君さんが、とんでもないことをおっしゃるから……」

本来なら二人の宮は、妃殿下に礼をつくさなければいけない立場なのであるが、同世代ということや避寒地ということもあり、三人のやりとりは極めてざっくばらんに進められた。

「温水プールというのは、いっぺんに何十人もの人が、下で火を起こしているのだろうかなどと突然おっしゃるのですよ」

「だって不思議じゃありませんか、どうしていっぺんに、あれだけたくさんの水が熱くなるのですか」

お二人が言っているのは、東京勧業博覧会場に出来た室内温水プールのことである。三月二十日に開幕したばかりであるが、このプールは大変な話題となって、新聞も書きたてていた。

「管を通して、その管を暖めているんでしょう。そうすれば水流というもので、熱い水はどんどん流れていくものです」

ここで妃殿下は扉《とびら》の近くに侍《はべ》っている伯爵に気づき、椅子を賜わられた。伯爵は恐《きよう》懼《く》してそれをいただく。

「天皇さんから杖をいただいたような年寄りを、立たさせておくわけにはいかないからね」

妃殿下は伯爵をおからかいになられた。

「ところで佐佐木は、自慢の杖を今日はしていないんだね」

「恐れ入ります。あの杖は両陛下のありがたい思召しによって宮中のみ許されたもの。ふだんは持ち歩いたりはいたしません」

「そうか。ゆっくり見せてもらおうと思っていたに残念なことをした」

妃殿下の言葉に、二人の宮も華やかな笑い声をたてた。

もともと武骨な伯爵であるが、この貴婦人たちの前に出ると、軽いめまいのようなものを感じてしまう。宮たちは御誕生の時から、妻と二人でそれこそ里親のようにお育て申し上げたのであるが、最近はとまどってしまうことが多い。

時代が違うというのだろうか。伯爵がこうなってほしいと願う女人のかたちから、なにやら強い力が働いて二人をややはずれたところへと連れていってしまう。笑いさざめく三人を見ていると、伯爵はつくづく新しい世代ということを思わずにはいられないのだ。

伯爵は皇后をこのうえなく敬愛申し上げていたが、あの方に漂う凜《りん》とした厳しさの替わりに、目の前の妃殿下には、潑溂《はつらつ》とした生命力がある。それはお子さまのない方と、三人もの皇子をあげた方との差というものだろうかと伯爵は考える。

それにしても、こう申し上げては失礼であるが、この妃殿下はなんと素晴らしいお手柄をたててくださったものであろうか。

日頃沈着な帝が、皇孫がお生まれになった時、それこそ手ばなしで喜ばれた。その様子を伯爵は今でもよく憶《おぼ》えている。

女官との間に、帝は何人かの皇子をおつくりになったが次々と薨去《こうきょ》されて、皇太子がたった一人だけお育ちになった。しかも皇太子は生まれつき大層からだがお弱い。大帝とも英雄とも賛《たた》えられる帝だが、やはりお血筋のことをお気にかけていらしていたに違いなかった。

そうだ、やはりあの時の下田歌子の発言は正しかったのだ。両陛下の命を受けて、佐佐木高行もその選定にかかわっていた頃、彼は下田歌子に尋ねたのだ。教える立場から見て、華族女学校の中で、これぞと思う姫をあげよと。歌子はきっぱりと答えた。

「畏れながら、皇太子殿下におかれましては、必ずしもご壮健とは言えませぬ。妃選定にあたっては、おからだがお丈夫ということがまず第一かと思われます」

そして歌子がまっ先に名を挙げたのが九條節子であった。

「その御聡明なこと、成績は五番と下られたことはありません。またあの姫《ひぃ》さまには、生まれながらにして身についている、妃殿下のものごしというものがおありです」

さっそく何枚かの写真を取り寄せてみたのだが、伯爵は正直言ってがっかりした。目色の黒い、どうひいき目に見ても美人とは言い難い少女が写っていたからである。目がやたら大きいのも気になった。伯爵が美女の条件としてまず思いうかべるのは、涼し気な目である。二皮目《ふたかわめ》の目など気味が悪い。ちょうど皇后のように、人形師が息を込めて一気に筆で描いたような目と、ちんまりした唇。それこそ身分高い女性の理想ともいえる顔ではないだろうか。

伯爵がそれを口にすると、歌子はさも驚いたように顔をあげた。

「まあ、閣下はなんという古いお考えなのでしょう。プロシアや英国の写真をご覧になったことはありませんか。あちらの美しいといわれる女性は、みんな目が大きくて、表情が豊かです。ちょうど節子さまのようではありませんか」

そうなのだ、いまこの方が妃殿下として自分の前に座っているのは、下田歌子の功が大きい。そしてそのことを妃殿下は十分に知っていらっしゃるはずだ。そろそろ彼女のことを切り出さなければならない。伯爵はかすかに身構える。

やがて一同の前には、茶が運ばれてきた。漆の皿の上には、大きな練り切りが盛られている。妃殿下は甘いものが大好物で、特に餡《あん》を使った菓子には目がない。しかし、あまりにも大ぶりに切られているので、たいていの者はもてあましてしまう。どちらかというと紅茶やビスケットがお好きな宮たちは、途中からもじもじし始めた。

「皆さま方が残されると、臣下の者たちは何がいけなかったのだろうかと右往左往いたします。ご訪問先で出されたものは、必ずすべて召し上がってください」

という伯爵の日頃の言葉を思いうかべていらっしゃるのだろう。

お茶の後、果物を召し上がりながら、三人はまた四方山話《よもやまばなし》にふけられる。お話の内容は、各宮家の方々の消息だ。ほとんどの皇族や華族と三人はどこかで血が結ばれていらっしゃる。

まことに非礼なことであるが、伯爵は苛《いら》だってき始めた。だが御進講の時ならいざしらず、彼が会話の主導権を持つことはできない。「ところで」や「そういえば」などと言って、話の方向を自分が意図する方へ持っていくことは不可能なのだ。御下問があったことだけにお答えするうちに、時間はじりじりと過ぎていく。

「このあいだ朝香宮《あさかのみや》さんが来て……」

妃殿下は、女物の細いキセルをぽんと叩《たた》かれた。

「もしかしたら今年か来年に、欧州に行かれるかもしれないという話だった。だから私は欧州のことは下田先生にお伺いしたらどうかと申し上げた……」

妃殿下も宮も、決して歌子を呼び捨てにしない。表だった時は「下田教授」であり、こうして内々の時は「下田先生」である。

「おおい、佐佐木、下田先生はお元気か。私はこのところずっと会っていないが」

伯爵は安堵《あんど》と共に舌なめずりしたいような気分になった。待ちに待ったチャンスがやっとめぐってきたのである。

「そのことでございますが、下田教授は最近心痛のあまり、家にひき籠《こも》っていると聞いております」

「なに、心痛。それはいったいどういうことなのか」

妃殿下と宮たちは顔を見合わせた。やはり何も御存知ないらしい。さすがに話が話だけに、こうした上つ方に女官たちも何も申し上げられなかったのだ。ねじ曲がった話のまま既にお聞きになられていたらどうしようと、伯爵は案じていたのであるが、その心配はなさそうである。

家僕の一人が、「平民新聞」の切り抜きをわざわざ小田原まで届けてくれたのは、もう二週間以上も前のことになる。たった一行だけであるが、伯爵の名が出ていたとひどく心配していた。

「こんな年寄りに今さらどんな艶聞《えんぶん》がたつというのだね」

伯爵は笑って家僕をお返しになったが、その時、新聞をまとめて何日かごとに持ってくるようにと命ずるのは忘れなかった。話の内容はらちもないことばかりである、しかもそれがまるで、記者が自暴自棄でも起こしているかのように、日ごとひどくなるばかりだ。中でも伯爵の眉《まゆ》をひそめさせるのは、次のような記事である。

▲長田秋濤の結婚　久《ひさ》しき以前《いぜん》より秋濤事長田忠一《しうたうことをさだちう》は頻《しき》りに歌子《うたこ》の宅《たく》に出入《でいり》してゐたりしが歌子《うたこ》の宅《たく》には多《おほ》くの華族女學校《かぞくぢよがくかう》の生徒《せいと》を下宿《げしゆく》させてあるより天下《てんか》の名《めい》花《か》を茲《こゝ》に移《うつ》し植《う》えたるが如《ごと》く櫻花《あうか》の艶《えん》、海棠《かいだう》の濃《のう》、梅《うめ》の清《せい》、梨《なし》の淡《たん》いづれ美《うつく》しからぬはなき少女《をとめ》のみなるに秋濤早《しうたうはや》くも此《こ》の多《おほ》くの女生徒《ぢよせいと》の中《うち》より小崎仲子《をざきなかこ》といふ氷肌玉骨楚々《へうきゞよくこつそゝ》として人《ひと》を動《うご》かす美《うつく》しき少女《せうぢよ》と戀《こひ》に落《お》ちたりき仲子《なかこ》は岐阜縣知事《ぎふけんちじ》小《を》崎利準《ざきりじゆん》の女《むすめ》にして父《ちゝ》は尾濃大震災《びのうだいしんさい》の時《とき》寄附金《きふきん》を私消《しせう》せし爲《た》め免職《めんしよく》されて東京《とうけう》に歸《かへ》りて四谷《よつや》に住《すま》ひ貧《まづ》しきながら己《おのれ》の身分《みぶん》を考《かんが》へて娘《むすめ》を華族女學校《かぞくぢよがくかう》に通《かよ》はすべく歌子《うたこ》の家《いへ》に預《あづ》けたるなり秋濤《しうたう》と仲子《なかこ》涙《なみだ》に戀《こひ》の花《はな》を培《つちかふ》うち秋濤《しうたう》は葡萄《ぶだう》榮《さか》ゆる佛蘭西《ふらんす》に遊《いう》學《がく》して千里處《りところ》を隔《へだ》てたるも仲子《なかこ》は佛蘭西《ふらんす》文《ぶん》の艶書《えんしよ》を送《おく》り秋濤《しうたう》も外國《とつくに》の寂寥《せきれう》に堪《た》え

かね巴里《ぱりー》の都《みやこ》に花《はな》を折《を》り柳《やなぎ》に攀《よ》づる風流《みやび》をつくせしも尚《な》ほ仲子《なかこ》を忘《わす》れず東《ひがし》に行《ゆ》く雁《かり》にこと寄《よ》せて戀人《こひびと》の起臥《おきふし》を問《と》ひたりけり、かくて遊學幾年《いうがくいくねん》何《なん》の土産《みやげ》も持《も》たず秋《しう》濤《たう》は日本《にほん》に歸《かへ》り日《ひ》ねもす歌子《うたこ》の家《いへ》に入《い》りびたりしてありしが女生徒《ぢよせいと》のゐる部屋《へや》に男《をとこ》は這入《はい》ることは出來《でき》ぬと貼札《はりふだ》してありしも秋濤《しうたう》は除外例《ぢよがいれい》として其《そ》の出入《しゆつにふ》を許《ゆる》し仲子《なかこ》と戀《こひ》をかたる自由《じゆう》を與《あた》へしかば歌子《うたこ》の氣《き》の利《き》きたるわざに秋濤《しうたう》も仲子《なかこ》も偏《ひとへ》に感謝《かんしや》したりとなむ

これは一週間前の「平民新聞」の記事であるが、何度も華族女学校の文字が出てくる。孫娘がここで学んでいる伯爵にとって、不愉快極まりない内容だ。そんなことよりも、この中で描かれる歌子ときたらどうだろう。まるで淫売宿《いんばいやど》の女将《おかみ》ではないか。こんなことを一ヵ月も続けられていて、よく歌子は我慢できるものだと伯爵は感嘆のため息が出る。

自分のところに駆けつけてくるわけでもない。泣きごとの電話や手紙も寄こさない。伯爵が歌子を評価しているのは、こういうところなのだ。

土佐で七十石という貧しい武士の家に生まれた伯爵は、それこそ水をなめるような暮らしをして生きてきた。自分の才覚だけを頼りに江戸に上り、明治維新を戦い抜いた彼を支えていたものは、徹底した尊王の思想である。この日本を天皇にお還《かえ》し申し

上げる日まで、絶対に死ねぬと何度つぶやいたことだろう。

歌子に会った時、伯爵はなんと自分に似た女だろうと感動したことを憶えている。くるおしいまでの皇室への情熱が、豊満なからだから溢《あふ》れ出そうであった。たいていの女はこのような情熱を、自分の身の中で持てあますあまり、次第に消滅させてしまうのであるが、歌子は違っていた。その思いをきちんと整理し、理論化できる非常に珍しい女なのだ。

常宮、周宮お二人の、御教育に関する意見書など素晴らしいものだった。伯爵はさまざまな場面のたびに、歌子を推薦し、彼女もよくそれに応《こた》えた。二人三脚のようにして、両宮の成長をお助け申し上げた。いま彼女が傷つき、二度と立ち上がれないようになったら、それは皇室にとってどれほど大きな損失であろうか。自分の案じているのはそのことなのだ。

伯爵の心配をよそに「平民新聞」の、歌子の記事は今も続いている。

最初、伯爵はこの新聞に対し、かなりたかをくくっていたところがあった。危険思想を世の中に撒《ま》き散らそうとする赤新聞を、いったい世の中の何人が読んでいるというのだろう。少なくとも、宮中にかかわる人間が目にしているはずはない。

ところが次々と掲載される投書が、伯爵に衝撃をあたえた。

▲投書　窓から飛び込む三島さんを取り押へたのは二十六年の正月元日ではありません二十五年天長節の晩でございました（當時居合せたる一婦人）
▲下田先生は女子部二年級の倫理の時間にコンナことをおつしやいました「他人を攻撃する時は其《そ》の人の感情が昂《たか》ぶつてをる時で道理を云《い》つてもダメです男女とも殊《こと》に女はこの感情を亂用することを謹まねばなりません」平民新聞に當てこすつたのではありますまいか（學習院女子部の生徒なにがし）
▲投書　下田先生は二十二年の華族女學校の卒業式の席上で私は女ながらいかに人から悪く云はれても何とも思はぬ丈けの大膽《だいたん》な心を有《も》つてをるといはれましたが平民新聞の記事を見てどうお思ひでしやう（嘗《かつ》て華族女學校に學びし一婦人）

まさか、投書の主は、本物の華族女学校の卒業生ではあるまい。けれどもどうして卒業式の講話の内容まで知っているのだろうか。

伯爵はつい最近知ったのであるが、「平民新聞」は今年になってから、竹久夢二という大層人気のある画家が挿絵《さしえ》を描いていたそうである。もしかすると、それをめあてに新聞を購入した女生徒が、一人か二人はいたかもしれぬ。いや、そんなことはあるまい。良家の子女が、いったいどうやって「平民新聞」を手に入れるのだ……。

さまざまに申し上げたいことは山のようにあったのだが、伯爵はごく簡単にかいつまんで、ことの次第を妃殿下と宮にお話しした。

「喬木《きょうぼく》にあたる風は強いとか申しますが、下田教授はあれだけの才智《さいち》がある人だけに、敵も多いのでございます。教授のすることを快く思っていない者たちが、危険思想の新聞を陰で操っているのでございます」

「まあ」

二人の宮は顔を見合わせてごらんになった。今まで御殿の奥深く、なんの波風にもあたったことのない宮たちには、少々刺激が強すぎたようだ。しかも相手は、宮たちがよく知っている女性である。二人の目は好奇心のあまり、さらに大きく開かれた。

「佐佐木、私もその『平民新聞』とやらを読んでみたいものだ」

「とんでもございません」

即座に申し上げげた。

「殿下たちがご覧になるものではございません」

その時だ。妃殿下が突然おっしゃった。

「私たちはどうしたらよいのだろう」

「はっ」

「下田先生にはお世話になった。あれだけの女性が、世の攻撃に耐えているというのは、どれほどつらいことだろうか」

しみじみとした口調である。

「下田先生のような女性は、めったに現れるものではない。それがそれほどいかがわしい新聞に名前が載るなどというのは、学習院のためにもならないことではないか」

妃殿下の中にもよみがえってくるさまざまな思い出がある。

妃殿下は名門九條《くじょう》家の四女としてお生まれになった。御生母は野間幾子といって、当主のお側《そば》近くにお仕えしていた侍女のひとりである。

高貴な方が、側室を持つのはあたり前だし、生まれて来る子どもも平等に扱ってもらえるが、それでも身分の高い正妻から生まれるに越したことはない。

妃殿下は自分が正妻の腹でないことを、心のどこかで気にかけておられた節がある。異母兄弟たちは何人もいらっしゃったし、九條公とその妻の、姫に対する扱いはそう重たいものではなかったのである。長じて自分が皇太子妃候補のひとりだと聞かされた時、妃殿下は一瞬まさかとお思いになった。

華族女学校の中では、伏見宮親王の第一王女禎子女王が妃殿下になられる噂《うわさ》が専《もっぱ》らだったからである。

女王は大層美しい方であった。真白い肌《はだ》に、黒目がちの瞳《ひとみ》がちんまりとおさまっていた。その頃《ころ》華族女学校に通う車夫たちから、自分が「九條の黒姫さま」というあだ名をつけられたと聞いて、妃殿下はひどく胸を痛めておられた。確かに妃殿下は、色の浅黒いしっかりしたご体格なのである。

劣等感などというものをお持ちになるには、姫はあまりにも気高いお生まれであったが、それでも悲しみはつのる。華族女学校の中で、禎子女王をご覧になるたびに、胸がことりと音をたてるのを、姫はどうすることもできなかった。

禎子女王は動作もおっとりしておられ、そこにいらっしゃるだけでまわりの者たちが思わず身をかがめるような雰囲気《ふんいき》をお持ちになっていた。「将来の皇太子妃」と教師たちも考えているようで、何かにつけ他の生徒たちとは違った扱いをする。それが嫉《ねた》ましいというのではないが、なまじ候補にあがっているだけに、自分と禎子女王は比べられているのではないかという思いがたえずあって、それが姫を苦しめた。

乳母や侍女たちから、華族の姫君らしからぬお振舞いが多いと常日頃言われ続けていたことも原因している。自分ではどこがどう変わっているのだか全くわからない。例えば姫は、幼ない頃から昆虫《こんちゅう》や小さな動物が大好きであられた。蜻蛉《とんぼ》の動くさまや、水すましがはねる様子はいくら眺《なが》めても見飽きるということがない。それよりも姫の心をひいたのは、春、桜の大木に蠢《うごめ》く毛虫であった。これがいつか蝶《ちょう》になるのかと思うと、その不思議さに心が吸い込まれるような思いになったものだ。

いま妃殿下の蚕に対するおいつくしみの心と、知識の深さはあまりにも有名であるが、当時は理解してくれる人も全くいず、

「おお、いやだ。まるで昔物語の、『虫愛《め》づる姫君』のようではありませんか」

と眉をひそめられるのがせいぜいだった。

こんな自分がどうして皇太子妃の候補にあげられたりするのだろう。身のほどもないことと人は陰で笑っているのではないか。

「黒姫さま」と呼ばれて以来、いささかかたくなになっている姫は、そんなことまで思われるようになっていた。

ところがある日、父君の部屋に呼ばれ、こう言い渡されたのだ。

「ただいま、婚約の御裁可がくだされた。そなたさんは東宮妃になられるのですよ」

そして九條公はこうもおっしゃった。

「今回の御婚約には、たくさんの者たちの尽力があった。特に下田歌子の赤心は憶《おぼ》えておかれるように」

妃殿下は賢明な方でいらっしゃるので、なぜ今日、佐佐木伯爵がここに来たのかすぐにおわかりになった。下田歌子のために力を貸してくれと、この老人は訴えようとしているのだ。だからこうおっしゃる。

「わたくしがことを動かすことはできないよ。私にはそんな力がない。けれども皇后さんに申し上げることぐらいはできる」

「ありがたいことでございます」

伯爵は、深く頭を下げたので、彼の策略は居合わせた人々に知らしめる結果となった。けれども妃殿下も宮も、それを決して不愉快なことにお思いになられなかった。

「いいえ殿下が皇后さんにおっしゃるには、あまりにも物々しすぎます。私共の方からごんすけさんに言って、皇后さんにお伝えしてもらったらいかがでしょう」

ごんすけさんというのは、宮たちの母君、権典侍《ごんのすけ》園祥子《そのさちこ》のことである。

いずれにしても、どうやら伯爵の思いはかなったらしい。三人の貴婦人は恩師を救われようと、その午後、熱っぽくお話をお続けになった。

四月四日

吹上御苑《ぎょえん》にめっきり花が多くなった。まだ桜には早いが、梅は散りかけていて、その花びらが滝に流れる様子は、それはそれは見事なものだというのは、先ほど出かけた針女《しんみょう》の報告である。

桜や梅という言葉を聞くだけで、胸がほんのりとやわらぐ。小菊の権典侍さんこと園祥子にとって、今年ほど春が待ち遠しかったことはなかった。

代々の公卿《くぎょう》の家に育ったから寒さには強いつもりだ。少女の頃すごした京都の、足の裏から脳天に抜けるような廊下の冷たさは今でも記憶にある。そんな冬をいくつも経験してきた身であるのに、今年は寒さがどうにも耐えがたいほどであった。それを自分の四十歳という年齢とひきあわせて祥子は考える。

老いというのはゆるやかな曲線ではなく、角ばった階段状の線で、冬ごとにやってくるのではないだろうか。

いつのまにか夜が大層つらくなっていた。局《つぼね》の夜の寒さと静けさといったら、おそらく外の者には想像もできないに違いない。ずっと以前、衆議院が火災に遭ってからというもの、皇宮内は帝《みかど》のご命令で電燈《でんとう》がはずされた。火災の原因が、漏電だったからである。午後八時を過ぎると、竈《かまど》から長火鉢《ながひばち》までいっさいの火の気は消されるのだ。行燈《あんどん》がわずかに灯《とも》る百間廊下は長く暗く、やれ亡霊が出るだの、帝の寵《ちょう》を失なって、首をつった女官が立っていただのという噂が出るのは、むしろ夏よりも冬が多い。

夜、やすもうとしても腰がしくしく痛み出して眠れないことがある。老女に言いつけて腰を揉《も》ませるのだが、どうもかんばしくはなかった。月のものがおあがりになる前兆ではないかと老女の種は言って、あれこれ苦い薬をすすめる。宮中の奥深く、代々女たちに伝わってきたさまざまな薬を、種は魔法のようにすぐさま取り出すのである。

「旦那《だんな》さんは、およわさんでいらっしゃるから、毎日飲まなあきまへん」

種はいとおしげに、長年仕えた女主人の背に手を置く。帝との間に八人の御子《みこ》をあげたとは思われないほど、祥子のからだは華奢《きゃしゃ》である。細い骨にうっすらと肉がついて、これこそ高貴な女人のからだであると、種は触れるたびにうっとりする。

昼でも薄暗い後宮の中、陽《ひ》をあびることのない祥子の肌は病的なまでに白い。それでいてぬめりとした艶《つや》があるのは、湯殿で自分が糠袋《ぬかぶくろ》を使って、一心に磨《みが》いてさし上げるためだと種は信じている。

本当に、うちの旦那さんぐらい、美しい女の人がおいでになるやろうかと種は思う。お若い頃の帝の、寵を賜わった女人は多いが、今でも御寝台に侍《はべ》ることができるのは、祥子と、小倉文子の二人だけである。

早蕨《さわらび》の典侍《てんじ》こと、柳原愛子《なるこ》などは、皇太子の御生母であるが、局の中では影が薄い。もともとおっとりすぎるきらいがあって、帝のお召しもなくなったこの頃では、局の中でひっそりとすごされることが多いようだ。

あの方は単に運がよかったんやと種は思う。もともと皇太后にお仕えしていたのを、帝がお気に召して譲り受けたということであるが、そう美しいとも思えなかった。お歌が上手とか、素晴らしく気がまわるという評判も聞いたことがない。

それより何より、御出産の時のご様子は、今でも宮中の女たちの語りぐさになっている。身分が高い女人が、御子をお生みになる時は、どんなに苦しみながらも、歯を食いしばって耐えるものではないか。それなのにあの方は、御産所に入られてから、泣きわめいて大変な騒ぎだったという。そのすさまじさに、侍女や看護婦まで逃げ隠れ、結局は老女のふきが一人でお世話したのだ。このふきは口が軽い女で、若い女官たちに向かい、今でもこの苦労話をする。こんな老女がいること自体、秘《ひそ》かに後宮の軽蔑《けいべつ》をかっているのであるが、愛子は気づかないようだ。

そこへいくと、うちの旦那さんは、なんとまあ難儀なことだったろうと、種は口惜《くや》しくてたまらない。八人も御子をお生みになって、そのうち親王さんはお二人もいらっしゃったのだ。それなのにどちらも一年ほどでお亡《な》くなりになってしまった。今では内親王さんが四人残っているだけである。

帝がいちばん気に入っていらした方だ。本来なら側室の別称である「権典侍」ではなく、もっと上の「典侍」に上られてもおかしくはない。

そんなことを考えると、種の揉む手はさらに力が入る。

春の昼下がり、老女と中年の女主人とは、共におし黙ったままだ。後宮の中は物音ひとつしない。この中で三百人の女たちが暮らしているなどとは、とても信じられないほどである。

「種——」

突然祥子は言った。

「下田先生の話を知っているか」

以前は源氏名で呼んでいた女性であったが、二人の娘の御養育掛となってからは、祥子はそう言うようにした。

「なんや、よからぬ噂がたっているようやな」

「へえ、旦那さんにお知らせするのが、なにやら憚《はば》かられるようなことでしてな」

祥子と歌子が親しいのは、後宮では誰でも知っていることだ。生母といっていても、内親王たちにほとんど会う機会の無い祥子のために、歌子はこまごまと手紙を寄こしてくれる。二人の宮の成長のご様子がこと細かに書かれてあり、それは祥子にとって何よりの楽しみであった。

「下田はんのことは、針女の端々まで知ってますな。寄るとさわるとそのことばかりでございます」

世間から隔離されていると思われがちな後宮であるが、来客は案外ある。宮廷の奥深く、帝のお住まいに連なるところを見たいものだと、家族縁者はもとより、見知らぬ者までつてを頼って局を訪れるのだ。特に中元や歳暮《せいぼ》の時などは、いつもは静かな後宮も、人のざわめきが絶えない。おそらく歌子の噂は、こうした人々が持ち込んで来たものと思われる。

「昨日、常宮さんからお手紙をいただいたやろ」

「へえ」

「下田先生がお気の毒やと、何度も書いておいでだった」

祥子の力で、歌子のことをなんとか皇后に伝えてほしいと手紙は結んであったのだが、それを口にすることは出来なかった。三十年近く仕えてくれた女だといっても、家来相手に皇后の名を出すことは許されることではない。

「新樹の典《すけ》さんが、今度のことでどんなに喜ばれるやろ」

その替わりに、女官長の名を出し、祥子は大きなため息をついた。

女官長、高倉寿子《かずこ》は今年六十七歳になるが、その勢力たるや、同じ典侍と名のつく柳原愛子の比ではない。後宮独得の厚化粧を今も守り、ぴっしり伸びた背筋で袿姿《うちぎすがた》になると、あたりをはらうような威厳がある。頬骨《ほおぼね》と、大きすぎるひと皮目がやたら目立つ今の顔からは想像しづらいが、その昔は大変な美貌《びぼう》で知られていたという。明治の御代《みよ》になる前からお仕えし、まことに畏《おそ》れ多いことであるが、少年だった帝に、性のお導きを申し上げたのは、この高倉寿子であるということは、後宮では定説になっている。

あの頃、帝は女たちのものであった。うっすらと化粧をほどこされ、歌をよんで恋をなさった。その帝を、男たちが突然連れ去ってしまったのである。帝はやがて髭《ひげ》をたくわえられ、絹の着物を脱ぎ捨ててしまわれた。別人となられ軍服をお召しになり、強い声で命令なさる。人々はそんな帝を英雄と仰ぎ見るが、昔の女官たちは淋《さび》しさを禁じ得ない。心のどこかで、帝を遠い場所に連れていった男たちのことを憎んでいる。

特にその中の一人、伊藤博文を寿子は許すことができないのだ。見るからに卑《いや》し気《げ》な顔をした、下級武士の成り上がり者は、こともあろうに宮廷改革に乗り出したこともある。

「あの時はえらい騒ぎだったらしいなあ。私がここに上がる前のことだが」

「ほんに。新樹の典さんは、御所には特別の言葉やならわしがある。そんなもんが、たかだか武士の女ごときにわかるもんかとおっしゃりましたなあ」

種ははっきりとあの日のことを憶《おぼ》えている。

大西郷と呼ばれ、国民に大層人気があった西郷隆盛《たかもり》が、まず改革に乗り出した時、寿子は猛烈な勢いでこれに歯向かったものだ。数百年も続いたこのお局の習わしを変えられるものなら変えてごらんなさいましと、大見得をきったと伝えられている。

だがさすがの大西郷もたじたじとなったこの改革を、後に引き継いだ伊藤博文は実に老獪《ろうかい》なやり方で成しとげてしまう。それまで公卿の女たちだけで占められていた女官を、士族出身でも優秀な者があれば採用するというのもそのひとつであった。

こうして送り込まれたのが歌子と税所敦子《さいしょあつこ》であった。長く島津家に仕えていた敦子は、五十一歳と年齢がいっていたこともあり、その穏やかな人柄《ひとがら》と歌の実力とで後宮に認められていく。七年前に七十六歳という高齢で亡くなったが、今でも敦子を慕う女官たちは多い。

「けど、下田はんのことは、典さんはお嫌《いや》さんでいらっしゃいましたなあ」

そのとおりだと祥子は頷《うなず》く。ほとんど入れ違いに出仕した祥子であったが、歌子の〝伝説〟はどれほど聞いたことであろうか。十五等出仕という、いわば番外のお末であったにもかかわらず、歌子はわずか二年で権命婦へと昇進していったのだ。それより何より、他の女官たちの目をそばだてたものは、皇后の歌子に対するご寵愛の深さである。歌子という名前を賜わったばかりでなく、かた時もお離しにならない。いつのまにか両陛下の傍には、いつも歌子が侍っているようになった。

帝のお手がついたという噂《うわさ》が流れたのは、その頃《ころ》だったはずである。それを聞いた時、祥子はすぐに高倉寿子のしわざだと思った。気にくわぬ相手を失脚させようとする時の、いつもの寿子のやり方なのである。

後に祥子の生んだ御子が、次々と薨去《こうきょ》なさった時、こんな話がまことしやかに伝わったものだ。

「園家は代々、雅楽と神楽《かぐら》のおうちだけれど、四代前に狩猟の大層好きな方がおいやした。御子が亡くなられるのは、殺生《せっしょう》の祟《たた》りというものでしょう」

後宮ではらちもない迷信ほど伝わりやすい。わが子を失《な》くした悲しみの中にいた祥子は、この噂を聞いて口惜し涙にくれたものだ。

ほどなく歌子は結婚を理由に、後宮を辞したが、あれは噂を気にして、両陛下に迷惑がおよばぬように考えたのではないかと祥子は思っている。しかしそのまま歌子は消えはしなかった。祥子も驚くような復活をするのである。五年後夫を亡くした歌子は、特別御用掛として再び出仕し、華族女学校設立の任にあたったが、もちろんこれらのことが寿子にとっておもしろいはずはない。

彼女が歌子に再び襲いかかったのは、もう十二年も前のことになるだろうか。祥子はその現場を見たことはないが、他の女官たちの話では、寿子が徳大寺侍従長らを集め、なにやらひそひそ話し合っていたという。そして寿子は大っぴらにこんなことを言い始めた。

「おそろしいことや。下田歌子はんは、欧州へ行って耶蘇教《やそきょう》にならはった。耶蘇教のお人が宮中に堂々と出入りするなんて、こんなことがあるやろか」

ヴィクトリア女王に拝謁《はいえつ》する時、袿姿だったことも、寿子の逆鱗《げきりん》に触れたようなのである。

「そりゃあたり前です、小菊さん。あれは天皇さんと皇后さんの御前に出るためにあるもんですえ。いくら女王かなんだか知りませんが、異人さんの前に着て出るとは何ごとです」

歌子が耶蘇教信者かどうかというのは、かなり大きな嫌疑《けんぎ》となり、皇后も心配なさったはずである。しかし、やがて伊藤博文が間に入り、うまく歌子の身の潔白を証明したという。憎い伊藤博文と歌子の結託に、寿子はさぞかし、歯ぎしりしたいような思いになったに違いない。

▲噫それ如何なる時ぞ　宰相博文《さいさうひろふみ》と愛妾歌子《あいせうゝたこ》等《ら》は飽《あく》まで歡喜《かんき》の酒《さけ》に醉《え》ひ驕樂《けうらく》の歌《うた》に狂《けう》する時《とき》、聖上《せいぜう》には國防《こくばう》のことに意《い》をいためられ五十萬圓《まんゑん》の下賜金《かしきん》を玉《たま》ひ、小官吏《せうかんり》まで月俸《げつぽう》の一割《わり》を海防費《かいばうひ》に獻金《けんきん》しつゝありしを見《み》ずや、農商務大臣谷干城《のうせうむだいじんたにかんぜう》は洋行《やうかう》より歸《かへ》りて此《こ》の浮華淫靡《ふかいんび》なる假裝會《かさうかい》を見《み》つゝ憂國《いうこく》の情胸《ぜうむね》を痛《いた》め『爭取銖錙費若塵、絃歌湧出滿城春、金殿煌々夜如晝、不照寒村菜色人』の詩《し》を叫《さけ》べり、當時《たうじ》大阪事件《おほさかじけん》の志士《しゝ》烈女《れつぢよ》は牢獄《らうごく》に下《くだ》り、加波山事件《かばさんじけん》の憂國《いうこく》の壯士《さうし》は鎖《さ》にいましめられつゝありき、馬場辰猪《ばゞたつい》は千里《り》の異域《いゐき》より故國《こゝく》の宰相《さいせう》が驕奢《けうしや》と民人《みんじん》の重税《ぢうぜい》とを聞《き》いて眥裂《まなじりさ》け憤激《ふんげき》の絶叫《ぜつきう》を上《あ》げつゝありき、あゝ平民階級《へいみんかいきふ》は悲痛《ひつう》と憤怒《ふんど》に胸裂《むねさ》けん許《ばか》りなるとき、宰相博文《さいせうひろふみ》と愛妾歌子《あいせうゝたこ》は飽《あく》までも歡樂《かんらく》の菓實《かじつ》に狂《けう》し、虚榮《きよえい》の影《かげ》を追《お》はんとせりき

妖婦《えうふ》下田歌子（二十一）

▲墮胎乎、流産乎　彼女《かのぢよ》が洋行《やうかう》する時《とき》『下田《しもだ》さんは懷姙《かいにん》してよ』といふ評判《へうばん》は誰《たれ》いふとなく貴夫人《きふじん》の社會《しやかい》に響《ひゞ》きわたりぬ、アンナ豪《えら》い歌子《うたこ》さんなれば洋行《やうかう》して西《せい》洋《やう》で墮胎《だゝい》する氣《き》でしやうなどゝ日頃歌子《ひごろうたこ》の才色《さいしよく》を嫉《ねた》める宮内省《くないせう》の女官連《ぢよかんれん》は惡口《あくかう》せしが英國《えいこく》に在《あ》りても彼女《かのぢよ》は力《つと》めて人《ひと》の眼《め》を避《さ》け人《ひと》と逢《あ》ふことを嫌《きら》ひしといふは疑《うたが》

はしき點《てん》にあらずや彼女《かのぢよ》が横濱《よこはま》を出立《しゆつたつ》せんとする時確《ときたしか》に孕《はら》める姿《すがた》を見《み》たりといふものあり然《しか》れども彼女《かのぢよ》が日本《にほん》に歸《かへ》りし時《とき》は玉《たま》の如《ごと》き小兒《こども》を土産《みやげ》として携《たづさ》へて歸《かへ》らざりき若《も》し彼女孕《かのぢよはら》みしならば其《そ》の腹中《ふくちう》のものを闇《やみ》より闇《やみ》に葬《ほふむ》りしか死《し》んだ子《こ》の生《うま》れたるか、墮胎乎《だゝいか》、流産乎《りうざんか》、嚴肅《げんしゆく》なる道德《だうとく》と稱《せう》する者頻《ものしき》りに流行《りうかう》する今日《こんにち》の社會《しやかい》にあつては彼女腹中《かのぢよふくちう》の物《もの》千古《こ》の疑問《ぎもん》として遂《つゐ》に解決《かいけつ》する能《あた》はざるべし

この平民新聞の記事を祥子は目にしていないが、もし読んでいたら寿子の図りごとと思ったかもしれない。これほど〝反歌子派〟の喜びそうなことは近頃ないからだ。

それにしてもと、祥子は再び種に言えない言葉を胸の中でつぶやく。

今度のことは、すべて皇后さんがおつくりになった火種というものではないだろうか。

宮廷の女官といっても、所詮《しょせん》は籠《かご》の中の鳥だ。ほとんどは局《つぼね》の中で老いさらばえていく。高等女官の中にはめったにいないが、行儀見習いの感が強い針女《しんみょう》の中には、時々縁談がまとまって辞める者がいる。その時の嫉妬《しっと》といったらすさまじい。しばらくは無言の嫌がらせや、憎悪《ぞうお》の視線が続く。それが怖《おそ》しいばかりに、たいていの者は病いと偽って宿下りをするのである。

針女たちは旦那さんである高等女官への奉仕ひと筋に、高等女官たちは両陛下のお

顔の色をうかがいながら暮らしている。いわば後宮の女たちのすべてを握っているのが、陛下の言葉ひとつ、指をおさしになる方向ひとつなのである。

それをよくご存知でいらっしゃるから、どちらの陛下も決して分けへだてをなさることはなかった。いつも気をお配りになり、皆が公平に喜ぶことをなさる。それなのに皇后は、歌子に対してだけは、常ならぬご振舞いをなさるのだ。

夫に死別した元女官を、再びお召し抱えになるのも異例のことだし、歌子をひきたてて、ついには学習院の女学部長までになさった。昨年新聞に出ていたが、歌子の給料は年俸五千円で、女では日本一の高給取りだという。

こちらは権典侍《ごんのすけ》といって、公式の場にはいっさい出ることが出来ない身の上だ。内親王の御生母ということで多少持ち上げてもらえるが、それも後宮内と限られている。

立場が違うといえばそれまでだが、同じ女官という運命を歩きながら、自分と歌子とは何と違っていることだろうか。あちらは宮廷勤めを大きなばねとして、違う世界へ羽ばたいていった。そこへいくと、こちらは全くの世間知らずのまま、局の中で一生を終えるのだ。

せいぜいが寿子のようになり、後宮をたばねるかである。

その時、ふとある疑問が、祥子の中にわき起こった。

自分は本当に歌子のことを好いているのだろうか。もし本当に好いているならば、歌子が内親王たちの御養育掛に決定したと聞かされた時、一瞬よぎった嫌悪はいったい何だったのだろうか。当初はそう親しくしていたわけでもないのだが、気がつくと歌子にいつのまにか友情を結ばれていた。そして今や、彼女についてあれこれ言えぬほど、さまざまなしがらみで、がんじがらめにされている。そんな気がして仕方がない……。

いや、いや、少し考えすぎたと祥子は首を横にふる。歌子との結びつきを論じる前に、内親王からの要望を、早急になんとかしなければならなかった。皇后とお会いする機会は確かにある。いってみれば夫の愛人でもある小菊の権典侍を、皇后は折にふれお呼びになり、話し相手をお命じになることもあるのだ。

こんなところが皇后のお人柄と人々は感じ入るのであるが、祥子はすべて見透かされているのだと感じることがある。ここ数年、祥子は帝《みかど》の御寝台の傍で夜伽《よとぎ》をしても、その上にのぼったことはない。おそらく皇后は、そのことをご存知に違いない。

もう自分のことを女として見ていない皇后から、また近いうちにお召しがあるはずである。その時に歌子のことを切り出してみよう。あの方は歌子のことになると、目の色が変わっておしまいになる。歌子の今の苦難をお知りになったら、必ず救いの手を差しのべるはずだった。

けれどもそのことを自分が本当に望んでいるかどうか、さきほどから祥子は考えている。これは種にも言えないことであるが、心のどこかで、歌子の活躍に反ぱつしている祥子がいる。学習院の女学部長というが、そもそも貴族の女子の教育を、どうして歌子にまかせなくてはいけないのだろうか。いくら学識が深いからといっても、たかだか田舎の士族出の女ではないか。公卿の女たちとは格が違う。そのうえ、歌子は、自分がお生み申し上げた内親王方の、御養育まで手がけているのだ。

これではまるで、公卿の女より、武士の女の方が上というものではないか……。

いや、そんなことを言うてる時ではない。

祥子はまた大きくかぶりをふった。種は先ほどからの女主人の大きなひとり言に目を見張る。いつもはこんなことをする方ではないのだ。

「常宮さんのためにも、早くなんとかしなくてはならない」

口に出してああ、そうだったと祥子はおおいに自分を悔いる。今は歌子に対する自分の感情に、かかわりあっている時ではない。歌子は二人の内親王を教育申し上げた女である。彼女への侮辱は、そのまま祥子の大切な娘たちへの侮辱なのだ。

「これは極秘のことでございますが、お母上ゆえに特別に」と言って、歌子がこっそり耳うちしてくれたところによると、常宮の婚約が、近々正式に決まるらしい。二十歳という年齢になった常宮昌子内親王のことを、祥子はずっと前から案じていた。内親王と結ばれるならば相手は宮家、そうでなかったら五摂家に限られるのであるが、ざっと見わたしたところ、昌子と釣《つ》り合うような男子はどの家にもいない。

このままでは尼になり、どこかの門跡になるより他ないのではないだろうかと、祥子はやきもきした。母親といっても、何をする立場でもないだけに、なおさら苦しみはつのる。昌子内親王の後には、十八歳の房子内親王も控えておられるのだ。

しかし歌子によると、帝や宮内《くない》大臣が討議した結果、北白川宮能久《よしひさ》親王の庶子であられる恒久《つねひさ》王に新しく宮家を設立させ、そこに昌子内親王がお輿入《こしい》れする由《よし》決定したという。

そうだ、もうじき嫁ぐ娘に、汚点をつくってはならないと祥子は決心する。これは歌子のためではない。二人の娘のために行なうことだと考えると、気分もずっと晴ればれする。

「そや、新樹の典《すけ》さんを、喜ばせるようなことをしたらあかん」

「そうですとも」

種は力を込めて言った。種も寿子のことを許すことはできない。旦那さんである祥子にも黙っているが、寿子に対して種はいくつもの深い恨みがある。

あれはもう三十年以上前のことだ。お末の針女として出仕した種を待っていたのは、新参舞いという残酷な奇習である。

なんでも昔針女として雇った女の中に、刺青《いれずみ》をした者がいたそうで、後宮中大騒ぎになったという。それを確かめる意味でも、新しく入った針女たちは、裸になって踊らなければならない。

それは節分の夜であった。すっかり片づけられた御膳所に、新規の針女たちはずらりと並ばされる。身につけているものといったら、腰に巻いたものひとつだが、羞恥《しゅうち》のために肌《はだ》がほてって全く寒くはない。頭は手拭《てぬぐ》いを唐茄子《とうなす》かぶりにしたり、あるいは笊《ざる》をかぶったりとさまざまだ。やがて先輩の針女に促され、種たちはそこにあるものをどれか選ぶ。あるものとは、御幣、擂子木《すりこぎ》、杓子《しゃくし》といった台所道具である。それを肩にかつぎ、女たちが踊り出すと、一方に控えていた先輩の針女たちが、桶《おけ》やたらい、薬缶《やかん》を叩《たた》きながらはやし立てる。

「はれ、新参舞いを見いさいな、新参舞いを見いさいな」

この合い間に、古手の女たちは、新しく入った女たちの身体検査をするという仕掛けである。

種は屈辱と怒りで、目に涙がにじんできた。お末の仕事をする針女といっても、宮中に出仕しようというからには、皆それなりの家庭の娘である。種の家はもともと公卿の衣裳《いしょう》を扱う商人であったが、遷都《せんと》に伴い、東京へ出てきたのだ。維新のごたごたで、既に二十代の後半になっていた種を父親は心配し、つてを頼って宮中出仕の話を探し出してきてくれたのである。

「中にいるのは、身分の高いえらい女の人ばかりや。よう仕えていろんなことを習ってきいや」

そのえらい女の人たちが、後ろの方で新参舞いを御簾《みす》ごしに眺《なが》めていたと聞いて、若い種の衝撃は大きかった。真白い肌に玉虫色の紅を塗り、髪を長くすべらかして、緋《ひ》の袴《はかま》という平安の時代から抜け出してきたような優雅な女たちが、同性の裸踊りを見て笑っていたとは、なんという仕打ちだろうか。

いっそのこと、家に戻ろうと何度も思ったが、すぐの辞職は家の恥になると父親に説かれた。

「うちはお公卿《くげ》さん相手の商売や。嫌な噂は立てられとうない、そら、ああいうお方は、いろいろむずかしいこともあろうけどもなあ、もうちいっと辛棒し、そうすればいい目にもあえるかもしれん」

しばらくして十三歳の祥子が入内《じゅだい》し、その部屋付きになった時、種はこの方こそ自分が待っていた方ではないかと思ったことがある。公卿の姫である祥子は、たっぷりした髪のまるで京人形のような美しさだった。何も知らないまま、権典侍となり、帝の御寝室へ向かう若き日の祥子がいじらしく、種は自分の人生と重ね合わせたりもした。

その頃から寿子は、御寝室での差配を握り、女人を指名するのは帝ではなく、典《すけ》さんだと人々はささやき合った。

仲間の針女は、種にそっと耳うちしたものだ。

「新樹の典さんは怖いお人え。自分が気に入らん権典侍さんにやや子が出来ると、廊下に蠟《ろう》を塗るんえ」

その噂《うわさ》が本当かどうかはわからなかったが、葉室光子と橋本夏子というお人の話は聞いた。明治六年、帝の初めての御子《みこ》はその日のうちに薨去《こうきょ》なさった。そして葉室光子という若い母親も四日後に息をひきとったのである。

そして二ヵ月後、橋本夏子という十六歳の少女が内親王をお生みになったが、この御子も死産で、夏子も翌朝亡《な》くなっている。

種が後宮に勤め出してからも、柳原愛子《なるこ》が二人の御子を、千種任子が二人の内親王をそれぞれ亡くしているのだ。

祥子が初めて懐妊した時、種は祥子の手をひいて百間廊下を歩いた。まずそろりと自分の足を先に出し、滑らないことを確かめて次に祥子の手をひいた。そのようにして出口まで送り出す。それから先は、種のような身分の者は入ることが出来ない、宮廷の表への入口だ。帝がいらっしゃる場所でもある。

なんとか御無事でお帰りになるようにと、種は祈るような気持ちで廊下で待ち続けたものだ。

上の二人の御子は生まれてしばらくたってお亡くなりになったが、続けて内親王さまが三人お生まれになり、ご丈夫にお育ちになって、種はどれほど嬉《うれ》しかったことだろう。

もちろん誰にも言ったことはないが、これらのことは、自分と祥子とが共に戦い抜いた結果だと種は思っている。もし祥子と内親王方の行末に立ちふさがる者があれば、自分は容赦しないつもりだ。

「新樹の典さんを喜ばせるようなことをしたらあかん」

という言葉は、自分なりに種の心に深く刻み込まれた。

それから二日後のことである。表から退出した祥子に、おかい取りを着せかけながら、種は言った。

「今日は典さんが、大変なご機嫌《きげん》だったそうですえ」

なんでも帝から打ち菓子の御下賜《ごかし》があったそうで、それを局の家来たちにおすべりとして与えながら、寿子ははしゃいでいたそうである。

どうして帝が菓子を寿子にあたえたのか、祥子は合点《がてん》がいかない。祥子が知っている限り、最近の寿子に対してのおふるまいは、極めてそっけないものであったからだ。女官長としての彼女をそれなりに遇していらっしゃるものの、若い女官たちになさるような軽い冗談は、決しておっしゃらない。昔ならいざしらず、気をおもねていらっしゃるようだ。

寿子にしても高齢ゆえに、お食事のお世話やこまごまとしたことのために、表に出ることは少なくなっている。帝と寿子の接点はほとんどなかったはずだ。その寿子が打ち菓子を賜わるほど長時間、帝の前にいた。これは祥子に暗い予感をもたらした。

もしかすると寿子は、あのことを帝のお耳に入れたのかもしれない。陛下もよくご存知の下田歌子、あの者の世評をお聞きになりやしたか——。寿子のあの低い京言葉を、祥子は聞いたような気がした。

歌子の噂を帝がお聞きになる前に、皇后にお話し申し上げようと思っていたのに、もしかすると遅すぎたかもしれないのだ。

慎重にことを運ぼうと考えていた矢先、あの戦略家の寿子はとうに何か計画をすすめていたに違いない。寿子だったらさりげなく、しかも悪意を込めてあのことを、帝のお耳に入れることはやりかねなかった。急がなければならない。

皇后の白いお顔がうかぶ。そのお心をはかりかねて、若い頃《ころ》はお恨み申し上げたこともある。けれどもいま、歌子を救えるのはあの方しかいないのだ。

歌子のために——。そう決意を固めた時、祥子は一瞬身がこわばった。なにやら自分がたとえようもなく、理不尽なことをしているように思われたからだ。

「旦那さん、典さんを喜ばせたらいけませんえ」

自分の心を見透かしたように、突然種が言った。

四月七日

院長室に夕闇《ゆうやみ》がしのび込もうとしていた。この頃になると、乃木希典《のぎまれすけ》将軍の左の義眼はかすかに痛み出す。おそらくすでに暗くなった手元を、右眼《みぎめ》で必死に見ようとしているからだ。

しかし将軍はなかなか電燈《でんとう》をつけようとはしない。軍人たるもの、薄闇の中でも書見ができねばというのは彼の信条で、生徒たちにも実行させている。今年の一月、将軍が院長に就任して以来、学習院の生徒たちは電燈をつける替わりに、大きく窓を開けろと言われ続けていた。

いま将軍の目の前には、もうじき移転することになっている北豊島郡高田村新校舎の設計図が置かれている。これを眺めるのが、最近の将軍の何よりの楽しみであった。この中には念願の寄宿舎の図面ももちろん書き加えられているのだ。

それは将軍の発案による簡単な西洋室であった。将軍が寄宿舎を純西洋式にすると宣言した時、まわりは大いに驚いたものである。猪谷少佐学習院教授に至っては、華族の子弟を西洋人にするのかと息まいたものだ。しかし将軍は頑《がん》として自分の考えを押し通した。

日本こそ第一等国であると信じ、近頃言われるような和魂洋才などという風潮を何よりも忌《い》み嫌《きら》う将軍であるが、家屋に関しては西洋にやはり一歩も二歩も譲らなくてはならないと思う。

将軍は家に帰っても、寝る時さえも軍服を着続けると嗤《わら》う者がいるが、ドイツの軍人たちを見るがよい。彼らは自宅の居間にいても、軍服に威を正しているのだ。それも西洋室だから可能なことである。

寄宿舎はいってみれば、将軍の理想の集大成である。中等科と高等科の九年間、青年時代のいちばん大切な時を、自分が四六時中導き鍛える。それはなんと素晴らしい計画であろうか。

寄宿舎の生徒たちは、毎朝五時半に起こす。学校の授業を終えてからは、いやおうなしに剣道か柔道をやらせるようにしよう。なにしろ通学の手間がない分、時間はたっぷりあるのだ。今まで運動から遠ざかっていた生徒たちも、これによって心身共に健康になるはずである。

将軍はここで、学習院の生徒の顔を思いうかべる。彼らの青白い肌といったらどうだろう。まるで女のようではないか。

華族制度が確立されて二十余年、その子弟たちは将軍にとって初めて目にする新しい種族である。生まれた時からおかいこぐるみにされ、靴《くつ》を履くにさえ大勢の召使いたちがつく。

いちいち制服を脱がせたわけではないが、制服の下に絹の衿巻《えりまき》をつけている者さえいるという。大名華族ならいざ知らず、彼らの祖父や父は、みな粥《かゆ》をすすっていた貧乏公卿《くぎょう》ではないか。そうでなかったら、将軍のように、困窮を質素と言いくるめられて生きてきた下級武士だ。

人間というものが、これほどまでにたやすく奢侈《しゃし》に慣れるものかと将軍は驚くことがある。戦場で共に戦った陸軍の仲間でさえ、最近は酒色に溺《おぼ》れ、名妓《めいぎ》を落籍《ひか》せる者も多い。

嘆かわしいというよりも、この老いた将軍はひたすら哀《かな》しかった。軍人と華族といえば、帝の藩屏《はんぺい》となるべき者たちではないか。

帝自らが御質素を旨《むね》とされ、国民に範をたれてくださろうとしているのに、それをお助けする者たちが、贅《ぜい》をつくし、軟弱になり下がろうとしている。

将軍は鼻で荒い息をした。折りしも西風に乗ってグラウンドの歓声が聞こえてくる。例のベースボールというものであろう。

将軍はこのベースボールやテニスというものが大層嫌《きら》いであった。西洋の運動というのは、あまりにも享楽《きょうらく》に走りすぎるような気がする。男子たるものが、白い歯を見せて行なう競技などあってよいものだろうか。

それにたかが一個のゴム毬《まり》で遊ぶのに、テニスコートというものをコンクリートでつくるのには呆《あき》れる。一個の毬を投げるには、普通の原っぱで十分ではないか。

そこへいくと日本の武道はまるで違う。体を鍛えながら、精神の充実を図るという、まことに秀《すぐ》れたものなのだ。

まあ、よいと、将軍はこの人にしては珍しくひとり言をつぶやく。そして設計図の一角を指で丸く撫《な》でた。ここは将軍の居室になる場所である。新校舎が出来たら移り住むつもりであった。そうしたら朝から生徒たちに稽古《けいこ》をつけてやろう。望むなら夜は居室で訓話をしてやってもよい。

そんなことを考えると、将軍の胸に期待にも似た明るさが宿る。もちろん将軍はそんなことを認めない。期待というのは、貪欲《どんよく》な人間が抱くものだと彼は思っている。将軍にとってはほとんどのことが己に課せられた義務であり、もしときめきというものを感じたとしたら、それは未知に対する好奇心というものにすぎない。

こほんと小さな咳《せき》をした後、だが将軍は実に楽し気に引き出しを開けた。中から書類の裏を切ってくくった覚え書き帳を取り出す。ここには、いずれ生徒にあたえる訓示や、新校舎に移ってからの方針が書かれているのだ。

「寄宿舎ニオケル間食ハ、甘菓子デハナク、果物ヲトルガヨシ」

「食物ニ嫌ヒガアルナドトイフハ、臆病《おくびょう》ニホカナラズ」

といふ走り書きの後に将軍はこうつけ加えた。

「週三回ハ、剣柔道ノ時間ヲマウケルベシ」

ベースボールをする奴《やつ》らの、あの西洋ももひきのような扮装《ふんそう》に比べ、剣道のあのりりしさといったらどうであろう。将軍は麻の葉模様の稽古着をおつけになられた迪宮《みちのみや》殿下のことを想像し、一瞬うっとりとする。

四日前のことだ。隅田川《すみだがわ》上流において、第十二回端艇競漕会《きょうそうかい》が行なわれ、皇孫であられる迪宮、淳宮《あつのみや》の両殿下も見物にいらっしゃった。来年学習院にお入りになることが決まっている七歳の迪宮殿下は、制服姿の生徒たちを珍し気にご覧になったものだ。

そのお姿のご立派だったこと。当然と言えば当然であるが、将軍はこれほど気品に満ち聡明《そうめい》な少年を見たことがないと思った。帝《みかど》の血をひき、いずれは日本をお治めになる方である。命に代えても立派に御養育申し上げなければと、将軍は再び心に誓う。

それにしても帝の自分に寄せてくださる御信頼の篤《あつ》さといったらどうだろう。

「乃木は二人の息子を失《な》くしたから、その替わり、わしがたくさんの子どもを授けよう」

とまるで冗談のように闊達《かったつ》におっしゃったが、お心のうちは読めている。大切な皇孫殿下が学ばれる学習院を任せるということは、その皇孫殿下を任せるということなのだ。

帝のことを考える時、将軍のからだは奥からつき上げてくるものでいつも小刻みに震える。自分でも当惑しかねぬほど激しいもので満たされるのだ。帝のお血筋に繋《つな》がるもの、帝のお手の触れたもの、そのどれもが貴く有難い。その中でもいちばん価値のあるものをゆだねていただける幸せに、将軍は感動する。

院長に就任以来、考えているのはそのことばかりだ。将軍は本来軍人なので、教職者たちがよく抱く、子どもたちへの無邪気な愛情というものとは縁が薄い。将来、皇室を盛りたてるための大切な子どもたちだと思うからこその情と使命感である。少しずつ着手し始めた改革も、迪宮殿下をお迎えするための準備だといっていい。それにしても急がなければならなかった。この学習院にみなぎっている、いかにも貴族学校然とした華美な空気を排し、冬の掃き清められた廊下のような、凛《りん》とした学び舎《や》をつくらなければならないのだ。

「学習院ノ生徒ハ、内ニ対シテハ直接皇室奉護ノ重責ニ任ジルユヱニ……」

将軍が反故紙《ほごがみ》に再びペンを走らせた時だ。コツコツと院長室に向かってくる足音がした。

「院長、久保田《くぼた》様からお電話が入っております」

小使の男が軍隊式に声を張り上げる。将軍が強《し》いたわけではないのに、彼は日露戦争の凱旋《がいせん》将軍に対し、そうふるまわねばいけないと思い込んでいるようなのである。

将軍は机の上の受話器をとった。お忙しいところを申しわけないと、久保田譲《くぼたゆずる》の低い声が聞こえてきた。彼は桂太郎《かつらたろう》内閣時における文部大臣で、謹厳このうえない教育家として知られている。将軍の親友、児玉源太郎《こだまげんたろう》との関係で以前から親交はあった。

いや、今はちょっとした書き物をしていたところだから構わぬと将軍は答えた。久保田の用件はわかっている。例のものに目を通したかと尋ねているのだ。

三月の半ば頃からだろうか。久保田の使者が新聞の切り抜きを運んでくるようになった。最初その封筒を開けた時、将軍は思わず舌うちしたものだ。なんと平民新聞といって、危険思想を持つ奴らがつくっているものではないか。将軍にとって、指を触れただけでも身が穢《けが》れそうなしろものである。帝に対し、こんな感情や思想を持つ者が存在すること自体、将軍には信じられないのだ。もしいたとしても、そんなことは警察にまかせておけばよい。

久保田が電話で、学習院に関する重要なことだから、ぜひ目をお通しいただきたいと念をおさなかったら、おそらく将軍はその切り抜きをただちに焼き捨ててしまったに違いない。それを読み始めると、はたして学習院女学部長、下田歌子の醜聞であった。前にも二、三度、伊藤博文伯爵《はくしやく》との噂《うわさ》を小耳にはさんだことはあるが、酒席を忌《い》み嫌い、噂を卑《いや》しいものとする将軍の前では、それもごく淡い世間話のようにして通りすぎていっただけだ。

しかし、この切り抜きには、将軍の知らないさまざまな歌子がいた。美濃《みの》の出身で宮廷勤めをしていたことまでは知っていたが、一度結婚していたことや、多額な負債に追われていることなどは初めて聞くことばかりだ。過去をあげつらわれ、希代の悪女のように書かれているが、どこまでが本当のことなのか将軍にはよくわからない。どうせ社会主義者たちがやったことだ、すべてでっち上げに違いないと思う時もあるし、それにしてはいやに生々しい事実にいきあたることもある。出てくる男たちの名も、将軍のよく見知った連中ばかりであるが、このことに関しては深くかかわるまいと決めていた。

「いや、そうはいきません。ことは下田教授ひとりのことではございません。今や世間でもいろいろ取り沙汰《ざた》されています。院長の冷静な御判断をいただきませんと……」

久保田の言葉に将軍は思い出す。それは昨日彼が寄こした切り抜きである。

▲投書 下田歌子より理想の人物がヴヰクトリア女王だとさ篦棒《べらぼう》め英國の女王が

何時淫賣《いんばい》した、大方手前の理想の人物は鬼神の松位だらう（辰巳《たつみ》ッ子）▲歌子は物集高見《もずめたかみ》を情夫としたのはいつも國文に關する己の著書を物集からロハでこしらへて貰《もら》つた《ママ》　に報ひたるものなり原稿料の代りに情婦になつてやるとは日本第一の女子教育家は違つた者なり（大學生）

どぎつい記事よりも、むしろこうした投書に対し、将軍の神経は反応する。この庶民の揶揄《やゆ》と憎悪《ぞうお》に満ちた声といったらどうだろう。帝のまわりにいる者、すなわち学習院関係者は、世の尊敬と憧憬《どうけい》とを集めなくてはならぬ。またそうであると確信していた将軍にとって、これらの文字は、顔にいきなり汚物を投げかけられたような気がする。例の旅順攻撃の際、人々からぶつけられた罵倒《ばとう》と小石によって、将軍は庶民というものの怖さを多少知っているつもりだ。あきらかに、これはよくないことの前兆であった。

だが、こまめにこうした切り抜きを送ってくる久保田の真意を、将軍は図りかねている。元文部大臣といってしまえばそれまでだが、彼の頻繁《ひんぱん》さには、どこかうきうきとした様子が見られるのだ。もしかすると、桂が彼に命じて何かを画策しているのかもしれない。

だがそうした推測は、将軍のいちばん苦手なものなので、何の目的でというところまでは発展しないのだ。

「それで院長はどうお思いなのですか」

久保田のその質問の意味ですら、将軍はすぐに理解できない。

「どう思うとはどういうことか」

「ですから下田教授のことですよ。このまま教授に女子部を任せるのか、それとも否《いな》となさるのか。院長のお心次第ではありませんか」

これには少なからず将軍は驚いた。歌子を辞めさせるなど、今の今まで考えたこともなかったからだ。

確かに将軍は下田歌子という女性が苦手であった。この四日に学習院女子部では、卒業証書授与式がとり行なわれたのであるが、その際歌子は白い宮廷服を身につけていた。五十を過ぎてから少し太り、顎《あご》のへんにしっかりと肉がついているが、それも押し出しといえばいえないことがない。さすが日本でいちばんえらい女性よと、出席した父兄の中からも感嘆のため息がもれていたのを将軍は見ている。

だが彼女の宮仕えをしていたことの証《あかし》のような厚化粧は、将軍にとって我慢できないものであった。ぼってりと赤く紅をつけた唇《くちびる》が、将軍に昔戯《たわむ》れた女たちを連想させる。

乃木将軍といえば高潔の士、質実剛健の代名詞のように世間から言われているが、将軍とて生まれ落ちた時からそうだったわけではない。結婚前後の頃《ころ》は、酒乱とささやかれるほど飲み、しばしば女たちを抱いた。あの頃将軍も若く、そして軍人とみれば安く抱かせてくれる女たちもいくらでもいたのである。

ドイツ留学に赴き、将軍が別の生活信条を持つようになるのは、それからしばらくたってからのことだ。ある時から酒席も、藩閥に加わることもいっさい避けてきた将軍であるが、最近はそれに求道者のようなおもむきが加わるようになった。今度の戦さで、二人の息子を失なった将軍にとって、もう怖《おそ》れることは何ひとつない。

息子たちが生きていれば、多少とらわれるものもあったかもしれぬが、これからは妻の静子と二人金も名誉もいっさい拒否して暮らしていくつもりだ。歌子は、こんな将軍の静謐《せいひつ》な生活に、時折入り込んでくる強烈な色彩である。他の女なら避けることが出来たかもしれぬが、彼女は女学部長である。

打ち合わせや会議の際、顔を合わせるたびに、将軍はいささか居心地が悪い。別に西洋香水をつけているわけではないだろうが、念入りに完璧《かんぺき》な化粧をした歌子からは、いつもよいにおいがする。時たま相手に念を押す時、歌子の視線は、流し目ともいえないほどの角度で揺れる。これがどうも将軍はまともに受け止めることができない。

しかし、苦手というのと、嫌悪《けんお》というのとは別の感情である。なによりも歌子は、皇后の御寵愛《ごちょうあい》を昔からいただいている身ではないか、これだけでも歌子は、将軍にとって不可侵の存在なのである。

時々こんなことを考えることがあった。帝が誰よりも信頼を寄せている将軍、そして皇后が誰よりも愛されている歌子、この二人の力を合わせて学習院を盛りたてていけと、帝たちはお考えになっているのではないだろうか。その思いつきは、神話の一節のようで、将軍はかすかに気に入っている。自分とひき比べ、歌子が多少力不足だと思うことはあるが、今の日本であれより上の女はいないのだから仕方ない。

そんな将軍にとって、歌子を辞職させることはおよそ想像外のことなのである。

「わしには女子のことはよくわかりませんでな」

将軍はこう言って、うまく話から逃げようとした。

「女子のことは下田教授に任せておけばよいと、ずっと思っている。幸い教授は女生徒たちに大層信頼されているということで、わしはそれ以上のことは何も考えておらん」

女子部は、ここ四谷尾張町《よつやおわりちょう》からかなり離れた場所にある。そこに馬を向けるたびに、五十八歳の将軍は、一種面《おも》はゆい気分になるのである。武骨な老人がみなそうであるように、若い女たちが何人も集まっている場所というのは、将軍の軽い恐怖感を誘う。校内を歩いていると、いくつもの衣ずれやくすくす笑いが、後ろから見え隠れするような気がするのだ。

「これは異なことをおっしゃる」

久保田は言った。

「私は先日、院長の女子部でのお話を新聞で拝見し、深い感銘を受けました。これから皇室をお護《まも》りする男子を育てるのも女子、また嫁《か》してお国のために尽くす男を助けるのも女子。女子の使命は非常に大きなものがあるとおっしゃったではありませんか」

確かにそのとおりであるが、だから女学部を具体的にどうしようという案はまだ将軍にはない。頭の中は、本院の剣道や寄宿舎で占められているのだ。

「こうお考えになったらいかがでしょうか」

この男、昔から口がなめらかな男だったなと思いながら、将軍は久保田の声に耳を貸す。

「来年、皇孫殿下が学習院に御降学されます。そしてそのお妃《きさき》になる方も、いずれは女子部で学ばれるはずです。今やその方々の御教育も院長閣下に任されているのではございませんか」

この言葉には少なからず、将軍は動揺した。未来の帝、未来の宮たちの妻になる少女たちは、すべて学習院女子部にやってくる。当然といえば当然すぎる話で、将軍もこれについて思いをめぐらせたことが何度もある。しかし、このように突然他人から指摘されると、その事実は将軍をうろたえさせるに十分なものがあった。

「そんなことはわかっておる」

気をとり直した将軍はおごそかに言った。

「今は新校舎移転のことで手いっぱいであるが、いずれは女子部の方も改善するつもりであった」

それは確かにそのとおりだ。女子部に行くたびに、将軍の目をひくのは、華族の少女たちの顔色の悪さである。本院の少年たちも相当ひどいが、表に出る機会が少ない分、少女の方がさらに白い。その白い顔をひきたてるように、彼女たちは繻子《しゅす》のリボンや、絹の着物を身につけている。中に紫色の振袖《ふりそで》をまとったものがいて、これには将軍も目をむいたものだ。紫といえば、昔から高貴な人のみ許される色だったではないか。

それを十三、四の小娘が、意にもかいさぬ風に長い袂《たもと》をひるがえしているのだ。名前を尋ねなかったが、いずれにしても名門の姫であろう。もしあのような少女が、将来迪宮のお妃にあがり、そして皇后になったらと思うと、将軍はあらためてことの重大さがしみじみと思われるのだ。

また将軍は、あの時のことを忘れることができない。それは部下にも妻にも言うことが出来ない恥辱というものである。

院長就任の際、将軍は女子部で短かい演説をした。華やかに着飾った六十人の少女たちを目の前にした時、敵国の大将にさえ動じなかった将軍が、妙に緊張してしまったのである。

「お前たちは、皇室を拝し奉《たてまつ》り、お父《と》ッつァん、おッ母《か》さんも大切にしなくてはならん」

そのとたん、しのび笑いが少女たちの間からさざ波のように起こった。そうでなくとも彼女たちは、将軍の長州訛《なま》りや時代がかった様子にさきほどから笑いをこらえていたのだ。いくつものリボンが揺れるのが、壇上からもはっきりとわかった。一兵士だった頃、将軍は草むらに身をひそめ、あちら側の葦《あし》の繁《しげ》みを見つめていた。生命を賭《か》けて草の葉のそよぎを凝視する。その不気味な張りつめた時間をなぜか将軍は思い出したものだ。

「あなたに言われるまでもなく、わしにはわしの考えがある」

もちろん将軍は、そんな心の動きを久保田に悟られまいとした。

「だが、わしひとりで決められるものではない。十分に時間をつくして結論を出したい」

最後は威厳を持った声を出した。

赤坂新坂町の家は、「馬屋敷」というあだ名がある。家に比べて厩《うまや》があまりにも立派だというのだ。留学中の給料を受け取れないと軍とひと悶着《もんちやく》起こした将軍は、六百円という大金をすべて厩に使うことを思いついた。高価なコンクリートづくり二階建ての、上に馬丁一家が悠々《ゆうゆう》と暮らせるような広さである。

このことは、いかにも将軍の軍人らしい一徹さを伝えるものとして世に伝わっているが、よく見ると、邸《やしき》もなかなかたいしたものである。世の人々は、数寄屋《すきや》づくりや、大山巌《いわお》邸のような堂々たる洋館のみにため息をつく。乃木将軍のよく考えぬかれたこの家は、なぜか貧し気に見えるらしい。

この邸がコンクリートの基礎をしっかりと固め、変則三階建ての非常に凝ったものだということを知っている者は、妻の静子以外ほとんどいない。もともと欧州に留学経験のある将軍は、洗練された美意識の持ち主である。この邸は将軍自身が設計案を出したもので、ドイツの堅牢《けんろう》なイメージの中に、フランス風のしゃれた雰囲気《ふんいき》が漂っている。

将軍も言わず、人もまた気づかないが、将軍の質実のイメージをつくり出す軍服は、イギリス人の仕立屋がつくったものだ。長靴《ちょうか》は自分の手で、いつもピカピカに磨《みが》かれている。彼が白髭《しらひげ》と共に、いつも清潔な印象を人にあたえるのは、こうした積み重ねのためだ。

将軍は書斎で本を読んでいた。もちろん当節流行の自然主義文学などというものではない。ああしたものを退廃的と将軍は決めつけ、大層憎悪していた。学習院の高等科の中にも、集って小説を書いたりする者がいるということだが、全く由々《ゆゆ》しきことだと将軍は思う。男は漢籍と、日本古来の思想書に目を通せばよいのである。

将軍はちらっと本棚《ほんだな》に目をやる。そこには文字どおり彼の座右の書である「中朝事実」が置かれているのだ。そうだ、これをわかりやすく訓点をつけ、学習院の生徒たちに読ませるのはどうだろう。西洋かぶれして、あちらの小説ばかり読んでいる彼らにも、この精神の素晴らしさはわかるのではないか。

いつのまにか、学習院という場所は将軍の活力の源となっている。最近、寝ても起きても考えることといったらそのことばかりだ。

日露戦争で多くの兵士と、二人の息子を亡《な》くした将軍にとって、今さらこのような生き甲斐《がい》が自分にあたえられようとは思ってもみなかった。これもすべて帝《みかど》のおかげだと、意外にも涙もろい将軍は、時折熱いものが目にこみ上げてくる。

それにひきかえ、哀れなのは静子かもしれないという意識が、将軍の胸をかすめることがあった。もともとおとなしい女だったのが、最近ますます無口になった。他の上流夫人たちのように外に出歩くこともなく、着物をつくるわけでもない。この家でひっそりと暮らしている。来年から自分が学習院で寝起きするようになったら、親戚《しんせき》の者でも呼ぶように言ってみよう。将軍は長年連れ添った妻が、ふと不憫《ふびん》になる。
その静子がドアの向こうから遠慮がちに声をかけたことに、将軍はなかなか気づか
なかった。
「お客さまでございます」

「誰だ」

誰と約束していたわけでもないが、高名な将軍に揮毫《きごう》を求める者は時たま訪れる。
日露戦争の遺族の者だったら、将軍は喜んで迎え入れた。

「飯野吉三郎《いいのきちさぶろう》さまとおっしゃって、大山閣下の紹介でいらしたそうでございます」

そういえば、大山巌から以前聞いたことがある。穏田《おんでん》に非常によくあたる祈禱師《きとうし》が
いて、戦さの結果をぴたりと言ったというのだ。いずれお前にも引き合わせたいと聞
いたと思うが、そうした人間は、もとより将軍が忌み嫌《いきら》うものである。しかし、大山
と名前を出したからには会わないわけにもいくまい。将軍はしぶしぶと立ち上がった。

洋間のドアを開けると、まず目に入ってきたのは黒紋付である。見上げるような大
男だからなおさら目立つ。剃《そ》った頭といい、髭の感じといい、絵に描《か》いたような山師
で将軍はなんだか可笑《おか》しくなる。このような男に何度も脅かされたり、金をせびられ
た結果、次はどんな連中に会えるだろうかという、楽しみな気分になることさえあっ
た。将軍のその心理をつかんでいるから、静子も決して追い返したりはしなかったの

だ。

「これはこれは乃木《のぎ》閣下……。御高名はたえず伺っております。お目通りを許していただけるとは、私はなんと果報者でありましょう」

男はいきなり床にはいつくばって頭を下げた。

「いいから椅子《いす》に座りなさい」

「いや、結構でございます。今日、わたくし飯野吉三郎は、この一命に賭けて、閣下にお願いの儀があってまいりました」

こういう大げさな言い方も、彼ら独得のものだと将軍は思う。だが、次に男の口から出た名前は意外なものであった。

「もれ伝え聞くところによりますと、閣下は下田歌子教授に、辞職を促しておられるというのは本当でございましょうか」

将軍の眉《まゆ》がかすかに動いた。相手の出方がわからぬうちは感情を決してあらわにしない。これは長年の軍人生活で将軍が身につけたものである。

「近頃、危険思想の輩《やから》が女史を陥《おとし》れようと、全くの出鱈目《でたらめ》を新聞に載せております。まさか閣下ともあろう方が、こうした下劣なものをご覧になろうとは思いませぬが、もしこういう者たちに惑わされ、女史をお切りになるようなことがありますれば、必ずや現在の薩長《さっちょう》政治に災いが及ぶでありましょう」

最後に男は、いかにも祈禱師らしい響きを持たせた。

「ほう、それはまたどうしてか」

将軍の皮肉な言葉に気づかぬように男は喋《しゃべ》り続ける。

「私ごときが言わずとも、聡明《そうめい》な閣下にはおわかりでありましょう。桂《かつら》太郎閣下、田中光顕《みつあき》閣下などは、女史を決して快く思っていないのであります」

桂太郎と意味あり気に発音されるのが、将軍には不愉快だった。彼と将軍との不仲は、世間で取り沙汰《ざた》されることが多い。愚直といっていいほど潔癖な将軍に対し、同じ長州閥といっても、総理をつとめ、政界に絶大な勢力を持つ桂は、あまりにも歩む道が違いすぎた。

「いわば女史は、長州出身の皆さまとお親しく、女ながら要《かなめ》を勤められた方、畏《おそ》れながら皇后のご寵愛《ちょうあい》も深くておられる。そういう人物を、今なぜか長州の男たちが寄ってたかってひきずり下ろそうと画策している。こうしたありさまを見て、薩摩出身の海軍連中はどう思われるか。今こそ隙《すき》を見て長州閥につけ入ろうと思うに違いありますまい。女史が失脚なさるようなことがあれば、長州と薩摩の均衡というのは、たちまちのうちに崩れ……」

将軍はよく動く男の口を見ながら、先ほどからある質問を発したいという欲求でうずうずしてきた。

「お前は下田教授のいったい何なのだ」

情人《いろ》だ、という確信を持った時、将軍はさまざまな謎《なぞ》が解けたような気がした。あの濃い口紅、「閣下」といってこちらを見つめる視線、そうだ、やはりあの女はそういう女だったのだ。暗い底知れぬものを感じた自分はやはり正しかったのだ。

男に出ていけと言う替わりに、将軍は背筋をぴんと伸ばし威をただした。

四月十三日

「穏田の行者」と呼ばれる飯野吉三郎の住居は、三千坪の宏大《こうだい》な日本家屋である。ここはある男爵《だんしゃく》の邸であったのだが、いつのまにか彼のものになりつつある。ついでに飯野は男爵の娘さえ手に入れているのであるが、その経過は誰も知らない。一説によると、飯野に心酔した老男爵がすべてを差し出したことになっているのだが、近所の者で本気にする者はいなかった。

付近の人々にとって「穏田の行者」の邸は、薄気味悪いところである。いかつい体つきの禰宜《ねぎ》姿の男たちが何人も住んでいるうえに、召使いとも妾《めかけ》ともつかない女たちの姿を複数で見る。

「邸の中で、子どもが大勢遊んでいるが、あれは全部〝神さん〟の子どもだろうか」

付近の老人たちは苦笑混じりにそんな冗談を言う。飯野は別名〝神さん〟と呼ばれることもあったのだ。

その飯野の邸の呼び鈴を、夜遅く押すものがあった。

「どなたですか」

下女の声に、男は低く答える。

「奥宮《おくのみや》だ。早く開けてくれ」

下女は奥宮健之《けんし》の顔をよく知っている。情報を持ってきたと言っては、しょっちゅう小遣銭をせびりにくる男だ。薄汚れた着流しに、それだけはりゅうとしたソフト帽を被《かぶ》っている。何でも誰かのアメリカ土産だと、ひとり言のように自慢したのを聞いた憶《おぼ》えがあるが、下女はその幸徳秋水という名前などとうに忘れてしまった。

座敷に通しながら、下女は飯野の奥二階の寝室の方に目をやる。いつもなら起きている時間なのであるが、晩酌《ばんしゃく》を多めにすごした飯野は、不意に傍にいた女の手をとり、寝室へと入っていったのだ。

「先生ったら、腕が痛《いと》うございます」

女は抗《あらが》う真似《まね》をしながらも嬌声《きょうせい》をあげる。

その様子を本妻の源はちらっと見ていたが、また何ごともなかったように、膳《ぜん》のものを片づけ始めた。

ここに勤め始めて三ヵ月たつが、下女はこの家の人間関係がまだつかめていない。奥さまの源がいるし、その傍には小さい奥さまと呼ばれる若い娘がいる。その他にも主人の寝室に侍《はべ》る女たちも多い。ふだんは女中のような仕事をしていても、朝、飯野の寝床から出てくる女たちは四人はいただろうか。もう少し器量がよければ、自分もあの中の一人になるのだろうかと、下女はそんなことを思ったりすることもある。

しかしそんなことはもちろん、おくびにも出さず、下女は寝室の外に跪《ひざまず》き、静かに声をかけた。

「先生、お客さまでございます」

誰だ、という飯野の声と、鼻にかかった女の声とが同時に聞こえた。

「奥宮さまがお見えでございます。なんでも至急おめにかかりたいそうでございます」

十分後に座敷に現れた飯野は、情事のなごりを微塵《みじん》も顔に残してはいない。それはあまりにも日常的であるために、女のからだから離れるやいなや、彼のからだはただちにひややかさをとり戻すのだ。

「どうしたんだ、こんな時間。前もって電話をくれればよかったではないか。もしわしが居なかったらどうするつもりだったのだ」

それでも飯野の声は、いくらかの不機嫌《ふきげん》さを含んでいた。が、奥宮は最後まで言わせなかった。飯野の言葉にかぶせるようにして叫ぶ。

「先生、『平民新聞』の廃刊が決まりました」

「なに」

飯野の大きな目がぎょろりと動き、見事な髭がかすかに震えた。これほど興奮する飯野を見るのが奥宮は楽しくてたまらないように、つい浮わついた口調になる。

「本当ですとも。今日東京地裁の判決が下りましてね。新聞は発行禁止、発行人の石川三四郎は禁固六ヵ月と決まりました」

三月に掲載された「父母を蹴《け》れ」という論文が世の秩序を乱すと告訴されたのであるが、そんなものはただの難癖というものだ。政府が社会主義者たちの手綱を急に強く引き締めたいと考え始めたというのは、誰の目にもあきらかだった。

「ご覧ください。これが明日付けの『平民新聞』です。印刷所から届けられたもんですよ。これを早くお持ちしようと思っていたんですがね、明日、社員だけでも廃刊式を開くだなんて皆騒いでいたもんですから、なかなか出られなくてね……」

奥宮がふところから出した新聞を、飯野はひったくるようにして眺《なが》めた。

いつもながらの思い入れたっぷりの文字が並んでいる。

廢刊の辭

(一)
暴虐《ぼうぎやく》なる政府《せいふ》、陰險《いんけん》なる權力階級《けんりよくかいきふ》は、遂《つひ》に其目的《そのもくてき》を達《たつ》したり彼等《かれら》は資本《しほん》の缺乏《けつぼふ》と人員《じんゐん》の不足《ふそく》との爲《た》めに氣息奄々《きそくえん〱》として戰《たゝか》へる我《わ》が平民新聞《へいみんしんぶん》に向《むか》つて、直接《ちよくせつ》に間接《かんせつ》に迫害又迫害《はくがいまたはくがい》を加《くは》へたるの極《きよく》、遂《つひ》に昨日《さくじつ》を以《もつ》て「發行禁止」の宣告《せんこく》を與《あた》へたり

吾人《ごじん》は今《いま》の裁判《さいばん》、法律《はふりつ》に向《むかつ》て何等《なんら》の信用《しんよう》を有《いう》すると能《ことあた》はず、控訴《こうそ》上告《ぜうこく》の無益《むえき》なるを知《し》る、即《すなは》ち本月本日《ほんげつほんじつ》を以《もつ》て斷然此《だんぜんこゝ》に廢刊《はいかん》を宣告《せんこく》す

（二）

嗚呼《あゝ》月《つき》を閲《けみ》する僅《わづか》に三ヶ月、號《がう》を重《かさ》ぬる僅《わづか》に七十餘《よ》、平民新聞《へいみんしんぶん》の生涯《せうがい》は極《きは》めて短《みぢ》かかりき、即《すなは》ち短《みぢか》き生涯《せうがい》なりと雖《いへど》も、而《しか》も決《けつ》して無用《むよう》の生涯《せうがい》にはあらざりき

平民新聞《へいみんしんぶん》は實《じつ》に一日を存《そん》すれば一日の分《ぶん》を盡《つく》せりき、孔子《こうし》春秋《ゝゆんじゆう》を作《つく》つて亂臣賊子《らんしんぞくし》懼《おそ》る、平民新聞《へいみんしんぶん》の存《そん》するの間《あひだ》、確《たし》かに權力階級《けんりよくかいきふ》をして戰慄《せんりつ》せしめたり、人《ひと》に百年《ねん》の壽《よはひ》なし、平民新聞《へいみんしんぶん》にして即《すで》に其爲《そのな》すべき最善《ベスト》の事《こと》を爲《な》して、其爲《そのな》さんと欲《ほつ》する目的《もくてき》を達《たつ》す亦何《またなん》ぞ其短生涯《そのたんせうがい》を嘆《たん》ぜんや。

飯野は深い感慨のあまり、ついため息をついてしまった。それを奥宮に見られるのが嫌《いや》で、乱暴に紙入れを取り出す。三枚の紙幣をつつんでやったら、奥宮は膝《ひざ》をこすり合わせるようにして前に進んできた。

「これで安心しているわけじゃない。幸徳秋水という男から目を離さないでいてくれ。

これからも何かあったら、すぐわしのところへ知らせてくるのだぞ」

「もちろんですとも」

どんと胸を叩《たた》く真似をする奥宮が決して卑《いや》しく見えないのが、飯野には不思議だった。現代の社会主義を憂《う》れい、本来のあるべき姿に戻すために、自分は内部から改革したいなどと熱っぽく語っていたのは最初のうちだけで、今では体裁などかなぐり捨てている。幾ばくかの金とひき替えに、「平民社」の情報を置いていくのだが、どうしてもただのたかり屋には思えないのだ。彼はある目的のために、自分に近づいてきているのではないかと、時々そんな気さえする。

金を懐《ふところ》に帰る、やや猫背《ねこぜ》の後ろ姿を見ながら、社会主義者などという者は最後まで信用してはいけないと飯野は言いきかせ、そしてまた「平民新聞」に目をやる。この一枚の紙きれのために、自分と歌子とはどれほど苦い思いをなめてきただろうか。一度は「平民社」の門をくぐり、脅しに出かけたことさえある。その時幸徳秋水が出てきて、けんもほろろに飯野は追い返されたのだ。やたら顔の青白い小男のくせに、幸徳というのは、なんと尊大な男であったろうか。少し痛い目にあわせようと思ったりもしたが、なにしろ相手は「妖婦《ようふ》・下田歌子」を連載中だ。怒らせてまた何かを書かれたら、あぶはち取らずというものではないか。

それにしても危ないところだったと飯野は思う。この連載があと一週間続いたら、おそらく自分のところまで筆は波及したに違いない。歌子との醜聞のみならず、過去まで活字になったかもしれぬ。

今でこそ政界、財界の連中から「穏田の行者」などと言われ、占いを乞《こ》われる身であるが、飯野には一年間の囚人生活の経験がある。その昔、催促に来た白木屋の店員に、金が無いと居直ったことが原因である。多少睨《にら》みをきかしたところ、ただちに脅迫事件となってしまったのだ。

宮中と教育界に権力をふるう下田歌子と、前科のある怪僧――いかにも「平民新聞」の喜びそうなねたではないかと、飯野は珍しく自虐的なことをつぶやく。が、また元の話に戻ると、「平民新聞」を潰《つぶ》したのは、いったい誰だったのだろうかということになる。それはやはり伊藤博文ではないだろうか。

「わたくしと伊藤さまとは、何の関係もございません。あの方は大きな広い目で、わが国の教育をご覧になっている。そしてわたくしに手を貸してくれるようおっしゃっているだけなのです」

と歌子はよく言うが、飯野は全く信用していない。伊藤のみならず、何人もの権力者たちと歌子は肌《はだ》を合わせただろうと思っている。しかし、どの男も自分のような歓喜は与えなかったはずだ。それには自信がある。歌子のからだは、長い間きちんと弦をはじいてもらわなかった楽器のようなところがあった。そして根気ある名人であるところの飯野が、指先に力を込めると、たちまち楽器は奏《かな》で始めた。そしてそれもとめどもないほど豊饒《ほうじょう》な音を出した。

五十を過ぎたといっても、歌子は若くみずみずしい。そして官能を表現する多くの言葉を持っていて、それは飯野には喜ばしいことであった。

故郷が同じの歌子は、美濃《みの》言葉で、ああ気持ちがよいと訴える。そこには気取りもてらいもなく、飯野は十いくつ上のこの女がいとおしくなることさえあった。おそらく歌子は、多くの男たちに乞われるままに、自分のからだを機械的に投げ出してきたに違いない。そうかと言って、歌子の口から女であることの恨みは出たことはなかった。ただ繰り返し聞かされる自慢話がある。

「伊藤さまはよくおっしゃったものです。下田歌子ほどの人格と学問を持っていたら、いつでも大臣になれたものをと。下田歌子が男に生まれなかったことは、国家にとって大きな損失だったとおっしゃってくださったのです」

少々気のきいた男で、薩摩か長州に生まれていれば、出世の階段を大股《おおまた》で上がっていける世の中だ。しかも彼らは肉体を求められることなどもちろんない。

男に生まれていれば、大臣にもなれるものをという述懐は、歌子の正直なものだったろう。しかし女に生まれたからこそ、権力ある男の庇護《ひご》の元にここまでこれたという現実が、歌子の純粋な自意識の前を遮《さえ》ぎる。そしてこの二つは、歌子を時々揺り動かすのだ。

「考えてみれば可哀想《かわいそう》な女よな」

飯野もよく理解できないままに、よくこの安易な言葉を口にする。そうすると世の男がたいていそうであるように、女に対するいとおしさがますますつのるのであった。世間では偉い女、賢こい女の代名詞のような歌子が、自分だけに見せる弱さと可愛《かわい》らしさ。そんな女に、ひとときの快楽と、さまざまな希望をあたえてやるぐらいが何であろうか。

歌子の目をいちばん輝かせたものは、飯野の、

「わしとお前とで、帝《みかど》にお仕えするのだ」

というものであった。

「わしたちぐらい帝のおんためを思い、皇室のために命を投げ出しても惜しくないと思うものがいるだろうか」

歌子は、ええ、ええと頷《うなず》く。

「およそ神武天皇の時代から、卜占《ぼくせん》をもって皇室にお仕えする者がいたというのは、もはや誰もが知っていることだ。おそらく今の皇居にもそういうものが存在しているであろう。しかし誰も霊格というものにおいて、わしの右に出る者などいるはずはない。わしは日本国存亡の折、児玉閣下に日露戦争の行方をお教えしたのだからな」

このあたりにくると、歌子の目は泣き出す直前の子どものように、じっとりとうるんでくる。およそ歌子は、帝の名を口にしただけで尋常ならぬ反応をするのだ。

少女の頃《ころ》から、儒学者の祖父たちから叩き込まれたものは、宮廷勤めをするようになっても全く変わらない。それどころか、さらにはっきりとした輪郭をとるようになってくる。

「初めて宮廷にあがって、陛下をこの目で拝した時、わたくしは気が遠くなりそうになりました。錦絵《にしきえ》で見たとおりの、いいえ、もっと美しくご立派な方がそこにいらしたのです……」

歌子がそんなことを言うのを、飯野は聞いたことがある。

これは何人もの人々に言われることであったが、飯野は大層帝に似ているという。もちろん気品や威厳というものがまるで違うが、長身、見事な髭、りんとした声、そして大きな目鼻立ちは、

「あんたから、その怪し気なところを取れば、畏《おそ》れ多くも陛下にそっくりじゃ」

と口にする者さえいるぐらいだ。これは当然、飯野の自慢の種になるところであるが、これをはっきり歌子の前で聞くことははばかられた。

「わしは本当に、陛下に似ているだろうか」

などと尋ねれば、歌子は顔色を変えて否定するに違いない。しかし飯野は、歌子が

自分に固執し、身をまかせているのは、そのことが原因ではないかと思う時がある。なぜだかわからないがそんな気がした。

が、それにしてもともかく、朗報を一刻も早く歌子に知らせなくてはならないだろう。飯野はさっそく電話室に入り、交換手に歌子の電話番号を告げる。しばらくしてから女中が出、いま先生をお起こししてきますと告げた。ということは、歌子はもう休んでいるらしい。しばらくの時間の余裕が、飯野に策略を練らせることになった。たとえ愛人でも、こういう時に恩を売っておくのが飯野の信条である。

「いやはや、かなり時間がかかるものだな」

開口いちばん飯野は言った。

「いや『平民新聞』のことだが、あれごときを潰すのにやけに時間がかかった。あちこち手をまわして、やっと廃刊ということになったよ」

ところが歌子の反応は意外なものであった。

「知っておりました」

冷たく言いはなつ。ということは、既に情報が彼女の元にもたらされたということだ。やはり黒幕は伊藤博文かと、飯野は思いをめぐらす。けれども同時に言いつくろうことも忘れない。

「そうか、それは随分早く知ったものだね。あなたには言わなかったが、わしは全力を出しきって『平民新聞』を何とかしようと、毎日出歩いていたのだよ。その件について力をつくしてくれていた男が、やっと廃刊まで持ち込めたとさっき知らせてくれた。だからあなたに、少しでも早くお知らせしようと思ってね」

「それはありがとう存じます」

飯野が感嘆する中のひとつに、歌子のこんな一面がある。いったん床を離れるやいなや、飯野のからだからはさっと汗がひき、女のにおいをはじきとばすような空気が、ただちに彼の身をつつむ。それが冷たくてせつないと女たちは悲しむのであるが、歌子にも全く同じことが言える。

どれほど甘い声をたて、時々は激しくあえいでも、身を起こして衿元《えりもと》をかき合わせると歌子は確かに「下田歌子」に戻る。満足していた証拠をいくつもとらえたからいいようなものの、そうでなかったらすべてのことが演技と思われるような歌子の態度であった。そしてこれにあうと、飯野はあきらかに卑屈になるのであった。

「しかし、よかった、よかった。これであなたも明日はどんな記事が載るのだろうかと悩まされる必要はないのだ。そうとも、これにて一件落着」

彼が大好きな芝居の声色めいて言った時だ。歌子はきっぱりと言った。

「けれども、失なったものは二度と戻りません」

それがどういう意味を持つのか飯野が知ったのは、それからしばらくたってからである。

穏田《おんでん》の邸《やしき》の庭には、大きな神殿がある。天照大神《あまてらすおおみかみ》を祭ったもので、飯野はここから神宣を受けることになっているのだ。若い頃はキリスト教にもかぶれ、その後神道による皇室絶対主義に落ち着いた飯野であるが、彼の野望は近年ますます大きくなるばかりだ。天照大神をキリストやモハメットと並ぶ世界の神としたい。そして自分はその神に仕える第一の祭司となりたいと思う。

これは決して自分の自己顕示欲からではないのだ。学べば学ぶほど、天照大神というのはすぐれた存在である。これを信奉すれば、日本国の繁栄と、世界平和も決して夢ではないのだ。そして彼は、このことを天照大神の子孫である方々に、出来るだけ早くお教えしたいと、身をよじりたいような思いになってくる。帝にお会いするのがかなわぬならば、皇后陛下におめにかかるわけにはいかないだろうか。飯野が繰り返し乞うと、歌子を含めた多くの人々は「もう少し時機を待て」となだめるのであるが、そのたびに飯野は口惜《くや》しさのあまり、歯を喰《く》いしばるのだ。

夜明け少し前に、飯野は井戸へ行き、冷たい水を頭からかぶり斎戒沐浴《もくよく》する。歌子に電話をした後、気分がたかぶってもう一人女を抱いた。〝すえの〟といって、小さい奥さまと呼ばれる女だ。男爵《だんしゃく》の娘で、華族女学校に通っていたものを、飯野が力を込めてひっさらっていったのだ。彼の本妻の源は、明治女学校の卒業生である。飯野の好みは学があって美しい女だ。学があるからこそ床の中でおもしろい反応をするというのは、飯野の論理であった。

井戸水を浴びた後、彼は直衣《のうし》にあらため、神殿に額《ぬか》ずく。こうして精神を集中させ、神が下りてくるのを待っているのだ。手には一本の筆を持っている。「霊筆」といって、さまざまな予言が、彼の指を借りて降りてくるひとときだ。「えい」と念じた後、つぶやきとも小さな悲鳴ともつかぬ声が出、筆はするすると動く。

「前途多難」「変事来《へんじきたる》」と霊板の上に、文字が浮かびあがった。飯野の肩はがっくりと落ちる。普段彼は、自分の行末を占うことを否《いな》としているのであるが、今日は歌子を霊筆に伺ってみたのだ。歌子の未来と飯野の未来とは重なっている部分が大きい。それが凶と出たのだ。

飯野はずっと以前、日露戦争の折、児玉大将に乞われ霊筆をとり行なった時のことを思い出す。大きく「奇跡起《きせきおこる》」「神風来《じんぷうきたる》」と、黒々とした文字が描かれたものだ。来たるべき奉天大会戦の際には、大風がやってくる。それを煙幕のようにして総攻撃をしかけろと飯野は進言した。そしてそれはそのとおりになった。

飯野がよく口にする出世物語の序の段というやつだ。あの時の勢いを持った文字に比べ、この霊筆のまがまがしさといったらどうであろうか。

「〃変事来《へんじきたる》〃……」

飯野はこの言葉を、うまく解釈しようと骨を折った。しかし他人のことならばいくらでも予言し、脅し、おだてることが出来る飯野なのに、これに関してはお手上げであった。歌子の身に何か起こる。漢字の具合いからして、それは突然の死や病い、怪《け》我《が》というものではないらしい。歌子をめぐる何人かの怨念《おんねん》が、彼女に襲いかかろうとしているのがわかった。

この後、飯野は彼にしては実に珍しい方法をとる。駆け引きをする相手ではなく、素直に質問の出来る人間のところへ教えを乞いに行くことにしたのである。

朝の六時まで我慢した。この時間なら、相手ももう起き出しているだろうと俥《くるま》に乗る。

行き先は九段の大島健一大佐の家である。春が濃くなったといっても、早朝の町はひんやりとした空気がまだあちこちで眠っている。九段灯明台の石段が、濡《ぬ》れたようににぶく光っている傍を、俥はからからと通りすぎる。

邸内を覗《のぞ》くと、大島は竹刀《しない》を振り上げ、書生に稽古《けいこ》をつけてやっているところであった。飯野を見つけると「やあ、来たか」と笑う。いかにも軍人らしい白い歯であった。それは二十年前、上京したばかりの飯野が、居候《いそうろう》として彼のところにころがり込んだ頃からと、ほとんど変わっていない。

「久しぶりじゃないか。朝飯を食っていけ」

大島にかかっては、「穏田の行者」もまるで小僧のような扱いを受ける。兄の親友である大島を頼って上京して以来、飯野は八つ年上の彼に頭が上がらないのだ。とはいうものの、山縣有朋《やまがたありとも》、児玉源太郎の秘蔵っ子と言われ、長州軍閥の俊才とうたわれる大島は、もちろん朴訥《ぼくとつ》だけの男ではない。児玉大将に飯野を引き合わせたのも大島であるし、こんな時彼は「飯野先生は……」と、ひどく慇懃《いんぎん》な態度をとる。お互いに利用し、利用され合ってという共犯関係が生まれ始めたのは、そう最近のことではない。

そんな二人だが人目の無いところでは、幼なじみの「健さん」「吉」に戻る。出勤前の軍服姿となった大島と飯野は、さし向かいで朝の膳《ぜん》を囲んだ。麦飯に味噌汁《みそしる》、漬《つ》け物《もの》といった今をときめく大佐にしては、大層粗末なものである。この特徴は飯野や歌子にも共通していた。豪壮な邸に住むようになっても、彼らは食べることに決して奢《おご》らない。なにしろ米などろくに取れなかった山間の村の出身なのだ。つつましい生活の名ごりは、舌だけになぜか執拗《しつよう》にこびりついている。

「下田先生は、いろいろ大変なようだにゃ」

沢庵《たくあん》を小気味よく嚙《か》み切った大島は、かすかに美濃訛《みのなま》りの残る口調で言う。

「危険思想の奴《やつ》らにいろいろ叩《たた》かれているようじゃないか」

「そちらでも噂《うわさ》になっているのか」

「ああ、あれだけ派手に毎日書かれりゃ、自然に耳に入ってくる。いつお前の名前が出てくるだろうかってひやひやしたぞ」

最後の言葉だけは、給仕をする妻に聞こえぬように低く言う。それを悟ってか、妻は茶を淹《い》れにいくふりをして、すばやく立ち上がった。それで大島はあらためて歌子の名前を口にする。

「下田先生もお気の毒なことをした。統合の際に華族女学校の教師を何人か処分しただろう。そいつらが恨んで、新聞をたきつけているそうではないか」

「それで山縣公らは、なんとおっしゃっているのか」

突然、大島は低く笑った。

「何がおかしいんだ」

「いや、怪僧だ、神さんだなんて言われるお前が、十の小僧のように思い詰めた顔をしたからそれがおかしいんだ」

「そんな軽口は言わないでくれ。なあ、健さん。わしたち三人は岩村を出た時から、ずうっと一緒にやってきたじゃないか。わしも下田先生にお世話になり、そのお返しにいささかなりともお役に立ってきたつもりだ。いま下田先生が大変なめにあっている。ここでなんとかひと頑張《がんば》りするのが、わしら同郷人のつとめではないのか」

「ああ、そりゃそうだとも」

大島は急に厳しい表情になる。そのとたん、飯野はあるひとつの情景を思いうかべた。大島は自分にさまざまな人間をよくひき合わせた。あいつは将来きっと役に立つ人間だから、うまくあしらえと何度か囁《ささや》いたものだ。同じことを歌子にしなかったと、誰が断言できるだろうか。

あの男の願いを断わってはいけない。あの男を怒らせると得にはならないよ……。そうした中に山縣公がいたとしても何の不思議もない。「平民新聞」をすべて信じているわけではないが、彼との件も歌子は噂されたことが何度もある。公のいかつい顔と、歌子のふっくらとした白い顔とが重なる。嫉妬《しっと》ではないが、利用できそうなことは確かめておいた方がいい。

「なあ、山縣公は何と言っているのか」

もう一度飯野は念を押す。

「もちろん、わしには何もおっしゃらない。けれど山縣公の胸の中で、下田先生に対する気持ちが変わってきているのは確かではないかと思う」

これは山縣公の部下から聞いた話だがと大島は念を押した。ある午後、山縣公の元に、歌子から手紙が届いたという。いつもなら何という見事な手跡、この流れるような文章はどうだ、などとまわりの者にいう山縣が、吐き捨てるようにこう言ったという。

――ふん、牝《めす》ダヌキがまた何か企《たくら》んでいやがる。

「それは本当なのか」

「だから人から聞いた話だと念を押しているではないか」

「乃木《のぎ》将軍はどうなのか。今度のことについてどう思ってらっしゃるのか」

「閣下が『平民新聞』などというものを読むと思うか」

「佐佐木高行《たかゆき》公はどうか」

「ましてやあの爺《じい》さんが読むはずはない」

矢継早に質問した後、飯野はその名前を身を正しくして発音した。

「その、まことに畏れ多いことではあるが、陛下の御心《みこころ》はいかがなのだろうか。誰か陛下のお耳に届けたものがいるのだろうか」

「ただの軍人のわしに分かるはずはないが、一説によると皇后陛下が大層胸をいためていらっしゃるという話がある」

「なに、皇后陛下が『平民新聞』をお読みになったのか」

「いや、二人の宮がご嘆願なさったという話だ。下田先生が苦境に立っているとな……」

大佐の大島がこれほど宮中のことに詳しいはずはない。やはり彼は山縣としょっちゅう話し合っているに違いないと飯野は見当をつける。

「なあ吉、女っていうのは可哀想《かわいそう》なもんだなあ」

不意に大島が言った。

「わしだってお前だってそうだが、あのまま御一新がなかったら、一生あの岩村で暮らしただろうよ。水呑《みずの》み百姓と大差ないような暮らしをしてな。それがたまたまこっち側に勝が来て、急に運が向いてきた。今のところ世の中のうまいところは、長州と薩摩で山分けだ」

飯野は頷《うなず》く。

「だけど男は女に、絶対に分け前をやらない。中には下田先生みたいに頭のいい女もいて、男の四人分も五人分も、うまいところを掠《かす》めていってしまう。だけど今度は男たちが黙っちゃおかない。みんなして寄ってたかって分け前を返せと言いやがるんだ」

そこで大島は急に声をひそめた。

「陛下が急に、乃木将軍をお召しになったという話だ」

乃木将軍は帝《みかど》だいいちの寵臣《ちょうしん》であるからして、そんなことは珍しくもなんともない。しかしその際傍にお仕えする者の中には、「歌子」という名前を何回か聞いたものがいるという。

「健さん、そんなことをどうやって知ったんだ」

「ここだよ、ここ、ここ」

頭を指さしながら、大島はおどけて立ち上がる。そろそろ出勤の時間が近づいてきたらしい。

その時、大島は急に立ち上がりかけた腰をうかした。表情に困惑と驚愕《きょうがく》とが走ったのがわかった。もう一度まじまじと飯野を見つめる。

「吉、お前……いや、なんでもない」

大島は口にしようかどうか、あきらかにとまどっているのだ。

「お前、そうやっていると、陛下にそっくりだな。演習にいらっしゃる陛下が、時々そんな顔をなさる」

とんでもないと手を振りながら、飯野はふっと歌子のある顔を思いうかべる。それは朝の食卓に全くそぐわない顔だ。床の中で歌子はよく薄目をあける。左手は飯野の髭《ひげ》に触れる。

そのとたん唇《くちびる》に現れる、あの快楽の表情はいったい何なのだろうか。

「陛下は、子どもの頃《ころ》見た錦絵《にしきえ》より、さらに美しく立派な方」

なまめかしい歌子の声も、耳に蘇《よみが》える。

八月二十六日

真夏の、というよりもいくらか盛りを過ぎた太陽が沈むところであった。地上に近づくにつれ、橙《だいだい》が濃くなるそれを、伊藤博文は格子《こうし》の窓から見ていた。

まだ十分に明るい湯殿の中は、つつましやかな湯気が立ち、伊藤公の白い老いたからだは、ちょうど魚の腹のように見える。もうじき六十六になる公であったが、こうした昼風呂《ひるぶろ》の贅沢《ぜいたく》さを求めるほどからだは頑強だ。先ほどふと思いついて女将《おかみ》に言いつけ、風呂を沸《た》てさせたところだった。

女将が自慢したとおり、直したばかりの風呂は、まだ檜《ひのき》の香りが失なわれていない。夕陽《ゆうひ》にも飽きた公は、もう一度肩までゆっくりとつかる。

全くなんという心地よさだろうか。漢城の韓国統監の公邸にも、日本式の風呂はあることはあるが、まず水が違う。あちらの水はどう汲《く》み出してもかすかに濁り、肌《はだ》を刺激するような気がするのだ。晩夏の地下から湧《わ》き出すこの湯の清らかさにはとてもかなわない。

湯につかり、酒をちびちびと飲んで、その後女を抱く。今日は帰国して初めての休日なのだ。

「御前、ごめんくださいませ」

その時、湯殿の戸が開き、今夜抱くはずになっている当の女が入ってきた。十六になったばかりのお雛《しゃく》である。おそらく女将に言われてきたのだろう、湯殿の入口で静かに三ッ指をつく。

「よろしかったら、お背中を流させてくださいませ」

色はそう白くないが、黒目がかった瞳《ひとみ》に、初々《ういうい》しい愛らしさがある。これなら女将が力を込めて言うはずだ。

「御前に女にしていただこうと思いまして、韓国からお帰りになるのを、今か今かと首を長くしていたのでございますよ。そりゃあ、いい子でございますから、ぜひ可愛《かわい》がってくださいまし」

この花柳界で伊藤博文に水揚げしてもらった妓は価値があがる。それを知っているから、公も無下には断われない。

緊張しているのだろうか、お雛は不作法なほど勢いよく戸を閉め、その音にあっと小さな声をあげた。裸足《はだし》で一歩一歩踏みしめるようにして、すのこの上を歩いてくる。

浅黒い若い肌だ。水滴さえ寄せつけないように、皮膚が張り切っている。

その時、公はまことに不思議な連想をした。畏《おそ》れ多いことに、皇太子妃のことを思い出したのである。肌が抜けるように白い皇后に比べ、皇太子妃はぴちぴちとした色の持ち主でいらっしゃる。

「もう少し、お色が白かったら、どんなにお美しいかわからないのに」

などという者もいるが、公は皇太子妃の少年のようなお顔立ちや、聡明《そうめい》なご性格を大層好ましく思っていた。また妃《きさき》の方も何かにつけ「伊藤、伊藤」とお呼びになることが多い。

その皇太子妃から、内々のご伝言をいただいたのは、四日前のことになる。折いって話があるから、目立たぬように時間をつくってくれないかということであった。

妃の相談ごとが何か、公にはわかっている。下田歌子のことをお聞きになりたいのであろう。遠く韓国にいても、公は日本の情報をたえず送らせていた。その中にはもちろん、歌子に関したものがある。彼女に対し執拗《しつよう》な攻撃を加えていた「平民新聞」が、四月のある時、突然廃刊になった。

これは公のしわざだという意見が一般的だという。下田歌子と公が、長い間愛人関係だったというのは、多くの人々が知っていることだ。おそらく歌子が泣きついてきたのだろうと人が言っていると聞き、公は苦笑いしたものだ。

いずれ何とかしようと思いながら、韓国へ渡った公を待っていたものは、公に対する巨大な反発と憎しみであった。自分は韓国のためを考えてことをすすめているのだ。いずれ韓国民衆もこの気持ちを理解してくれるに違いないなどと人にも言い、自分にも言いきかせてきた公にとって、彼らの抵抗は意外さと同時に非常な怒りを感じるものであった。親日派の李《り》総理の家が焼打ちにあい、数千人もの人々が宮殿の前に座り込んだ。この身も無事に日本に帰れるのだろうかと危うい思いをしたことさえ何度もある。

こうした由々《ゆゆ》しき問題が起こっているというのに、日本の女たちは、醜聞の行方について取り沙汰《ざた》しているらしい。いくら聡明な方といっても、皇太子妃もやはり女であったかと公は少々がっかりする。女たちはいつも自分の足元しか見ないものだということは前からわかっていたが、今度のことで一層はっきりした。自分たち男が世界を見つめ、少しでも日本の国益になることをと思索しているというのに、指導者の妻たる女たちといったらどうだろうか。公は長年連れ添った梅子のことを、ふと思い出す。

おととい大磯《おおいそ》の自宅を出る時だった。

「下田先生はどうなるのでしょうか」

不意に尋ねてきたのだ。公は一瞬あてこすりを言っているのではないかと思った。

しかし妻はそういう女ではない。もう少し若い頃、芸者を連れて帰ると、次の日は土産を用意してきちんと挨拶《あいさつ》するような女だ。

「下田教授がいったいどうしたというのかね」

ようやく体勢を整えた公が、こう聞き直すと、梅子はやや悲し気に目を伏せた。

「世間ではいろんなことをおっしゃる人がいます。なんでもいま学習院では先生のお立場がとても悪くなっていると聞いております。いったい下田先生はどうおなりになるのでしょうか」

妻が真剣な目をしていることに驚かされた。これは単なる皮肉やほのめかしというものではない。女たちは歌子のことになると、なぜかいきり立つ。これは最近、公が発見したことのひとつだ。

妻もそうであるが、普段沈着でいらっしゃることで有名な皇后や皇太子妃でさえ、なぜか態度をおかえになってしまう。

公はふと思いついて、しゃぼんの泡《あわ》だらけになった若い妓の手を握った。

「お前は、下田歌子を知っているか」

「いいえ、申しわけございません」

女の言葉には、遠い北の国の訛《なま》りがあった。

「私は何も知らない〝ぼんくら〟でございますから……」

「いいさ、いいとも」

公はさらに女の手を強く握る。

女将が気をきかして、夕食の膳《ぜん》には座持ちのうまい芸者を何人か呼んでくれた。公は音曲や踊りが出来る妓をそう珍重しない。それよりも会話がおもしろく、場をにぎやかにしてくれる女の方が好みである。

「御前、日本へお帰りになっても、なかなかいらしてくださらないなんて、ちょいと薄情じゃございませんか」

「なんでも韓国というところの女の人は、大層綺麗《きれい》だっていう話ですねえ。私たちは浦島太郎になっちまわれるんじゃないかって、お噂《うわさ》してたんですよ」

「馬鹿《ばか》なことを言うね。わしの髪と髭は、もともと白いではないか」

公の言葉に女たちはどっと笑い崩れ、さきほどのお雛も、困惑したようにかすかに唇を動かす。公は酔いがさめるような億劫《おっくう》な気分になった。

「ホウキの伊藤博文」と言われ、まめに女たちを抱いたのは五十代の頃だ。医学博士の北里柴三郎、セメント会社の浅野総一郎の三人で、水揚げする妓の数を競ったことさえある。

しかし七十に手が届こうとする今は、からだよりも心の方が萎《な》えてしまう。おびえて泣きじゃくる若い娘をなだめながら、時間をかけてじわじわとほぐすという作業は、今の公には確かにつらい。女将にどう言いふくめられているのだろうか、お雛はきちんと両手を揃《そろ》え、姐《ねえ》さん芸者に囲まれておとなしく座っている。その健気《けなげ》さが、かえって公ににぶい圧迫感をあたえるのだった。

「御前、よろしゅうございますか」

襖《ふすま》を開け、女将がつつっと身を寄せてきた。

「お電話が入っておりますんですが……」

大磯ではなく東京に居る場合は、この料亭に泊まることが多い。だから電話がかかってきても何の不思議もなかったが、公の目をそばだてたのは、女将の表情であった。どうしたらいいものかと考えあぐねている最中の、せわしないまばたきをする。この女にしては、非常に珍しいあわてようだ。

「下田先生からお電話でございます」

電話室へ行く途中の廊下で、そっとささやかれた時、公はやっと合点《がてん》がいった。この料亭には何度か歌子を呼んだことがある。離れの座敷に、枕《まくら》を二つ並べてもらったこともないとはいえない。

ともあれそれは昔のことで、この何年か公と歌子は男女の仲から遠ざかっている。正直言って歌子は、抱いても少しもおもしろくない女だった。男に応《こた》えようとする心が、水揚げするお雛ほどもない。

その歌子が、いま怪僧と愛人関係となり、毎晩情痴にふけっているという噂をよく聞くが、公ははなから疑っている。あの女が男に溺《おぼ》れるなどということはありえないのではないだろうか。怖《おそろ》しいほど才があり、怜悧《れいり》という言葉が実にぴったりとする……などということをひとつひとつ挙げているうちに、いつのまにか歌子を微妙に避けている自分に公は気づくことがあった。

それがいつ頃からかは公は思い出せない。もしかすると歌子の醜聞が連日新聞を賑《にぎ》わすようになった時からかも知れぬ。自分もさんざん新聞に叩《たた》かれた身であるが、そういうものに載る人間を、公の本能は基本的に避けようとしているのだ。そんな気持ちに、利口者の女将が気づかないはずはない。それで、どういたしましょうかと、何度も尋ねてくるのだ。

何も答えず、公は電話室に入り受話器をとった。

「下田でございます。どうもお久しゅうございます」

最後に会ったのはいつだろうかと公は考えたが、これもやはり思い出せない。

「いま近くからかけております。これからそちらへ伺ってもよろしゅうございましょうか」

「そうは言われても……」

公は時計を見た。夜の九時半というのは中途半端で、遅すぎるとも、構わないとも言える時間だった。

「どうしてもお会いしたいことがあるのです」

歌子はきっぱりと言った。

「御帰国の頃を見はからって、お手紙を差し上げたのですが、返事をいただけませんでした。部下の方がお出になって、連絡がつかないとおっしゃる。それに――」

「わかった、わかった」

公は怒鳴る。女のこのようなもの言いが、公はいちばん苦手なのだ。結局、しばらく飲んでいるからここに来てもよいと返事をしてしまったではないか。

座敷に戻ってから、公は侍《はべ》っていた芸者たちに、悪いが少し席をはずしてくれるように頼んだ。

「それなら、御前、またお近いうちに――」

「御前、今日はどうもありがとうございました」

芸者たちは何事もなかったように、またにぎやかに出て行った。お雛もあわてて頭を下げようとする。

「お前はもう少しここにいろ」

「えっ」

「酌《しゃく》をする女がいなくなる。しばらくここにいなさい」

二人きりになると、彼女の緊張はさらに強くなったようだ。冷酒のとっくりを持って近づいてきた時、鼻の頭にかすかに汗をかいているのがわかる。その横に白粉《おしろい》でも隠しきれない雀卵斑《そばかす》がいくつか浮いていた。ふつう色白の女にしかそれは出来ないものだ。こんなふうに浅黒の女には珍しい。公がさらに目を凝らそうとした時だ。お雛が言った。

「あのう……」

「なんだ」

「さっき知らないと申し上げましたが、下田歌子という方の名前なら聞いたことがあります」

言ってもいいものかどうか、上目使いに眺《なが》めたので、公は静かに頷《うなず》いてやった。

「下田歌子という方は、日本でいちばんえらい女の人なのでしょう。私の祖母が、時々言ったことがあります。お前も一生懸命勉強して、下田歌子さんのようなえらい女の人になるんだよって……」

「そうか、そんなことを言っておったか」

公は杯《さかずき》の酒をぐいと空けた。

「もうじき、その日本でいちばんえらい女の人がここにやってくる。そうしたらお前はどうするのだ」

お雛はいつのまにか、額にも汗をためている。それでも何とか答えようと、花かんざしに何度も手をやる。

「あのう、日本でいちばんえらい男の方がここにいらっしゃるのですから、日本でいちばんえらい女の人がここにいらっしゃっても、そうおかしいことはないような気がします」

「ふっふっふ……」

公は笑った。なんとも言えない可笑《おか》しみが胸にこみ上げてくる。ずっと以前、目の大きく勝気な少女を水揚げした夜のことを思い出した。彼女はいま目の前にいるお雛とは別の意味でおもしろかった。はきはきとものを言い、公をやり込めようとするのだ。川上貞奴《さだやっこ》として有名になったその女のことは、今でも公の楽しい記憶のひとつになっている。

えらい男の人がいるのだから、えらい女の人が来てもおかしくない――小娘の今の言葉で、歌子との対面の重苦しさが、かなり救われたような気がした。

いったいどこから電話をかけてきたのだろうか。ものの二十分もしないうちに、歌子は座敷に姿をあらわした。薄い藍色《あいいろ》の絽《ろ》を涼し気に着こなしている。夜に入ってから急に蒸してきたというのに、一筋の乱れもなく髪をかき上げ、汗ひとつ見せない。

「伊藤さま、お久しゅうございます。御無沙汰《ごぶさた》ばかりして申しわけございませんでした。またこのたびは、大役をお務めになり、無事に御帰国おめでとうございます」

扇子を前に置き深く頭を下げる。傍のお雛を、いないかのごとく全く無視するのも見事といえば見事であった。まあ、そのくらいにしてと、公は歌子に杯を持たせた。自分からついでやる。

「まあ、おそれ入ります」

ちゅっと飲み干すと、歌子の豊かな二重顎《あご》が上下に揺れる。五十を過ぎてから、歌子は確かに太ったようだ。白い絹の伸子張りをさらにのばしたように、顔も手足もゆったりとふくらんできた。しかしそれも貫禄《かんろく》といえないこともなく、洋装の歌子は、あたりをはらうような威厳がある。

いま紹を着こなしている姿も、どこか老舗の女将《おかみ》のような風情《ふぜい》で、煙管《きせる》でも持ったら似合いそうだ。

「ご連絡をずっとお待ちしていたのですよ」

突然歌子は言った。そのなじるような調子には、一種の媚《こ》びがあって、公は一瞬二人の関係はまだ続いていたのだろうかという錯覚を持ったほどだ。

「伊藤さまは、わたくしが本当に困っている時に、少しも助けてはくださらない」

ほら、この調子だ。全く今夜の歌子はどうしたのだろうか。睨《にら》むようにしてみる目も、流し目といえないこともない。それにしても目尻《めじり》の小皺《こじわ》というものがまるで無い女だと、公は別のところで感心していた。

「知ってのとおり、わしは韓国統監でな。五日前に帰ってきたばかりだ」

この言葉に公は精いっぱいの皮肉を込める。「わたくしが本当に困っている時」だと。この女はいったい何を考えているのだろうか。いっぺんでもいいから聞かせてやりたいものだ。宮殿前の広場に集まった群集の声高な叫びをだ。韓国人は激しい気性の者が多いと聞いていたが本当にそうだった。女とて大きな罵《ののし》りの声を上げる。

自分は彼らのために随分と力をつくしてきたつもりだ。陛下の御心に沿って、無礼な行ないはしないように、彼らの気持ちを推し量るように努力した。しかし、日本からやってきたこっぱ役人共が、すべてわしの思いを踏みにじってしまった。人々は伊藤博文を殺せとわめいているらしい。そうした怒声の中をどうやってかいくぐって脱出したか……。まあ、いい、女にわかるはずはない。女はどんなえらい女と呼ばれても目先のこと、自分の利益しか考えようとしないのだ。それもまた可愛《かわい》いものではないかと、公はふと思い直し、杯を再び手にした。

「韓国に行っておったから、日本の世情にはかなりうとくなっている。しかし聞いたところでは、下田教授のまわりに起こっておられたさまざまな問題は、すべて解決したというではないか。例の『平民新聞』という、危険分子の奴らがつくった新聞は、とうに廃刊になったと聞いている……」

途中で公はかなりめんどうくさくなってきた。全く目の前にいる女は、陛下のお言葉を聞かなかったのだろうか、駅からまっすぐ帰朝報告に公は参上したのであるが、帝《みかど》は大層喜ばれ、その労をねぎらってくださった。

長めのお言葉を賜わる間自分は頭を垂れ、涙ぐみながら聞いた。そんな人間に向かい、「わたくしが困っている」とは、全く何様だというのだ。

「ああいう赤新聞の記事など、人はみんな忘れてしまう。いつまでもくよくよしていらっしゃるのは、かえって下田教授ともあろう方がと世間から言われてしまいますぞ」

女から遠ざかりたい時、わざと丁寧な言葉を使うのは、男の常套《じょうとう》手段である。かつて公は、「歌子」と呼び捨てにした夜のことを、すばやく頭からはらいのけようとした。

「けれども、新聞は失《な》くなっても、人の記憶というのは残ります」

ここで歌子はまっすぐに公の方を見た。

「わたくしはあれで、ふしだらな女、腹黒な女という烙印《らくいん》を押されてしまったのでございます。あれから、人がわたくしを見る目が違います」

「それは考え過ぎというものでしょう」

「いいえ、わたくしにはわかります。一度かぶってしまった泥《どろ》は、もう落ちることはないのです。それに、あの新聞が出鱈目《でたらめ》だとわかっていても、それを利用する人がいるというのは確かなことでございましょう」

「ほう、それは誰だというのですか」

公の思いはもはや極限にまで達そうとしていた。昼風呂《ひるぶろ》に入ろうと、自堕落に飲み続けようと、韓国での疲れはそう簡単に取れるものではない。こうした女の繰り言に、いつまでつきあわされるのだろうか。

「あなたは学習院女学部長として、きちんとした地位についていらっしゃる。そんなあなたをどうにかしようなどと考える人がいるのですか」

「いらっしゃいます。それはたとえば乃木《のぎ》院長などはそのお一人でしょう」

「乃木院長ねえ……」

公は困惑のあまり、軽い笑いをもらした。要領ということが何ひとつわかっていない、あの朴念仁《ぼくねんじん》の老人に、歌子追放の謀略など練れるわけがないではないか。

しかし歌子は、あきらかに公のしのび笑いを見咎《みとが》めた。御所勤めの名ごりを伝えるかのような、赤く塗られた唇《くちびる》が、きっと結ばれる。

「院長はわたくしがお嫌《きら》いなのでございますよ。それは見ていてよくわかりますわ。

わたくしという存在が邪魔で目ざわりなのでしょう」

「ほう、それはまたどうしてですかな」

「わたくしが生徒に人気があるからでしょう」

歌子は落ち着きはらって答えた。

「今日も生徒が三人、泣いて私のところへやってきました。院長が生徒のリボンを禁止なさったのですが、そのことに泣いているわけではありません。大好きだった学校が、だんだん兵隊さんの学校のようになっていく。そのことに泣いているのでございますよ」

公はふと、二十数年前のことを思い出した。宮中を退いた後、この女は市井《しせい》の片隅《かたすみ》で、貧乏武芸者の妻として生き始めたのだ。運の悪いことに、この夫はすぐに大病にかかってしまうが、ひたすら看病する女がいじらしくて、公は塾《じゅく》を開くことを勧めたのだ。

水を得た魚というのは、まさにこのことを言うのではないかと思うほど、女は張り切り始めた。家の中の一部屋を教室とし、そこで源氏物語などを論じ始めたのだ。女はまだ若く、宮廷の恋を語る声は涼やかにあたりに響いた。あれは女と関係が出来る前だったろうか、後だったろうか。

「男の方はずるうございます」

不意に歌子は言った。

「女に何ひとつ分けてくださろうとはしない。たまたま、なにか与えてくださると、それをすぐに取り上げようとするのですね」

実際家の公は、こうしたまわりくどい比喩《ひゆ》が非常に苦手である。だから現実の言葉に置き替えようとした。

「分けてくれないと言うが、下田教授は学習院女学部長でいらっしゃる。女としては最高の地位と俸給《ほうきゅう》だと思うが、これ以上何をお望みなのか」

「女学部長になれても、学習院院長にはなれませんわ」

歌子はにいっという表現がぴったりの笑い方をし、その時一瞬であるが公は背筋が寒くなった。

「本当にそんなことを考えているのか」

「いいえ、まさか。そんなことは出来るはずはありません。だから女は損だと言っているのですよ。ねえ、あなた……」

突然呼びかけられたお雛《しゃく》は、ぴんと飛び上がった。

「あなたは会津の娘ですね」

「え、ええ……」

「言葉をふた言、三言聞けばすぐにわかります。うちの学校にも会津出身の者がいますからね。けれどそんな娘は特殊で、たいていの会津の者は、食うや食わずの生活をしているものです」

「でもォ、私は何も知りません。私が生まれた時は、もうさむらいもやめてましたし……」

哀れなお雛はすっかり怯《おび》えている。会津の娘が、長州閥の親玉の寝首を狙《ねら》っているように思われるのを怖《おそ》れているのだ。

「そうでしょう。あなたが生まれた頃《ころ》は、会津は土地を取り上げられ、辺境の寒い場所に追いやられていたでしょう。けれどもあなたの父親たちは言わなかったですかね。長州や薩摩に生まれていたら、今頃いくらでも栄耀栄華《えいようえいが》がかなっただろうとね」

歌子は娘の返事など全く期待していない。ひとりで喋《しゃべ》り続ける。

「女はいつまでたっても会津でございますよ。ただそれに生まれたというだけで、寒い遠いところに追い払われるのです。お願いでございます。伊藤さまのお力をもって、なんとかわたくしが今の職に踏みとどまれますように」

なんと歌子はそこで指をつくではないか。豊かな髪にたっぷりとつけた香料のにおいが、公の鼻をおおった。

「下田教授らしくもない」

こういう芝居じみたことは、もとより公の好むところではない。

「あなたはずっと女学部長でいられますよ。そして存分にお働きになればいい」

「いいえ、いいえ、今度のことでわたくしの夢は壊れてしまうかもしれないのです」

「女学部長をずっと続けるのが、下田教授の夢というのか」

「いいえ、わたくしの夢は――」

ここで歌子はきっと公を見据《みす》えた。ああ、この目だと公は思う。初めてこの女を抱いた時も、確かこんな目をしていた。相手に秘密をあたえる。だから一緒に堕《お》ちていくのだという目だ。

「わたくしの夢は、いつか宮中に戻ることでございます」

公の目の前に、最下級の女官として出仕したばかりの女の姿がうかぶ。緋《ひ》の袴《はかま》をつけた腰のあたりがむっちりしていると、男たちは噂《うわさ》した。女はあの時に戻りたいというのだろうか。

「いいえ、いつか、いつかでございますが、わたくしは女官長として宮中に戻りたいのでございます」

これには少なからず公は呆《あき》れた。女官長といえば典侍であり、両陛下のお側《そば》近くにお仕えすることになる。

「はい、それがわたくしの夢でございます。わたくしは両陛下、特に皇后さんには特別のおぼし召しをいただいております。あの御心をいただけなければ、今日のわたくしなどなかったのでございます」

夫が亡《な》くなり、歌子はありきたりの寡婦《かふ》になるはずだった。それなのに特別の辞令が皇后からおりたのである。それは宮中御用掛として、もう一度参上せよというものであった。華族女学校なるものをつくる。その基礎を皆で考えるようにと、皇后は公にもおっしゃったものだ。

「それなのに、わたくしは皇后さんの御恩に何も報いていないのでございます。わたくしの夢は、皇后さんが、〝これ〟とおっしゃったら、すぐに〝はい〟と御返事申し上げる場所に侍《はべ》ることでございます。そしてあのお方が、お膳《ぜん》を召し上がる時はたえずお傍《そば》にいてお世話申し上げたい……」

さきほどまで落涙したことを忘れ、歌子は突然恍惚《こうこつ》とした表情になる。

その時公は気づいたのだ。〝あのお方〟というのは皇后のことではない。歌子は帝のことしか考えていないのだ。

長身の、美しい髭《ひげ》をたくわえられた帝の、その英邁《えいまい》なお態度やお顔は、世界中で話題になっている。日本が近代国家になるために、天がつかわした神だとどこか外国の新聞に書いてあった。

もちろん日本の国民だったら誰でも帝を崇敬している。敬愛しているといった場合の方がいいだろう。けれどこの女の、呆《ほう》けた表情といったらどうだろうか。追いつめられ、直訴をした結果、歌子は隠しに隠しておいた別の顔を見られてしまったかのようだ。

「わたくしはどうしたらいいのでしょう」

今度は歌子は、目にハンカチをあてる。

「もう宮中に戻れないといったら、わたくしはこれから何を支えに生きていったらいいのでしょうか」

再びある場面が公の前を通り過ぎる。この女がつまらぬ武芸者と突然結婚すると言い出す前の頃だ。歌子に帝のお手がついたという噂がかけめぐったのだ。当時の彼女は、歌よみの才女といわれ、大層目立つ存在だったから、宮中の男たちも耳をそばだてた。

そういえばあの女の、触れなば落ちんという態度はどうだろう。あれならば帝も、つい御心を動かされたかもしれないなどと男たちはささやき合ったものだ。

しかし噂が広まる前に、女は宮中を去った。そして皇后の歌子への異常ともいえる御寵愛《ごちょうあい》は今日まで続いている。皇太子妃をはじめとする多くの女性たちが、歌子を気にしているのは、もとはといえば皇后の御心をはかってのことなのだ。

「この女は、いったいどうなっているのか」

全く新しい焦《いら》だちが公を襲う。それはこの二十数年間、からだの中にくすぶっていたものだ。

「お前はその昔、帝と寝たのか、どうなのか」

しかし、この質問はひとたび発したら、雷が落ち天罰が下る類《たぐい》のものであった。すべての疑問はとけるだろうが、どうしてこの言葉を発することができるだろうか。あまりのわずらわしさに、公は思わず立ち上がる。お雛が青ざめた顔でうつむいている。少女の手を公は乱暴にとった。焦だちは、まっすぐ粗野な衝動につながる。今だったらこの少女との破瓜《はか》の儀式を、やりおおせるような気がした。

十一月八日

その夜の帝《みかど》に、眠りはなかなか近づいて来ようとはしなかった。

寝入ろうとすればするほど、頭の隅《すみ》の白く光るものが拡《ひろ》がっていくようだ。執拗《しつよう》に襞《ひだ》にからみつく真珠色のそれに、帝は記憶がおありになる。この前のつらく長い戦争の最中、帝から眠りを奪い、それとひき替えに不安と苦悩を植えつけていったものだ。

「もう戦さは終わったのだ」

帝は声をお出しにならないひとり言をおっしゃった。そうご自分に言いきかせることは、帝にとって祈りになっている。しかし帝にとって、神はご先祖にあたられる方ただお一人なので、ご自分では決してそれを祈りだとは思ってはおられない。けれどもつぶやくことで安らぎを得ようとする言葉が祈りならば、それはやはり祈りであった。

「戦さは終わったのだ。それも勝利したのだ」

確かめるように帝は強くそれをお思いになる。戦争の終わりからもう三年もたっていたが、帝は何度でも繰り返したいような気分になる。

わが国のような小国が、ロシアに勝てるとは、いったい世界の誰が予想しただろうか。大国のたび重なる挑発《ちょうはつ》に耐えに耐え、そしてやっと応じた戦いであった。負ければロシアの属国になると重臣たちに言われなくても、帝は十分にわかっていらした。

それが奇跡のような勝利となったのだ。これもみな乃木《のぎ》の働きではないか。帝は闇《やみ》の中でかすかに微笑された。このお気に入りの将軍のことを考える時、自然と唇《くちびる》がゆるまれるのを、帝は自分でも気づいておられた。

愚直なまでに誠実な老人は、帝を愛するあまり時々滑稽《こっけい》な所業におよぶ。

あれはいつだったろうか、帝はおりからの風邪にお加減を悪くし、お寝《やす》みになっておられた。もとから帝はお耳がよくきくところがおありになったが、その時も女官にこんなことをおっしゃった。

「いまやってくるのは乃木であろう」

確かめて見に行った女官がそうだとお答えすると、帝は得意気にこんなふうにおっしゃった。

「そうであろう。あの者の玉砂利を踏む音はすぐにわかる」

見舞いに訪れた乃木は女官からこの話を聞くと、大層恐懼《きょうく》してしまった。帰り道、帝が耳をおすましになっても何の音もしない。

「将軍は玉砂利を踏む音が、お耳を煩《わずら》わしたのだろうと、靴《くつ》を脱いで帰っていったのでございます」

女官の言葉に帝は声をたててお笑いになった。臣といわれる者は何人もいるが、帝をこれほどお喜ばせ申し上げることが出来るのは、乃木希典《まれすけ》ただひとりである。しかも本人は、自分がどうしてそのような事態を招くのか全くわかっていない。困惑のあまり哀《かな》し気《げ》に視線を落とすのみである。その様子が、またおかしみを誘った。

全く乃木ほど可愛《かわい》い男がいるだろうかと帝はお思いになる。それはもう理屈でも何でもない。日露戦争の旅順攻撃の折、何人かの重臣たちが帝に奏上申し上げたものである。乃木将軍の無能ぶりはもうわかりきっております。こうしてやたらに兵を失《な》くすより、どうか将軍を更迭《こうてつ》なさってください。

その時帝が決して首を縦にお振りにならなかったのは、ただ乃木を失うのが怖くていらっしゃったからだ。乃木の職を解いたら、決して生きてはいまい。あの男のことだ、きっと腹を詰めるに違いないとお思いになると、帝はそれだけで浮足立ってしまわれた。

すべての国民が崇《あが》める帝は、すべてに沈着でいらっしゃるばかりでなく、私心というものをお持ちにならない。多くの臣を分けへだてなくお使いになる。その帝が、ただひとつ理性を失なってしまわれるのは乃木将軍であった。維新前、帝のまわりには何人もの貴族たちがいた。何百年も前から帝にお仕えすることを生業としてきた家の子孫たちである。

そして明治となってからは、帝は以前とは比べものにならないほど多くの臣たちに囲まれた。皆、帝のために命を楯《たて》にして戦ってきた男たちである。中には伊藤博文のように、からだ中に刀傷のある者さえいる。

しかしどちらにも帝は、乃木ほどの愛情をお感じにならない。人をいとおしく思う気持ちは、これほどまでに理不尽で、自分の信条さえ狂わせるものだろうかと驚かれることさえある。

その乃木が、いま大層困った立場にあると、帝がお聞きになったのは、いったいいつ頃からだったろうか。学習院院長としての彼の前に、大きく立ち塞《ふさ》がる者がいるというのだ。その者は、学習院の女学生を扇動し、院長の乃木を愚弄《ぐろう》するように仕向けているとさえ言う。なぜならその女は、己の不道徳な生活を棚《たな》に上げ、乃木が自分に好意を持っていないと信じているからだ。

もちろん帝の前で、汚ならしい言葉や、はっきりした非難を口にする者はいない。けれども英邁な帝は、おおよそのことについてわかっていらっしゃった。側近の者たちの、まわりまわった言い方、時々交す目くばせ、そして帝がお読みになる普通の新聞の中にも、その女の醜聞はいくらでも嗅《か》ぎとることができるのだ。

その女の名前は下田歌子という。昔から帝にとって大層馴染《なじ》みの深い名前である。初めて帝の御前に歌子が現れた時、彼女はほんの小娘で、しかも身分の低い女官であった。それがあれよ、あれよという間に階段を上りつめ、今では学習院女学部長として、わが国の女子教育界の頂点に君臨しているのだ。

歌子のことを思いうかべられる時、帝の中で皇后の姿はいつも対《つい》になっている。帝にとっての乃木将軍が、まさしく皇后における歌子なのだ。

言うまでもなく皇后は、非のうちどころのないお人柄《ひとがら》で知られている。ご聡明《そうめい》であられるばかりでなく、すべての者たちに等しく情をおかけになる。その皇后が、こと歌子のことになると目の色が変わるのだ。

今日のことにしてもどうだろう。皇后のあのすがるような眼《め》を思い出すにつけ、帝の頭の中の真珠はますます大きくなるのだった。

朝から大層忙しい日であられた。陸軍大臣寺内正毅《てらうちまさたけ》に謁《えつ》を賜わった後、帝は公爵《こうしゃく》になったばかりの伊藤博文を御座所にお呼びになったのだ。

帝はこの老いた統監も決してお嫌《きら》いではない。時々その磊落《らいらく》さをお叱《しか》りになることがあるが、彼の忠義さは誰よりもよくわかっていらした。この男がいなかったら、おそらく革命は十年も二十年も遅れていたに違いない。共に嵐《あらし》を乗りきった〝戦友〟であると、伊藤には格別のお親しみを感じていらっしゃる。だがそれは乃木将軍と比較のすべもないことであった。

それにしても、この伊藤というのはなんという知恵者であろうかと帝は感心なさる。人の心のおさまらない韓国へ、皇太子を訪問させ融和を図ろうとするなどとは、他のいったい誰が考えつくであろうか。たいていの重臣なら、皇太子の身のご安全をなどと言い出して、結局は何にもならぬのが関の山だ。

この男は昔からそうだったと帝は思い出される。維新の最中、そして後もさまざまな難局に立った時、彼は片方の掌《てのひら》をあちら側に無防備に開け、そして片方で何かを奪おうとする。あの頃《ころ》、彼と共に戦ったたくさんの男たちは、明治という時代を見ることなく死んだが、彼だけは生き長らえ、そして公爵という地位にまでついた。死んだ男たちは、両方の掌を開くか、あるいは両方で何かをもぎ取ろうとしていたのだ。

そんなことも含め、帝はこの男を評価なさっている。今回、勅語を特別に賜わったのもそのためだ。

ほとんど寝食を忘れ国家のために奔走した功により、伊藤公爵はご紋のついた巻《まき》煙草《たばこ》をひと箱賜わることになった。この他にも養子の勇吉をもお召しになるという栄誉もついた。

いつもは豪放にふるまい、煙草をくわえたまま帝の前に出仕したりして、まわりのものをはらはらさせる伊藤公も、今日だけは神妙なおももちで帝の前に立ったものだ。それからしばらく帝は韓国情勢について御下問になり、公はそれにお答えする。韓国融合に命を賭《か》けていると自認する公は、ことこの話になるとくどいほど熱を帯びて喋《しゃべ》り出すのだ。

やがて入御の時間が近づき、帝は後宮に戻られた。帝を眠れなくしているのは、この時の皇后の御様子なのである。

いつものように二人揃《そろ》って昼食をとられた。帝と皇后は別々のテーブルであるが、同じものを召し上がる。といっても京のお育ちのわりには味の濃いものがお好きな帝は、鯛《たい》なら鯛でこってり煮つけたものを召し上がる。反対に皇后はまだ東京風の味つけになじんでいらっしゃらない。魚は必ずといっていいほどお刺身になさって口に運ばれる。

まるで雛人形《ひなにんぎょう》のようにと形容される皇后のお口は大層小さく、完璧《かんぺき》に紅で描かれている。その唇が動いて、食物を咀嚼《そしゃく》されるさまは、奇跡のような感情を人にもたらすのだ。その皇后は、お箸《はし》をお持ちになったまま、何度も何度も帝の方をご覧になる。

それが何ゆえなのか既に帝にはおわかりになっていた。

皇后は歌子のことをお聞きになりたいのだ。おそらく今日、帝が伊藤公をお召しになったことを、どこからかお知りになったに違いない。

歌子のことは、ここ半年ほど宮廷内の大きな話題のひとつだ。女官たちはたいてい身内の誰かが学習院に通っていたから、噂《うわさ》は思いのほか早く伝わっていた。「平民新聞」など誰も手にとったことがなかったが、それゆえに事実は歪曲《わいきょく》され面妖《めんよう》なかたちをとっていく。

中でも人々の耳をそばだてたのは、

「下田先生は大層あちらのことがお好きで、恋人なしではいられないそうでございます。終《つい》には乃木将軍に横恋慕なさり、それがかなわないために、お怒りになったそうです。それからですよ、将軍と先生との仲がお悪くなったのは」

乃木将軍といえば、学習院院長であり、日露戦争を勝利に導いた英雄である。片や下田歌子も女たちの偶像だったといっていい。最下等の女官から出発して、今や日本でいちばんえらい女といわれるまでになっているのだ。

後宮において、噂はいったん火がつけられると、くすぶってなかなか消えることはない。今や婢《はしため》の類《たぐい》までこのことを口にしているありさまだ。

もちろん皇后のところまで、この醜聞は届くことはない。けれどもごく本質的な骨子だけは皇后は知っておられる。畏《おそ》れながらとお耳に入れる者がいたからだ。

園祥子《そのさちこ》といえば、権典侍《ごんのすけ》として帝の寵《ちょう》を受けた方である。二人の内親王もお上げになった。だがお心映えのすぐれた皇后は、いわば夫の愛人ともいえるこの女性と、長年親しくつき合ってこられた。内親王の御教育についてもお気持ちを寄せられ、なにかと相談にのっておられる。

「わたしのいちばん信頼する女性」として、下田歌子を御養育係に推薦なさったのも、皇后だ。

園祥子は言葉を選び、選び、こんなふうに説明をした。

「下田教授はお気の毒でございます。女でありながら高い地位にあがったため、なんとかひき下ろそうとする方々がいるのでございます。このままだと学習院女学部長を辞めるという噂がひろがっております」

そしてこの後、祥子は声を一段と低くした。

「畏れながら、下田教授は内親王方の御養育係でございます。教授がもし、学習院を罷免《ひめん》ということになりますれば、二人の宮さん方も、大層お具合いの悪いことになりますまいか」

最後は母親の声になった。

帝はこんな女たちのやりとりをご存知ではない。皇后の、この訴えるような目はなんだろうとご覧になる。

だが皇后は何もおっしゃらない。赤い塗りのお箸で、大根と貝を煮《た》いたものを召し上がっている。ご料牧場から届けられる清浄な野菜を煮いたものは皇后の好物であるが、時々は京の野菜を懐《なつ》かしがっておられる。青々とした水菜や、朝掘りの筍《たけのこ》などは東京に無いものであった。

やがて所在がなくなった帝は、自らお話をなさる。もともと気さくなお人柄でいらっしゃるのだ。最近凝っていらっしゃる蓄音機で、よく琵琶《びわ》の曲をお聞きになるのだが、機械で聞く方が随分うまい、へたがわかるものだとおっしゃり、給仕に侍《はべ》っていた女官たちは皆笑う。先ほどから、手が着物に絶対つかぬよう、上向きにして軽く握るという、奇妙な姿勢をとっている女たちだ。

その時、皇后は突然おっしゃった。

「今日、お上は伊藤をお召しになったと聞いております」

もう箸は置かれていた。

「伊藤は下田教授のことをどう言っていたのでしょうか。伊藤は下田の味方なのでしょうか」

これには少なからず、帝は驚かれる。皇后が女官たちの前で、この質問を発したことについてではない。寝室まで人が侍るお二人の生活は、当然すべてが曝《さら》け出されている。そういう中であたり前に育った高貴なお二人である。帝が息を呑《の》まれたのは、皇后が今までこのような直接的な言い方をなさったことは一度もないからだ。

「お上もご存知のように、下田は忠心篤《あつ》く、学も才もある人間でございます。どうぞらちもない噂にお耳をお貸しあそばしませぬように」

その時、帝の目を射たのは、皇后の後ろに立っていた何人かの女官たちであった。何も聞こえぬように慎《つつ》ましく目を伏せているものの、彼女たちの例の握られた指は、さきほどより強く内側に折られている。緊張と心の動揺を隠すかのように、親指の根元に強い線が出来ている。

「どうか下田先生をお救いくださいまし、お救いくださいまし」

とその指は訴えているかのようだ。どうして下田のことになると、女たちは夢中になるのだろうか、訝《いぶ》かしくお思いになる帝に向かい、さらに重たい布を被《かぶ》せるように、皇后はこんなことをおっしゃる。

「今までわたくしがお願いごとをしたことがあるでしょうか。どうか下田のことは、お上のご配慮を、賜われますように……」

最後は祈りのようにつぶやかれた。

暗闇の中で、帝は皇后のおっしゃった言葉を反すうする。

「今までわたくしが、お願いごとをしたことがあったでしょうか」

やっと気づいた。あれは皇后の精いっぱいの抗議というものではなかっただろうか。

帝は若い頃結ばれた、この美しくて賢こい后を大事にされておられたが、お二人の間には御子《みこ》がお出来にならなかった。このため、帝は何人かの女性《にょしょう》をお側《そば》にお召しになったのだ……

というのは言いわけに過ぎず、あの頃の帝はすべてに力が漲《みなぎ》っておいでになった。自分の力で、自分の世に革命が成功したのである。京都の一角で、いわば軟禁状態におかれていた帝は、ある日を境に、神とまで呼ばれるような存在になられたのだ。帝は次々と女たちを手に入れられた。皇太后付きの女官を見染め、奪うようにして連れてきたことさえある。

「今までわたくしが、お願いしたことがあるでしょうか」

という皇后の言葉は、あのことを指しているのだ。四十年間、ひたすら帝に仕え、何ひとつ愚痴も、かすかなあてこすりさえ言わなかった自分ではないか。その自分が、生涯《しょうがい》たったひとつの願いごとをしている。それをかなえてくれと皇后はおっしゃっているのだ。

傍で夜伽《よとぎ》する園祥子に気づかれぬように、帝は小さく息をつがれる。するとそれはまるでため息のようになった。君主として育ち、ため息などというものと全く無縁であった帝は、ご自分のたてた音に驚かれる。そしてそれに勢いづいて、思わず多くの結論をお出しになった。それはさきほどから蠢《うご》めいている、脳の真珠色の部分が非常にお手助けした。

皇后は——女たちはと言いかえてもいい。明治など少しも望んでいなかったのではないか。後宮はたえず無言の不満が渦《うず》まいている。

こんな味の菓子があるやろか。

ほんまに京のもんがいちばんや。

全く関東のはずれの、えらいところへ天皇さんも引越されたもんや。

女たちはあの禁裏の世界の中で、永遠に生きたかったのだ。歌を詠《よ》み、香を楽しみ、そしていくつかの秘密の恋をする。その中で帝は常に主役であられた。うっすらと化粧をなさり、女言葉で優美にお喋りになる。ところがどうだろう、たくさんの男たちが、帝を向こう側に連れていってしまったではないか。ある日突然帝は軍服をお召しになり、黒々とした髭《ひげ》を生やされた。そして女たちの手の届かないところへ行ってしまわれたのだ。

だから女たちは、帝に政治を教えた革命などというものを憎んでいる。そして革命を行なった男たちは、さらにさらに憎んでいるのだ。そうした男たちが、いま自分たちの仲間である下田歌子をひきずり落とそうと企《たくら》んでいる。だから女たちはいつになく身構えてしまうのだ。

女たちのことなど気にかけまいと帝は、御自分に言いきかせる。だが、あの粘りつく視線はどうであろうか。

「伊藤は下田の味方なのでしょうか」

あのせつない言い方ときたらどうであろうか。

そのことについて、帝は伊藤公とほとんど話し合ってはいない。ただ今日、別れぎわに帝はこんなふうにおっしゃった。

「学習院女学部長のことについては、いろいろ言う者がいるが、それは乃木《のぎ》にすべて任せようと思う」

公は〝御意〟という替わりに、深々と頭を垂れた。いつもは傍若無人に振るまうこの長老にしては、殊勝なほどの態度で、帝はそれをしんからの肯定と受けとった。

それにしても乃木は、今回のことをどう思っているのだろうか。あれの息子を、日露戦争で二人も死なせてしまった。学習院はその心を慰めるため、帝が彼に賜わったものである。乃木がもしあの女が居てやりづらいというならば、ただちに辞めさせてもいい。乃木のためなら、何でもしてやろうと帝は決心なさる。

この世でたったひとつ信じられるものがあるとすれば、それは乃木のあの哀《かな》し気《げ》な目ではないかと帝はお思いになる。それは革命や謀略とはいちばん遠いところにいる人間の目だ。純粋に自分を慕ってくれる目だ。あれを曇らせるようなことをする者は、たとえ下田歌子であろうと許すことは出来ない。

帝はもう忘れかけておいでだった。帝がまだ若く、そして歌子が若く美しい女官だった頃、ほんの気まぐれに歌子をお召しになろうかと考えたことがある。ところがそれを先まわりなさるかのように、皇后はすかさず歌子を自分の元におかかえになってしまわれた。異常ともいえるご寵愛はその時から始まっている。

そして帝が乃木をひきたてるようになられるのも、ほぼ同じ頃だ。このことから何かを考えつこうとして帝はおやめになった。真珠色の部分はいつしか薄れていき、その替わりに灰色の睡魔が横たわろうとしていた。それに人の心理を抽象的な言葉で飾ろうとするのは、下々の者がやることである。この貴い身分の方にそれは全く不必要であった。

乃木希典《まれすけ》将軍は、学習院寄宿舎の自室に横たわっていた。ドイツ風のベッドは、あれこれ細かく注文をつけ大工につくらせたもので、極めて寝心地がいい。けれどもその夜の将軍はどうしても寝入ることが出来ない。

軍隊で鍛えられた規則的な排便が出来る将軍であるが、なぜか就寝前に便所へ行った。そのために長年患《わずら》っている痔《じ》がひどく痛むのである。

眠れぬままに将軍は読書をしようと思いたったのであるが、固い椅子《いす》に腰かけることが不可能である。仕方なく寝台に横たわり、思案にふけることにした。さまざまな問題をいっきに解決しようと思いたったのである。

まず完成したばかりの雨天体操場であるが、武道ばかりでなく、雨の日のボウル遊びにも使わせて欲しいという案が出ている。運動といえば剣道しか思いうかばない将軍にとっては、いささか不満であるが、言うことを聞いてやらないわけにはいくまい。妻の静子が、親戚《しんせき》の者に来てもらいたいとこのあいだから言っているが、これを許すかどうかだ。まあ構わないではないかと将軍はひとり頷《うなず》く。息子たちは一人もいなくなったうえに、将軍は寄宿舎で暮らすようになった。女中ひとりでは心細いのであろう。その替わり、家事もきちんと手伝ってくれる女でなければならぬと言っておく必要があるだろう。

そして将軍は歌子の顔を思いうかべる。これは最後にとっておいた、最大の難問題であった。

歌子の醜聞について、非難の火の手が上がり始めたのは、学習院の父兄たちよりも、むしろ政府高官たちであった。反伊藤派ばかりではなく、中には伊藤と親しい者たちもいる。伊藤と親しいということは歌子と親しいことに他ならず、将軍は彼らと歌子とが談笑している場面を何度も見たことがある。

彼らは決して政治的立場をとろうとしない将軍の心を読んで、こんなふうな言い方をするのだ。

「学習院といえば、将来帝の藩屏《はんぺい》となる者たちを育て、守るところだ。女子部は、それらの妻となり、母となる女を育てるところではないか。そこで〝長〟がつく者に、よからぬ噂が立っているということは、すなわち帝の御名に傷がつくことだ」

将軍にとって、これらの言葉はただわずらわしいの一言につきる。ひいては歌子の存在自体がわずらわしかった。苦手ではあるが、積極的に憎んだり嫌《きら》ったりはしていない。そもそも老将軍に、女を憎むなどという芸当が出来るわけはなかった。

しかし期限は迫っている。おととい出仕した将軍に、帝はこうおっしゃったものだ。

「女学部長について、乃木はどう思っているのか、正直なところを聞かせてみよ」

それについて将軍は、もう少し時間をくださいと申し上げた。ことは一教師の更迭《こうてつ》といった簡単な問題ではない。政治や人々の思惑がさまざまにからみ合い、いつしか奇怪な様相を帯び始めているのだ。このことはいくら世間知らずの将軍でもわかる。

歌子を罷免すれば、おそらく皇后が黙ってはいまい。後宮の女官たちの力も、見逃せないものがある。それより何より重大なことは、学習院女子部における歌子の人気と実力であった。

先月の二十八日に行なわれた女子部の運動会を将軍は思いうかべる。袴《はかま》をつけ、襷《たすき》をかけた女生徒を指揮するのは、歌子自身であった。女が徒手体操をやるのかと将軍は目をむいたものであるが、青空の下、少女たちが伸び伸びと手を上げるのは、そう悪くない光景であった。

「さあ、みなさま、元気に深呼吸あそばしませ」

と声をふるう歌子は、優し気な威厳に満ちていて、女学生でなくとも心をひかれてしまいそうな様子であった。歌子が集合の合図の右手を上げる。すると少女たちが規則正しく小走りに台の前に集まる。

テントの中でそれを眺《なが》めていた将軍は、深い感慨にうたれたものだ。この学校はまさに歌子のものではないか。生徒たちの表情を見ればすぐにわかる。みな彼女に命令されることに嬉々《きき》としている。

嫉妬《しっと》ではなく、将軍は感動した。これほどまでに立派な女が、今までいただろうか。女といえば妻と、昔馴染《なじ》んだ芸妓《げいぎ》たちしか知らぬ将軍にとって、人々の先頭に立ち、指揮をしている女は確かに驚愕《きょうがく》に価《あたい》するものであった。

けれども将軍はさらに思う。歌子はこれ以上いったい何を望んでいるのか。何を手に入れようとしているのだろうか。手に入れたとしても、所詮《しょせん》は女だ。権力をうまく使うことが出来ないに違いない。

妻の静子を見ていても、女というのはつくづく哀れで弱いものだと思う。世の大勢というものが少しもわかっていないのだ。静子は二人の息子を失《な》くしたばかりの頃《ころ》、毎日泣いていた。表向きは「名誉なことでございます」と頭を垂れていたが、一人きりになると涙をたえまなくこぼしていたものだ。女には歴史の流れというものが全くわかっていないらしい。

息子の死などというものは、日本の国が大きく動き出す時には、別のさまざまな意味を持つ。それなのに静子は「息子が死んだ」という事実しか頭に入ってこないのだ。

全く女は何もわかっていない。維新の際に、女がいったいどんなことをしたというのだ。おろおろと泣き叫ぶか、自分の喉《のど》に刃《やいば》を向けた。せいぜいが志士を匿《かく》まったり、密書を届けたりするぐらいだ。誰も男たちのように、刃を持って戦おうとはしなかった。

革命も、歴史もみんな男たちのものではないか。男たちを軸に、この世の中は廻《まわ》っているのだ。だから取り残された女たちは、それを恨みに思い、男たちの足をひっぱることばかりする。

こんなことは今まで誰にも言ったことがないが、将軍は皇后という方が不満である。もっともあれだけ偉大な帝の傍には、どんな女性がいても不満であるが、それでも皇后には歯がゆい思いをいくつかしている。世間ではあれほどお美しくて聡明《そうめい》な方はいないと言っているが、皇后はそもそも御子《みこ》をお生みになれないではないか。石女《うまずめ》の女など、いったいどんな価値があるというのだ。それに帝のなさることをご覧になる、あの冷ややかな視線といったらどうだろう。世間の人はどう思おうと、自分は見抜いてしまった、雅《みや》びなお顔の下に、とても固いものを秘めていらっしゃる方なのだ。

それが証拠に、あの方は信じられないようなひいきをなさる。歌子に対する尋常ではないご寵愛《ちょうあい》は、今でも語りぐさになっているではないか。

そうだ。歌子は女だ。女がよくここまでやってこれたと思うものの、歌子も皇后がそうであられるように女なのだ。

将軍が、台の上に立つ歌子の顔を思いうかべた時、〝復讐《ふくしゅう》〟という言葉が、ナイフのように胸を走った。そうだ、気をつけなければならない。女たちはいつか復讐を遂げるつもりなのだ。この革命で夫からなおざりにされ、子どもたちを失くしてしまった女たちは、きっといつか何かを始めるだろう。世の中から置いていかれた恨みを、きっとどこかで遂げるはずだ。

そう、やっとわかった。こう奏上すればよいのだ。

下田歌子の行状に問題があるのではない。学習院の重職には、女より男の方がふさわしいから、彼女を辞職させる。こう考えると何とすっきりすることであろうか。

その時将軍はかすかに思い出した。何日か前、休暇で帰った将軍に、静子はこう言ったのだ。

「下田先生はどうなるのでしょう。あなたの力でどうにかならないものでしょうか」

全く女は馬鹿《ばか》だとつぶやいた時、そのことの褒美《ほうび》のような、安らかな眠りが将軍に訪れたのだった。

學習院教授兼學習院女學部長下田歌子に非職を命じたるを以《もっ》て、華族女學校創設以來の勤勞を褒し、天皇・皇后、御紋附花瓶《かびん》一對《つい》及び金二千五百圓を賜ふ（明治四十年十一月三十日官報）

参考文献（順不同）

〈書籍〉

下田歌子伝　西尾豊作　東京咬菜塾　昭和十一年
下田歌子回想録　平尾寿子　山陽堂　昭和十七年
下田歌子先生伝　故下田校長先生伝記編纂所　昭和十八年
明治大帝御写真帖　加来金升　大正十五年四月
貞明皇后　主婦の友社編　主婦の友社　昭和四十六年
宮廷写真帖　田中萬逸　実業之日本社　大正十一年
女官物語　齋藤徳太郎　日東堂書店　大正元年
お局生活　久留島武彦　文禄堂書店　明治四十年
宮廷秘歌―ある女官の記　小森美千代　有恒社　昭和二十五年
大内山　草間笙子　山雅房　昭和二十二年
女官　山川三千子　実業之日本社　昭和三十五年
宮城記事四季の花籠　大久保増鋭　鳳鳴館　明治二十二年
宮中五十年　坊城俊良　明徳出版社　昭和三十五年

幕末の宮廷　下橋慶長　東洋文庫　昭和五十四年
御所ことば　井之口有一、堀井令以知　雄山閣出版　昭和四十九年
昭憲皇太后　洞口猷寿　頌徳会　大正三年
明治聖上と臣高行　津田茂磨　原書房　昭和四十五年
伊藤博文―日本宰相列伝①　中村菊男　時事通信社　昭和六十年
伊藤博文伝　上、中、下　春畝公追頌会編　原書房　昭和四十五年
原敬日記　原敬　福村出版　昭和五十六年
大逆事件　神崎清　あゆみ出版　昭和五十二年
寒村自伝　上、下　荒畑寒村　岩波文庫　昭和五十年
実践女子学園八十年史　実践女子学園　昭和五十六年
鹿鳴館の貴婦人―大山捨松　久野明子　中央公論社　昭和六十三年
岩村町史　岩村町教育委員会　昭和三十六年
小説東京帝国大学　松本清張　新潮文庫　昭和五十年
回顧録　牧野伸顕　中公文庫　昭和五十二年
軍神―乃木希典の生涯　福岡徹　文藝春秋　昭和四十五年
華燭―乃木静子の生涯　福岡徹　文藝春秋　昭和四十六年
殉死　司馬遼太郎　文春文庫　昭和五十三年

自由民権の先駆者―奥宮健之の数奇な生涯　絲屋寿雄　大月書店　昭和五十六年
なつかしい穏田の思い出　私家版　昭和四十四年
他

〈新聞、雑誌〉
妖婦下田歌子「平民新聞」明治四十年二月二十三日～四月十六日
平民社回想録　築比地仲助「労働運動史研究」昭和三十四年五月号
皇太后奉悼号「淑女画報」大正三年五月五日臨時増刊号
三島通良　杉浦守邦「学校保健研究」昭和四十三年二月号～四十五年十二月号
伊藤博文公　牧野伸顕「太陽」明治四十四年六月十五日号
政界裏面の怪物―精神団総裁飯野吉三郎「改造世界」大正十年一月号
飯野吉三郎氏の新骨頭　押川方義「武侠世界」大正七年二月号
穏田行者の方影　大庭柯公「中央公論」大正七年十月号
神様か怪行者か　飯野吉三郎　伊藤金次郎「伝記」昭和二十四年五月号
その濱づと　下田歌子「太陽」明治三十年三月五日号～九月二十日号
下田歌子一代記「女の世界」大正四年六月号、七月号、十月号
宮中の女官生活　井原頼明「女性」昭和二年七月号
女官の生活　横田東民「婦人画報」明治四十二年二月号

女官の生活　高橋孤堂　「日本」大正六年一月号

他

〈事典、その他〉

増補皇室事典　井原頼明　冨山房　昭和十三年

日本陸海軍の制度・組織・人事　日本近代史料研究会編　東京大学出版会　昭和四十六年

江戸東京学事典　三省堂　昭和六十二年

明治天皇関係資料所在目録　朝日新聞学芸部編　朝日新聞社　昭和四十年

宮城表宮殿御間取図　大正四年

明治四十年東京電話帳

他

〈取材協力〉

上沼八郎、樹神弘、岩村郷土館、東京都立中央図書館、国立国会図書館、他

なお、「平民新聞」からの引用のかなづかいは、すべて原文のままとした。

解説

朝井《あさい》まかて（作家）

下田歌子《しもだうたこ》。豪《えら》い女である。

武家の娘でありながら歌才によって皇后・美子《はるこ》から「歌子」の名を賜り、明治《めいじ》の宮中に出仕した。伶俐機敏と美貌によって皇后の異例ともいえる寵愛を受けた彼女は最も身分の低い女官から上り詰め、位人臣を極める。婦女の鑑《かがみ》として上流社会の女子教育においても絶世の存在となり、俸給も女としては桁外れ、名実共に「日本一えらい女」なのである。

ところが、もしくはそういう女であるがゆえに新聞記事の恰好の餌食となって醜聞にまみれた。かの社会主義者・幸徳秋水《こうとくしゅうすい》が中心人物であった『平民新聞』だ。才色絶倫の女。

本作の舞台は明治四十年、一九〇七年だ。幕末維新を経て時は二十世紀。西欧に比肩すべく近代化と西欧化に涙ぐましいほど傾注してきた成果の一つとして、明治三十八年の日露戦争勝利がある。清国のみならず大国ロシアを打ち破ったことで日本は世界を驚嘆、震撼せしめた。明治三十九年には堺利彦《さかいとしひこ》らが日本社会党を結成し、文化においては、坪内逍遥《つぼうちしょうよう》、島村抱月《しまむらほうげつ》らが文芸協会を結成、島崎藤村《しまざきとうそん》が『破戒』を刊行、夏目漱石《なつめそうせき》が『坊っちゃん』を発表している。そしてこの明治四十年、足尾銅山でストライキが起き、上野《うえの》では東京勧業博覧会が開かれて空中観覧車や室内温水プールが人気を呼び、寿屋《ことぶきや》からは赤玉ポートワイン、帝国礦泉《こうせん》からは三ツ矢印の平野シャンペンサイダーが新発売された。日露で得た戦果は国民には期待外れのものであったにしろ、幕末から西欧への劣等感に苛《さいな》まれ、猛烈な思慕と模倣を繰り返してきた男たちはようやく昂然と世界を見晴るかす。だが国のありようとしては依然として、西洋の覇権主義、植民地支配の追随であった。

帝国日本。

物語はそんな明治四十年、内裏の冬の朝から始まる。まるで靄《もや》がたちこめているかのごとき薄暗さ、冷たさ。それまでは誰も踏み込んだことのなかったであろう帝の日常が優美に、かつ淡々と描出されている。帝の素顔と心情、本音の息遣いにたちまち惹き込まれるや、物語は突如として変調する。清らな空気とは対極にあるもの。くだんの新聞記事だ。句点を用いない漢文調は黒々として、日本一えらい女の正体を暴かんとする暗い愉悦が臭いを放散する。

記事を読む、あるいは仄聞《そくぶん》する人々は多彩だ。内裏の女官に侯爵夫人、伯爵、医学博士、宗教家、明治の元勲・伊藤博文《いとうひろぶみ》に乃木希典《のぎまれすけ》将軍、そして明治大帝と皇后。

本作は歌子にまつわる人々の人生を馬車に乗せ、『平民新聞』の記事を御者にして刻々と進められていく。ただし馬車に乗せられた登場人物たちはあまり動かない。ロシアの怪僧にちなんで「日本のラスプーチン」と呼ばれた宗教家・飯野吉三郎《いいのきちさぶろう》を除いては。彼ら彼女らは内裏や書斎や料亭、寝間といった閉ざされた空間で歌子の言動、その奥にあるものに目を凝らし、あるいは目を背ける。ゆえに小説空間は濃密だ。読者のまなざしは自ずと、下田歌子その人に注がれる。あたかもミステリーを読む味わいに似て、前代未聞の醜聞を見聞することになる。

彼女はいったい何者なのか。妖婦か貞女か、男も女もその魅力でたらし込む魔女《ウイッチ》か、売らんかなの新聞の犠牲者か。それとも、記事の猛射は彼女の失脚を狙う罠なのか。

作者は伊藤博文の内心描写で、歌子をこう評させている。

――ともかくずばぬけて頭がよい。（中略）それよりも公を魅《ひ》きつけたのは歌子の人間を読む深さである。瞬時のうちに相手が望むことを読みとり、それにかなうようにふるまうことができる。これこそ「周旋屋」と陰口を叩かれながらも、政治の第一線に躍り出た藤公が最も大切にしている才能であった。（中略）人間を読む力だけではない。志の高さ、言い替えれば本人も自覚していない野心というものも歌子は身につけていて（後略）。

　ここで語られているのは伊藤自身のことでもある。歌子の像が乱反射して、登場人物それぞれの横顔、心の深奥を照らし出すのだ。嫌悪や嫉妬や未練、保身と傲慢、高貴の冷酷をも。

　タイトルが『帝の淑女』ではなく『ミカドの淑女《おんな》』という片仮名表記であることには、象徴性がある。大帝のみを指すのではなく、皇室、政界を含めた明治という時代そのものが〝ミカド〟なのだ。歌子は時代に寵愛され、醜聞が出て一年も経たぬうちに排除された。尋常でないもの、異例過ぎるものを日本の社会は許さない。

　けれども小説の終盤、歌子の真の〝野心〟に気づかされて、読者は身ゆるぎすることになる。未読のかたのために具体的な記述は控えるけれども、本作の真髄と魅力の源泉はこの真の〝野心〟にこそある。ゆえに令和の世になった今も乱反射して、読者は気づかされるのだ。

　これを野心と呼ぶのであれば、わたしの胸の中にも潜んでいるものだ、と。

　権謀術数では決してかなわぬ、切ない野心。単なる上昇志向とは全く別の、狂おしいほどの純粋なる野心。

　そしてふと、歌子を抱きしめたいような思いに駆られる。

　ここまで人間の情念に迫ったからこそ、『ミカドの淑女』は普遍性を持った。

林真理子《はやしまりこ》。その名を私は仰ぎ見てきた。もうずいぶんと長いこと。

一九八一年、林さんがTCC（東京コピーライターズクラブ）で新人賞を受賞された時の作品は今もそらで言える。

――つくりながら、つくろいながら、くつろいでいる。

既製の品をただ買うのではなく、自分でベンチを作ってみようよ、ペンキで修繕してみようよというDIYの提案だ。ビジュアルも憶えている。たしか、白く明るい空間に大きな一つのバスタブが置かれていて、そこに巨大な工具がシンボリックに入れられていた（記憶違いだったらごめんなさい）。当時は商品を直截的にアピールせず、生活や感性や生き方の提案によって購買意欲を刺激した時代であった。ビールを単に「うまい！」と声高に表現したら野暮だと鼻であしらわれる。日本の広告に最も活気があり、クリエイターが時代の空気を創っていたと言ってもいい。

私はといえば大阪でコピーライターの修業を始めたばかり、丁稚奉公にも等しいほやほやで、ただし夜は強かったので嬉々として徹夜していた（この癖は今も変わらない）。けれどろくなものは書けず、先輩にもクライアントにもどやされ続ける毎日。だからあのコピーに射抜かれた。林真理子という名前が強く刻み込まれた。

その後、林さんは瞬く間に大人気のエッセイストになり、小説を書けば文壇の寵児だ。エッセイにも小説にも嘘やごまかしがない。綺麗事は書かないと敢然と顔を上げ、ユーモアと愛嬌に溢れる作品でも鋒《きっさき》は鋭かった。「いい加減にしてよ」と論争相手を一喝した。

正直に申せば、私は忠実《まめ》な読者だったとは言えない。なにしろ林さんは多作な人でベストセラーを連発、私もいつしかコピーライターのはしくれとして多忙を極め、寸暇には浮かれて遊んでいた。世はバブルだった。

そのバブルが弾ける寸前のある日のこと。本屋さんで赤い函入りの、それは美しい佇まいの本に出逢った。『ミカドの淑女』である。函から抜くと半透明のハトロン紙がかけられていて、表紙は薄桃色の地にそれはたおやかな貴婦人たちが描かれている。装丁・挿画は金子《かねこ》國義《くによし》、帯の推薦文は松本清張《まつもとせいちょう》という豪華さだ。

――迷信残る平安《へいあん》の禁裏と大奥政治の江戸《えど》城とを接ぎ木した明治の宮廷に咲く才色あふるるばかりの下田歌子。身は華族子女の教育者で偶像の的。至尊も眩惑され、大官はその蠱惑に屈する。怪予言者が彼女と組む。これまでは書くのに困難だった題材に小説として初めて成功したと思う。抑制した筆で感覚的な描写をもりあげる著者の才能に目をみはる。学習院院長乃木希典が歌子を処分した理由の新解釈も斬新だ。

私がこうして得意げに装丁や帯文を紹介するのは、初版本を持っているからである。

いくど転居してもこの本は詰めて運んで書棚におさめてきた。この小説が好きだったことは言うまでもない。ただ、それだけではなかった。

書くものが変わった。

市井の一読者であった私にもそれがわかったのだ。いや、「変わった」は乱暴な言い方だ。

新しい階《きざはし》を上っている。この作品は林真理子の画期になる。

そう、そんな気がした。ゆえに私の読書体験において大切な作品となった。

今から思えば、林文学における〈歴史小説〉という大きな脈の始まりであったのだ。

本作ののち、『白蓮れんれん』『女文士』『正妻　慶喜と美賀子』『西郷《せご》どん！』と伝記小説・歴史小説の傑作、名作が次々ともものされ、二〇二一年発表の『李王家の縁談』ではまたさらに大きな結実を見せた。『李王家の縁談』は美貌で知られる梨本宮伊都《なしもとのみやいつ》子《こ》妃を視点人物に、大正《たいしょう》・昭和《しょうわ》の皇族華族を描きながら明治という時代をもあぶり出している。『ミカドの淑女』と照応しているのだ。明治四十年は日本の朝鮮支配が始まる揺籃期《ようらんき》である。日本が蹂躙《じゅうりん》、解体させてしまった李王家のことを書かねば。その思いは林さんの胸で三十年もの間、脈搏《う》ち続けていたのではないか。

歴史が重奏となって響いてくる。それは、作家・林真理子の放つ響きでもある。野心の自覚の有無はさまざまなれど、世で大きく呼吸したいと願う女たちにつきまとう苦難は現代もさして変わらぬのではないかと思われる。だから私たちは林さんの言葉、小説に勇気づけられる。

女たちよ。

林さんの声はやわらかだ。ふっくらとしている。

女たちよ。自分より力のある者から与えられたものは取り上げられる。相手の気儘な変心に翻弄されるばかりだ。女たちよ。だから己で摑み取らねばならない。おもねらず、真っ向から対立するばかりでもなく、時に軽妙に捌いて笑い飛ばして、たとえ血塗れになろうとも、その山を登り切れ。

本作『ミカドの淑女』の後の歌子について、少しだけ触れておこう。まるで歴史の自浄作用のごとく上流社会から退場させられた彼女は、ほどなく復活を果たした。日本の女子教育に歴たる功績を残し、昭和十一年まで生き抜いている。

本書は、一九九三年七月に新潮文庫より刊行されました。

ミカドの淑女《おんな》

林《はやし》 真理子《まりこ》

令和４年 ６月25日　初版発行

発行者●堀内大示

発行●株式会社KADOKAWA
〒102-8177　東京都千代田区富士見2-13-3
電話　0570-002-301（ナビダイヤル）

角川文庫 23215

印刷所●株式会社暁印刷
製本所●本間製本株式会社

表紙画●和田三造

●お問い合わせ
https://www.kadokawa.co.jp/（「お問い合わせ」へお進みください）
※内容によっては、お答えできない場合があります。
※サポートは日本国内のみとさせていただきます。
※Japanese text only

ISBN 978-4-04-112453-6　C0193

◇◇◇

角川文庫発刊に際して

角　川　源　義

第二次世界大戦の敗北は、軍事力の敗北であった以上に、私たちの若い文化力の敗退であった。私たちの文化が戦争に対して如何に無力であり、単なるあだ花に過ぎなかったかを、私たちは身を以て体験し痛感した。西洋近代文化の摂取にとって、明治以後八十年の歳月は決して短かすぎたとは言えない。にもかかわらず、近代文化の伝統を確立し、自由な批判と柔軟な良識に富む文化層として自らを形成することに私たちは失敗して来た。そしてこれは、各層への文化の普及滲透を任務とする出版人の責任でもあった。

一九四五年以来、私たちは再び振出しに戻り、第一歩から踏み出すことを余儀なくされた。これは大きな不幸ではあるが、反面、これまでの混沌・未熟・歪曲の中にあった我が国の文化に秩序と確たる基礎を齎らすためには絶好の機会でもある。角川書店は、このような祖国の文化的危機にあたり、微力をも顧みず再建の礎石たるべき抱負と決意とをもって出発したが、ここに創立以来の念願を果すべく角川文庫を発刊する。これまで刊行されたあらゆる全集叢書文庫類の長所と短所とを検討し、古今東西の不朽の典籍を、良心的編集のもとに、廉価に、そして書架にふさわしい美本として、多くのひとびとに提供しようとする。しかし私たちは徒らに百科全書的な知識のジレッタントを作ることを目的とせず、あくまで祖国の文化に秩序と再建への道を示し、この文庫を角川書店の栄ある事業として、今後永久に継続発展せしめ、学芸と教養との殿堂として大成せんことを期したい。多くの読書子の愛情ある忠言と支持とによって、この希望と抱負とを完遂せしめられんことを願う。

一九四九年五月三日

角川文庫ベストセラー

ルンルンを買って おうちに帰ろう　林　真理子

モテたいやせたい結婚したい。いつの時代にも変わらない女の欲、そしてヒガミ、ネタミ、ソネミ。口には出せない女の本音を代弁し、読み始めたら止まらないと大絶賛を浴びた、抱腹絶倒のデビューエッセイ集。

葡萄が目にしみる　林　真理子

葡萄づくりの町。地方の進学校。自転車の車輪を軋ませて、乃里子は青春の門をくぐる。淡い想いと葛藤、目にしみる四季の移ろいを背景に、素朴で多感な少女の軌跡を鮮やかに描き上げた感動の長編。

イミテーション・ゴールド　林　真理子

レーサーを目指す恋人のためになんとしても一千万円を工面したい福美。株、ネズミ講、とその手段はエスカレート、「体」をも商品にしてしまう。若さ、金、権力——。「現代」の仕組みを映し出した恋愛長編。

聖家族のランチ　林　真理子

大手都市銀行に勤務するエリートサラリーマンの夫、美貌の料理研究家として脚光を浴びる妻、母のアシスタントを務める長女に、進学校に通う長男。その幸せな家庭の裏で、四人がそれぞれ抱える〝秘密〟とは。

RURIKO　林　真理子

昭和19年、4歳で満州の黒幕・甘粕正彦を魅了した信子。天性の美貌をもつ女性は、「浅丘ルリ子」として銀幕に華々しくデビュー。昭和30年代、裕次郎、旭、ひばりら大スターたちのめくるめく恋と青春物語！

角川文庫ベストセラー

みずうみの妻たち（上）（下）
林　真理子

老舗和菓子店に嫁いだ朝子は、浮気に開き直る夫に望みを突きつけた。「フランス料理のレストランをやりたいの」。東京の建築家に店舗設計を依頼した朝子は、初めて会った男と共に、夫の愛人に遭遇してしまう。

西郷《せご》どん！　前後編
林　真理子

薩摩の貧しい武家の子に生まれた西郷吉之助は、なぜ維新の英雄として慕われるようになったのか。幼い頃から親しんだ盟友・大久保正助との絆、名君・島津斉彬との出会い。激動の青春期を生き生きと描く！

女の七つの大罪
林　真理子
小島慶子

嫉妬や欲望が渦巻く「女子」の世界の第一線を駆け抜けてきた林真理子と小島慶子。今なお輝き続ける二人の共通点は、〝七つの大罪〟を嗜んできたこと!? 輝く今を手に入れるための七つのレッスン開幕。

悪玉伝
朝井まかて

大坂商人の吉兵衛は、風雅を愛する伊達男。兄の死により、将軍・吉宗をも動かす相続争いに巻き込まれてしまう。吉兵衛は大坂商人の意地にかけ、江戸を相手の大勝負に挑む。第22回司馬遼太郎賞受賞の歴史長編。

女神記
桐野夏生

遙か南の島、代々続く巫女の家に生まれた姉妹。大巫女となり、跡継ぎの娘を産む使命の姉、陰を背負う宿命の妹。禁忌を破り恋に落ちた妹は、男と二人、けして入ってはならない北の聖地に足を踏み入れた。

角川文庫ベストセラー

緑の毒　桐野夏生

妻あり子なし、39歳、開業医。趣味、ヴィンテージ・スニーカー。連続レイプ犯。水曜の夜ごと川辺は暗い衝動に突き動かされる。救急救命医と浮気する妻に対する嫉妬。邪悪な心が、無関心に付け込む時——。

龍華記　澤田瞳子

高貴な出自ながら、悪僧（僧兵）として南都興福寺に身を置く範長は、都からやってくるという国検非違使別当らに危惧をいだいていた。検非違使を阻止せんと、範長は般若坂に向かうが——。著者渾身の歴史長篇。

乾山晩愁　葉室　麟

天才絵師の名をほしいままにした兄・尾形光琳が没して以来、尾形乾山は陶工としての限界に悩む。在りし日の兄を思い、晩年の「花籠図」に苦悩を昇華させるまでを描く歴史文学賞受賞の表題作など、珠玉5篇。

実朝の首　葉室　麟

将軍・源実朝が鶴岡八幡宮で殺され、討った公暁も三浦義村に斬られた。実朝の首級を託された公暁の従者が一人逃れるが、消えた「首」奪還をめぐり、朝廷も巻き込んだ駆け引きが始まる。尼将軍・政子の深謀とは。

秋月記　葉室　麟

筑前の小藩、秋月藩で、専横を極める家老への不満が高まっていた。間小四郎は仲間の藩士たちと共に糾弾に立ち上がり、その排除に成功する。が、その背後には本藩・福岡藩の策謀が。武士の矜持を描く時代長編。

角川文庫ベストセラー

青嵐の坂
葉室　麟

扇野藩は財政破綻の危機に瀕していた。中老の檜弥八郎が藩政改革に当たるが、改革は失敗。挙げ句、弥八郎は賄賂の疑いで切腹してしまう。残された娘の那美は、偏屈で知られる親戚・矢吹主馬に預けられ……。

水の炎
松本清張

東都相互銀行の若手常務で野心家の夫、塩川弘治との結婚生活に心満たされぬ信子は、独身助教授の浅野を知る。彼女の知的美しさに心惹かれ、愛を告白する浅野。美しい人妻の心の遍歴を描く長編サスペンス。

乱灯　江戸影絵　(上)(下)
松本清張

江戸城の目安箱に入れられた一通の書面。それを読んだ将軍徳川吉宗は大岡越前守に探索を命じるが、その最中に芝の寺の尼僧が殺され、旗本大久保家の存在が浮上する。将軍家世嗣をめぐる思惑。本格歴史長編。

落差　(上)(下)　新装版
松本清張

日本史教科書編纂の分野で名を馳せる島地章吾助教授は、学生時代の友人の妻などに浮気心を働かせていた。教科書出版社の思惑にうまく乗り、島地は自分の欲望のまま人生を謳歌していたのだが……社会派長編。

葦の浮船　新装版
松本清張

某大学の国史科に勤める小関は、出世株である同僚の折戸に比べ風采が上らない。好色な折戸は、小関が親密にする女性にまで歩み寄るが……大学内の派閥争いと2人の男たちの愛憎を描いた、松本清張の野心作！

角川文庫ベストセラー

商売繁盛
時代小説アンソロジー

朝井まかて・梶 よう子・
西條奈加・畠中 恵・
宮部みゆき
編／末國善己

宮部みゆき、朝井まかてほか、人気作家がそろい踏み！ 古道具屋、料理屋、江戸の百円ショップ……活気溢れる江戸の町並みを描いた、賑やかで楽しい〝お店〟小説の数々。

冬ごもり
時代小説アンソロジー

池波正太郎、宮部みゆき、
松本清張、南原幹雄、
宇江佐真理、山本一力
編／縄田一男

本所の蕎麦屋に、正月四日、毎年のように来る客。彼の腕にはある彫ものが……／「正月四日の客」池波正太郎ほか、宮部みゆき、松本清張など人気作家がそろい踏み！ 冬がテーマの時代小説アンソロジー。

秋びより
時代小説アンソロジー

池波正太郎、藤原緋沙子、
岡本綺堂、岩井三四二、
佐江衆一
編／縄田一男

池波正太郎、藤原緋沙子、岡本綺堂、岩井三四二、佐江衆一……江戸の「秋」をテーマに、人気作家の時代小説短篇を集めました。縄田一男さんを編者とした大好評時代小説アンソロジー第3弾！

夏しぐれ
時代小説アンソロジー

平岩弓枝、藤原緋沙子、
諸田玲子、横溝正史、
柴田錬三郎
編／縄田一男

夏の神事、二十六夜待で目白不動に籠もった俳諧師が死んだ。不審を覚えた東吾が探ると……。『御宿かわせみ』からの平岩弓枝作品や、藤原緋沙子、諸田玲子など、江戸の夏を彩る珠玉の時代小説アンソロジー！

春はやて
時代小説アンソロジー

平岩弓枝、藤原緋沙子、
柴田錬三郎、野村胡堂、
岡本綺堂
編／縄田一男

幼馴染みのおまつとの約束をたがえ、奉公先の婿となり主人に収まった吉兵衛は、義母の苛烈な皮肉を浴びる日々だったが、おまつが聖坂下で女郎に身を落としていると知り……（「夜明けの雨」）。他4編を収録。